SCHRIFT 290
SPIEGELEI 94
GIPS 188
TON 103
ZWEIG 65
ZIMT 280
W0031384
MAUER 272
WIPFEL 311
BRAUE 160
PLAN 87
SOLE 208
FEST 133
LAMPE 210

KAPUZE 52
KLINGEL 192
SCHNEE 199
RAD 165
KIESEL 219
WESPE 253
BLASE 42
KNÄUEL 144
KAKTEEN 113
FELD 21
NASE 243
KUPPEL 24

rowohlt
HUNDERT AUGEN

MARIE-ALICE SCHULTZ

MIKADO-WÄLDER

ROMAN

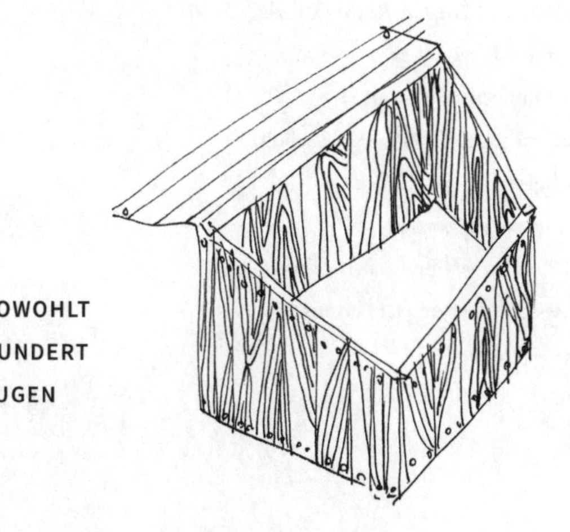

ROWOHLT
HUNDERT
AUGEN

1. Auflage Mai 2019

Zeichnungen auf Vorsatz
und im Innenteil Marie-Alice Schultz
Buchgestaltung Anja Sicka
Satz aus der Albertina
bei Pinkuin Satz und Datentechnik, Berlin
Druck und Bindung CPI books GmbH,
Leck, Germany
ISBN 978 3 498 06557 7

ICH BOHRTE DEN FINGER IN DIE WAND UND DIE TÜR GING AUF.

PeterLicht, *Lob der Realität*

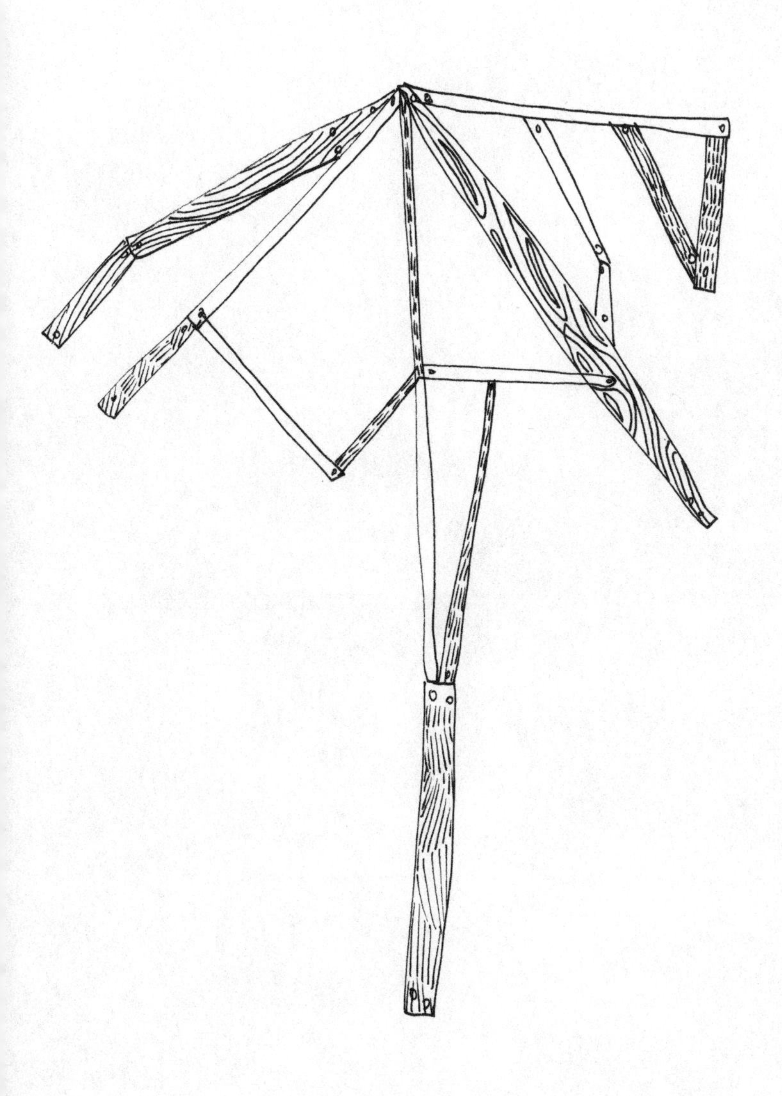

ZU DEN PERSONEN
(Glaubensbekenntnis):

ERIC glaubt an Zinksalbe wie andere an den Frühling.

JOHANNES glaubt an die Wahrheit, wenn es sein muss, auch auf nüchternen Magen.

MONA glaubt an lichtbeständige Tinte.

RUTH glaubt nicht mehr. Sie ist tot.

OSKAR glaubt, dass man Luft zusammenpressen kann, bis sie zu einem dicken Pudding wird, er weiß nur noch nicht, wie.

VALERIE glaubt, dass man nachts Dinge sieht, die morgens verschwinden, um dann bei Dunkelheit wiederaufzutauchen.

DINA glaubt an die magische Terz und dass damit alles gesagt sei.

THEO glaubt, dass man beim Fallrückzieher nicht sicher sein kann, ob es nicht die Welt ist, die plötzlich kippt.

GEORGI glaubt, dass es keinen Gott gibt, und wenn doch, dass er sich gut versteckt.

TSARELLI glaubt, dass es einen Wald gibt, der mit jedem Schritt dichter wird, aber immer auch einen Weg, der hinausführt.

FLUR

Ich glaube, es ist der Wind. Er denkt es und tritt stärker in die Pedale. Lenkt mit der rechten Hand gegen das Gewicht auf dem Gepäckträger an, das droht ihn kippen zu lassen. Auf der Straße sammelt sich feuchtes Laub, Gelb wird zu Braun, eine rutschige Angelegenheit, voll beladen, wie er ist. Seine linke Hand greift hinter seinen Rücken, versucht zu stabilisieren, vorne lächelt er, eintrainiert in die Gesichtsmuskeln. Tsarelli, zweifacher Meister im Diskuswerfen, lang ist's her, beherrscht seinen Körper bis in die kleinste Nervenfaser, die feinste Verästelung. *Und lächeln!*, auf dem Siegerpodest und vor allem daneben, wann immer etwas nicht gelingt, siegt das Lächeln. Das hatten sie ihm beigebracht. Dieses Land voller Niederlagen hatte es zu seiner Spezialität gemacht, den Nachwuchs früh ans Scheitern zu gewöhnen. *Mit Würde tragen*, nannten sie es. Seit seinen ersten Trainingsstunden leuchten Tsarellis kleine, fast quadratische Zähne weiß gegen den Untergang an.

Heute jedoch muss er zu seinem Enkel, eine einfache Aufgabe eigentlich. Das Kind etwas seltsam, doch im Grunde sympathisch. Oskar, immer am Bauen. Mit sechs hat er sich eine Werkbank gewünscht, noch immer sägt er daran. Entwirft ausgefallene Stecksysteme. Schreinert Kisten zusammen. Türmt sie bis unter die hinterste Ecke seines Zimmers. An Durchkommen nicht zu denken. Manchmal muss Tsarelli den Enkel erst umständlich suchen, bevor er zu ihm vordringt. Er ruft durch Kistenwälder hindurch ins Zimmerinnere. *Wo bist du genau?* Nicht immer erhält er eine Antwort. Manchmal knackt es nur. Man muss geduldig bleiben. Der Enkel liebt Holz und Schweigen gleichermaßen.

Oskar steht bereits im Flur, eine Säge in der Hand. Die Enttäuschung ist groß, das Sägeblatt stumpf. Dass Opa für alles eine Lösung wisse, habe die Mutter beim Weggehen gesagt. Tsarelli verflucht Mona. Mona, die immer alles an ihn weiterreicht, bei allem Hilfe braucht, egal ob Sohn, Steuererklärung oder Säge. Alles landet bei ihm. Wo ist sie jetzt überhaupt hin? An einem Donnerstagabend, mitten im Regen?

Mona rennt durch den Regen. Johannes wartet auf sie. Seit zwei Monaten, immer wieder. Mona verspätet sich ständig, was vielleicht auch mit dem Jungen zu tun hat, ein blonder Lockenkopf, leicht verträumt, aber eindeutig in der Ablehnung, die er Johannes entgegenbringt. Mona kommt um die Ecke gerannt, ihr roter Schal fliegt ihr nach, als käme er nicht hinterher. Eine Spur, die sich auf Höhe ihres Halses durch den Nebel zieht. Johannes muss an das Supermancape denken, das er als Kind beim Fasching getragen hat. Es war etwas zu lang gewesen, schliff auf dem Boden. In der Nacht hatte es geschneit. Der Stoff saugte die Feuchtigkeit auf, verfärbte sich dunkel. Superman fror. Als er am Haus des Freundes ankam, war das Cape gänzlich vollgesogen. Die anderen Kinder hielten Pappbecher in der Hand und schauten verwundert. Superman stand zwischen ihnen, regungslos. Das Cape hing schwer von seinen Schultern herab, an Fliegen war nicht zu denken. Ähnlich kam ihm jetzt Mona vor, immer im Anlauf, voller Schwung, doch das Abheben blieb aus.

Das Cape war auf der Heizung im Badezimmer gelandet. *Das geht schnell,* hatte die Mutter des Freundes gesagt. Superman, einen Pappbecher mit Apfelsaft in der Hand, wartete den Nachmittag über auf sein Cape, hörte die anderen Kinder im

Zimmer nebenan spielen. Auf dem Boden sammelte sich eine kleine Pfütze Tauwasser. Während er auf die Rippen des Heizkörpers starrte, die sich durch den Stoff drückten, begriff er, dass es eine einsame Angelegenheit war, Held zu sein.

Sie stehen und sägen. Tsarelli hat das Sägeblatt ausgewechselt, jetzt lässt sich das Holz bearbeiten wie Butter. Oskar ist begeistert. Die neuen Holzplatten, die ihm sein Opa auf dem Fahrrad hergebracht hat, sind dicker als bisher. Er wird größere Kisten bauen können, vielleicht eine Truhe. Was aus all den Kisten werden soll, fragt sich Tsarelli. Mittlerweile nehmen sie weite Teile des Flurs ein, verstellen fast den Zugang zu Oskars Zimmer.

Bewahrst du da eigentlich was Wichtiges drin auf?, fragt er den Enkel. *Nein, nichts*, sagt Oskar, *das ist ja das Tolle daran. Da ist nur Luft drin, aber unterschiedliche Volumen.*

Bedenklich das Ganze, ein Kind, das Luft aufbewahren will, vielleicht sollte Tsarelli doch noch mal versuchen, mit Mona zu reden.

Ich muss weiter, sagt er zum Enkel, *ich muss …*, er stockt mitten im Satz. Er weiß es selbst nicht genau, verlässt leise die Wohnung. Am Ende des Flurs sägt es als Antwort.

Georgi öffnet nur langsam die Tür. Tsarelli redet durch den Türspalt auf ihn ein, *ich bin es, du weißt schon, Donnerstag!* Georgi, ehemaliger Schachmeister, lächelt müde, steht im Schlafanzug vor ihm. *Das ist nicht dein Ernst, es ist nicht mal zehn!*

Tsarelli und Georgi verbindet, abgesehen vom Alter, die Leidenschaft für russischen Tee, Schach und Einbahnstraßen, aber in letzter Zeit kostet ihre Freundschaft Tsarelli einige

Nerven. Georgi hängt durch, ihm fehlt die Vision. Er hangelt sich von Spielzug zu Spielzug, im Leben wie beim Schach, dabei geht ihm der Blick für die Partie verloren.

Ich glaube, ich werde langsam depressiv. Georgi schiebt den Satz zwischen zwei Schlucke Tee. Tsarelli antwortet erst nicht, blickt erstaunt, ob noch etwas kommt.

Aber das werde ich doch verhindern können, oder?

- Seit wann hast du es denn?

Ich weiß nicht, als Dina noch da war, war alles okay.

- Dina ist seit fünf Jahren weg.

Dina, Georgis große und, wenn man ihm glauben wollte, einzige Liebe. Vor fünf Jahren verschwunden, obwohl: nicht ganz. Sie war noch in derselben Stadt, Georgi wusste genau, wo sie sich aufhielt, aber das machte es nicht leichter. Sie gab immer noch Klavierunterricht und briet freitags Auberginen in Ei aus. Legte die Haare in Lockenwickler und kämmte später seufzend die Wellen: *Wieso habe ich bloß keine Naturlocken?*

Georgi hatte nie die richtige Antwort darauf gewusst, mal versuchte er es mit Komplimenten, mal mit Genetik. Dina blieb unzufrieden: *Du mit deiner Glatze, erzähl mir was von Haaren!*

Vor dem Einschlafen hatte sie stets ein Stück Schokolade gegessen, mittlerweile knisterte das Aluminiumpapier in der Wohnung eines anderen.

Ich habe nach wie vor Mühe damit.

- Sie war nicht immer nett zu dir, vergiss das nicht!

Wer ist das schon?

- Nein, wirklich, Dina war ..., wie soll ich sagen, nicht ideal für dich. Außerdem konnte sie kein Schach!

Sie konnte meine Sprache. Weißt du, so jemanden findet man nicht so leicht wieder. Wir sind zusammen hergekommen und all die Jahre geblieben! So was wirft man doch nicht einfach weg!

- *Sie schon, wie es scheint.*

Sie ist durcheinander. Dieser Geiger hat ihr den Kopf verdreht. Es dauert nicht mehr lange, dann wird sie sich besinnen. Du wirst sehen, sie kommt zurück. Sie ist nicht wie diese Mädchen von heute, zwei Jahre, dann der Nächste, schau dir deine Tochter an! Nein, Dina ist anders. Fast möchte ich sagen, alte Schule.

Tsarelli hört über alles hinweg, was seine Tochter betrifft, er atmet tief durch, *eigentlich wollte ich mit dir eine Partie spielen. Dass es immer so ausarten muss. Alte Schule!* Er lacht bitter, *ich sag dir was, ich glaub nicht, dass sie zurückkommt. Fünf Jahre sprechen für sich. Sie hat keine Lust mehr gehabt auf dich und deine alte Schule. Dieser Musiker ist wahrscheinlich ein anständiger Mann. Einer, der sich auch mal selbst ein Steak brät! Einer mit Visionen. Keiner jedenfalls, der Jugoslawien nachtrauert, verstehst du?*

- *Ich glaube, er ist Tscheche,* sagt Georgi und drückt den Teebeutel aus.

Tsarelli tritt in die Pedale. Die Wut treibt ihn voran. Woher kommt diese Zahl? Wieso behaupten alle, die Liebe sei heutzutage begrenzt, und das auf zwei Jahre? Vielleicht liegt ein großer Irrtum vor, der unhinterfragt weitergetragen wird, bis alle ihn glauben. Sicher gibt es Paare, die auseinandergehen, aber das gab es auch in seiner Jugend.

Ewige Treue, von wegen, früher lebten die Leute nur kürzer! Ehe man sich auf die Nerven ging, wurde gestorben. Dann trauerte man kurz und ging zum Nächsten über, man heiratete die jüngere Schwester der Verstorbenen oder wer sonst noch übrig war im Dorf, Lazar mit den schiefen Zähnen zum Beispiel, *der ist doch auch ganz nett und sein Hof groß* … Liebe war damals berechnend, stumpf und kalt wie der Metalllöffel, mit dem sie einem den Lebertran einflößten.

Die Menschen sind, so denkt er, *verlässlicher denn je, es kommt nur keiner drauf.* Alle halten sich an eine dubiose Statistik, die das eigene Scheitern abfedern soll. «Kein Wunder, dass es nicht geklappt hat, das Zeitalter der Einsamkeit, es hat wieder zugeschlagen!» So macht man es sich leicht. Er reißt den Lenker nach rechts, legt sich in die Kurve. *Und überhaupt,* denkt er, schnauft es fast, denn es muss über seine Lippen, *eine Trennung ist ja noch lang nicht das Ende einer Liebe. Da beginnt sie doch erst.*

EIS

Eric und Oskar essen Eis. Das kommt nicht häufig vor, besonders im Herbst nicht. Eine Eisdiele konnten sie noch finden, die sich den Winter über nicht in ein Café verwandelt oder in einen Mützenladen. Die Frau hinter dem Tresen sieht müde aus, Oskar bestellt Vanille. Eric hat ihn immer nur Vanille essen sehen, weiß er überhaupt, dass es andere Sorten gibt? Eric fürchtet, an seinem Sohn könnte einiges vorbeiziehen. Die blonden Locken hängen ihm tief in die Stirn, Oskar macht keine Anstalten, sie zur Seite zu schieben, er lugt hindurch. *Sag mal,* sagt Eric und versucht, jeden Vorwurf aus der Stimme zu nehmen, *deine Kisten, hast du die mal gezählt?* Durch die Strähnen hindurch lächelt es. *Klar,* sagt Oskar. Mehr nicht. Die Zunge ist mit dem Vanilleeis beschäftigt. Eric zuckt mit den Schultern, gibt der Frau hinter dem Tresen ein Zeichen, dass er zahlen will. Müde nimmt sie die Münzen entgegen.

Eric fragt sich, was sie wohl letzte Nacht gemacht hat. So wie Eric sich ständig Dinge über Menschen fragt, die er nicht kennt. Wo sie herkommen zum Beispiel, was ihr erster Gedanke beim Aufstehen war oder wer sie zuletzt berührt hat.

Die Frau schaut zu Oskar, sagt: *Kalt, was?* Und Oskar nickt. Die Waffel knackt zwischen seinen Zähnen. Unglücklich sieht er nicht aus, denkt Eric. Die grüne Trainingsjacke hängt frisch gewaschen über seinen Schultern. *Da kümmert sich wer.* Kein vernachlässigtes Kind, obwohl er oft allein ist, denkt Eric weiter. Er weiß, dass Mona manchmal abtaucht, über Stunden, vielleicht Tage nicht ansprechbar ist. Sie geht dann einer Idee nach, zeichnet in Skizzenbücher, breitet Papierrollen aus, vergisst zu essen, besetzt das Wohnzimmer. Oskar lernte mit großer Vorsicht laufen. Immer musste er etwas umgehen.

Musste aufpassen, keine Tuschegläser umzuwerfen. Es schien ihn nicht zu stören. Das Kind war seltsam diskret, fügte sich ein in die Konstruktion, die Mona ihm vorgab. Eric hatte sie anfangs oft besucht und dann nicht mehr so oft. Es war ihm schwergefallen, abseits zu bleiben. Er hatte eingreifen wollen und gleichzeitig gewusst, dass dies nicht möglich war. Es war jetzt Monas Wohnung, Monas Leben, in dem er mittlerweile nur mehr Gast war. Da er sich aber auch nicht entschließen konnte, wieder in ihr Leben einzusteigen, ganz zu bleiben, mied er Besuche und holte Oskar lieber ab. Zu *Auswärtsunternehmungen,* wie er es nannte. Anfangs hatte Oskar noch gefragt, ob sie dafür ein Zelt bräuchten. Jetzt folgte er Eric an alle erdenklichen Orte der Stadt. Nahm, was man ihm vorsetzte, ging mit Eric durch Ausstellungen, Friedhöfe, Baumärkte, Cafés und Parks. Nie wusste Eric genau, was ihm gefiel. Er konnte es nur erahnen. Manchmal blieb Oskar etwas länger vor einem Bild stehen, blickte in eine Baumkrone. *Warum grade dieses, wieso hier?,* dachte Eric dann. Oskar gab keine Antwort. Dieses Kind, ein Geheimnis, von Anfang an.

Eric muss plötzlich an das Bett denken, das er zu Oskars Geburt aus Restholz im Atelier gebaut hat. Wo steht es jetzt eigentlich? Oskar will los, will raus. Der Bastelladen, er braucht noch Holzleim. *Dann schönen Abend,* sagt Eric in Richtung Tresen. Die Frau dahinter nickt, *hab bald Feierabend.* Zu gern würde Eric sie fragen, was sie dann macht. Nur aus Interesse, wie er aussieht, ihr Feierabend. Aber Eric fragt nicht. Er streckt Oskar die Handschuhe hin. Draußen ist es kalt. Der Atem zeichnet sich in der Luft ab. Keiner spricht.

FELD

Dina haut in die Tasten. Immer dieses Heimweh, donnerstags, pünktlich, wenn es dunkelt, stellt es sich ein. Was für ein Gefühl, genau? Dina kann es nicht beantworten. Sich nicht und den anderen schon gar nicht. Zum Glück fragt auch niemand danach, keiner bemerkt es, außer Theo vielleicht, den sie seit zwei Jahren unterrichtet. (Wirklich begabt, der Junge, ein Talent für Nuancen, aber ebenso fähig zu donnernden Ausbrüchen, das ganze Spektrum. Aus dem wird mal was, wenn uns die Pubertät nicht dazwischenkommt!)

Haben Sie etwas Schlechtes gegessen? Er weiß, dass er sich über Umwege nähern muss, dass er Frau Lem nie direkt drauf ansprechen darf. Ein Unbehagen. Dina schaltet das Licht an. Er spürt es genau. Dina winkt ab. Heute nicht, heute wird sie es ihm nicht sagen. Da ist was, schon richtig. Er spürt es ja, ihm kann sie nichts vormachen. Aber was fängt ein Neunjähriger mit dem Wort Heimweh an? Sie klappt den Klavierdeckel zu, *genug für heute.*

Im Flur setzt Theo sich seine Mütze auf. Wie viele Gedanken sich darunter verstecken mögen, denkt Dina, gut, dass sie es jetzt warm haben. Solche Exemplare trifft man nicht alle Tage. Theo greift eilig nach seiner Tasche, er will noch zum Sport. Pfeifend geht er die Treppen hinab. Es ist ein Lied, das Dina nicht kennt.

Theo tritt vor die Tür. *Komische Stunde,* denkt er, irgendetwas war heute mit Frau Lem. Es gibt Menschen, die Dinge verraten, obwohl sie schweigen. Etwas anderes spricht für sie, eine hochgezogene Augenbraue oder ein zu schnell geschlossener Klavierdeckel. Theo steigt in die U-Bahn, er überlegt eine Weile, dann weiß er es: *Frau Lem will weg.*

Wenn Theo Menschen betrachtet, kann er sagen, was mit ihnen ist. Diese Frau verzieht das Gesicht, weil sie Zahnschmerzen hat, der junge Mann gegenüber hat seine Freundin verloren und der Alte, der an der Tür steht, seine Arbeit. Es ist ganz leicht, Theo muss nur in seinem Kopf kramen. Das ist wie in Mathe, Musik oder Sport. Theo steigt aus der U-Bahn. Nächste Woche spricht er Frau Lem darauf an. Theo pfeift und geht in die Umkleidekabine. Er will noch ein Tor schießen.

Bei den Spinden steht ein blasser Junge. Theo hat ihn hier noch nie gesehen. Jemand sagt, dass er Oskar heißt. Oskar selbst sagt nichts.

Oskar ist hier, weil Mona wichtig findet, dass Kinder in seinem Alter zum Sport gehen, *wenigstens ausprobieren.* Sie hofft, ihn damit von seinen Kisten abzulenken, was sie ihm natürlich nicht sagt. Stattdessen sagt sie: *Du trittst in Opas Fußstapfen.* Oskar ist sich nicht sicher, dass er das möchte. Er möchte etwas Eigenes finden. Niemand aus der Familie soll es ihm vormachen. Eigentlich weiß er auch schon, was es ist.

Theo hat den Neuen mehrmals angespielt, der jedoch reagiert nicht, lässt jeden Pass an sich vorbeilaufen. Theo betrachtet ihn. Er hat etwas Eigensinniges an sich, wie er so über das Feld läuft, Blicken ausweicht, wahrscheinlich hat er nicht viele Freunde, aber etwas ganz Eigenes, das ihn antreibt. Theo fragt sich, was es ist.

Draußen vor der Halle wartet Tsarelli, weil man den Jungen unterstützen muss, wenn er sich schon vorwagt, in die Gefilde des Sports. Keine leichte Sache für ihn, Tsarelli hat es kommen sehen. Oskar geht, ohne sich zu verabschieden, an den anderen Jungen vorbei, stellt ihm die Tasche vor die Füße. Eine Art Vorwurf. *Bis nächste Woche,* ruft ihnen jemand nach. Oskar braucht sich nicht umzudrehen. Er weiß, dass es Theo war.

Nach dem Sport gab es in seiner Jugend immer ein Eis oder etwas mit Milch, für die Knochen. Tsarelli schnallt die Tasche aufs Fahrrad, schiebt. Oskar läuft neben ihm her, hebt kaum die Nase vom Boden. *Willst du einen Kakao? Bei der Gelegenheit könnten wir auch schauen, ob ich noch Holzlatten für dich habe.* Oskar nickt. So ist das mit den Stärken, denkt Tsarelli, jeder hat seine eigene, da bringt man besser nichts durcheinander.

Es gab Dinge ohne schönes Ende, Dinge, die verpufften oder ausliefen, ohne dass man ein letztes Mal Gefallen daran fand, sie in guter Erinnerung behalten konnte. Dina denkt gegen die Müdigkeit an. Dinge, die gut begonnen hatten und uns dennoch enttäuscht zurücklassen.

Dina erinnert sich an all die Anfänge in ihrem Leben. An die Freude, die sie als Kind verspürte, wenn ein Bettlaken frisch ausgebreitet wurde. Einfach so. Der Geruch von Waschmittel, von Neuem. Keine Falte. Sie strich mit der flachen Hand über den Stoff, der sich frisch gebügelt über die vier Ecken des Bettes spannte. Alles lag ruhig und in der Schwebe. Später erst kam der Schweiß, kam das Knittern.

Immer wieder wünschte sich das Kind, das Dina gewesen war, diese unberührte Oberfläche zurück. Ungeduldig wartete sie auf Sonntagabend. Wenn die Betten frisch bezogen wurden, ordnete sich die Welt neu.

KUPPEL

Das erste Mal waren sie sich im Flur der Hochschule begegnet. Mona erinnert sich genau an den grünlichen Linoleumboden, die hallenden Schritte darauf. Den Blick auf die eigenen Füße gerichtet, bemerkte sie nicht, dass sich ihr jemand in den Weg stellte. Eric blieb knapp vor ihr stehen und tat, als suche er etwas. Nicht nur bei sich. Seine Augen tasteten ebenso Mona ab. Wie Hände bei Flughafenkontrollen fuhren sie an ihr hoch und runter, ließen nicht locker. Sie kam sich durchschaut vor. Bis ins Innerste. Wo genau es wohl lag? Mona konnte es nicht genau sagen, sie dachte an einen warmen Fleck unter dem linken Rippenbogen, pulsierend und in seiner Ausdehnung veränderbar.

Eric sagte nichts, stand nur da und ließ die Hände in den Taschen seines Kapuzenpullovers verschwinden, dort zitterten sie leicht. Als wären sie überrascht über seinen ruckartigen Vorstoß, den es jetzt durchzuziehen galt. Unvermittelt brach aus ihm heraus: *Wir sollten einen Kaffee trinken, sofort!* Wenn ihre Wege sich schon kreuzten. Eric sagte *unsere Wege,* was Mona ein wenig erstaunte. Sie hatte ihren Weg nicht in Verbindung zu seinem gesehen, auch jetzt nicht, da sich ein Schnittpunkt ergeben hatte.

Wie oft das geschah, bisher schon geschehen war, Dutzende Male, Menschen, die ihr vor die Füße liefen, in deren Gesichter sie für den Bruchteil einer Sekunde blickte. An der nächsten Ampel hatte Mona sie bereits vergessen.

Doch Eric ließ nicht nach. Er müsse nur eben die Pinsel auswaschen. Ob sie Kaffee möge, überhaupt. Mona nickte verdutzt. *Ich gehe schon mal vor.* Wie um Zeit zu gewinnen, ihren eigenen Weg wieder aufzunehmen. Und obwohl sie es längst wusste, erklärte er ihr, wie man in die Mensa kam. Der Aufzug im hinteren Gang.

Die Hände unter kaltem Wasser, mit der Acrylfarbe zwischen den Borsten kämpfend – damals malte er noch –, dachte Eric, dass ihn selten etwas derart reizte wie die Idee, mit Mona Tsarelli Kaffee zu trinken. Es lag nicht nur am Namen. Mona war widerspenstig, und genau das gefiel ihm an ihr, hatte ihm von Anfang an gefallen, diese Unfähigkeit, sich anzupassen, sich auf andere Menschen einzustellen. Seit dem Begrüßungsfest für die Erstsemester hielt sie sich im Hintergrund, stand abseits. Eric hatte sie nur aus der Ferne beobachten können, ihre ungelenken Versuche, auszuweichen, der Enge zu entkommen, die menschliche Zusammenkünfte für sie bedeuteten.

Mona ging meist nach dem ersten Wein, schlängelte sich wortlos an den anderen vorbei und verschwand.

Eric setzte sich in der Mensa ans Fenster, wartete auf Mona und schaute hinaus in den Hof. Hatte sie doch keine Lust gehabt, ihn zu treffen? War ihr Vorausgehen nur ein Vorwand gewesen, um ihm auszuweichen?

Eric war schon einige Jahre an der Kunsthochschule, er wusste: Hier war die Welt unberechenbar. Ein Haufen Individualisten, die sich von der Masse da draußen abheben wollten, kamen zusammen und bildeten eine neue Masse, aus der es erneut galt auszubrechen. Jeder auf seine Art einzigartig, natürlich. Da konnte es sein, dass man auf halber Strecke umkehrte, innehielt oder in ein Gespräch verwickelt wurde. Es gab so vieles, und alles musste gesehen werden. Rastlos irrte man durch die Gänge der Hochschule, von einer Vernissage zur nächsten, immer auf der Suche. Viele schliefen kaum, aus Angst, sie könnten etwas verpassen, sobald ihre Augen sich schlossen. Man musste alles, alles gesehen haben. Vielleicht war Mona hängengeblieben, in einem der zahlreichen Flure, hatte etwas gefunden, das ihre Aufmerksamkeit stärker auf sich zog.

Die Tür zur Mensa ging mit einem Quietschen auf, dahinter Mona, die sich gegen das schwere Holz stemmte. Eric sah sie direkt zum Tresen gehen, einen Kaffee bestellen, erst dann blickte sie sich nach ihm um. Er winkte, fragte sich im nächsten Moment, ob man so etwas tat, wenn man jemanden nur flüchtig kannte, ließ die Hand wieder sinken und spielte mit dem Zuckerstück auf seinem Untertassenrand. Mona trat an den kleinen Tisch. In ihrer Tasse schwappte der Kaffee auf und ab.

Ich habe die Treppe genommen.

- Hattest du Angst, im Fahrstuhl steckenzubleiben?

Ich wollte es anders machen.

Beide mussten lachen. Eines dieser anfänglichen Lachen, mit dem man Gebiete absteckt, die man noch gar nicht kennt. Etwas zu laut, etwas unbeholfen und völlig unverständlich, wenn man nicht drinsteckt.

Er ließ das Zuckerstück in den Kaffee fallen. *Ich bin kurz vor dem Abschluss. Ein Semester noch, höchstens.* Mona blickte auf die weiße Masse, die sich bräunlich färbte, unter der Kaffeeoberfläche versank. Wieso sagte er ihr das gleich zu Beginn des Gesprächs?

Ich hab grad erst begonnen. Sie setzte es entgegen. Alles vor sich. Hart erkämpft. Sieben Mappen, fünf unterschiedliche Städte und schließlich der eigene Name in der Liste der Aufgenommenen. Sie hatte Pinsel in sämtlichen Größen besorgt. Sie war bereit.

- *Ich weiß. Der Anfang ist super hier. Überhaupt Anfänge. Schmecken immer nach Triumph irgendwie.* Er lachte. Es hatte etwas Ansteckendes.

Eric war Mona nie sonderlich aufgefallen, erst jetzt, da er vor ihr saß, sie sein Gesicht aus der Nähe betrachtete, bemerkte sie das ständige Grinsen, das seinen linken Mundwinkel nach oben zog. Die angenehme Eigenart, nichts zu wichtig zu nehmen. Aus allem einen Witz zu machen. Auch aus sich selbst. Sie wollte diesem Grinsen folgen und stimmte unvermittelt zu, als er vorschlug, ein wenig spazieren zu gehen.

Sie liefen durch die Stadt, fuhren U-Bahn, um sich aufzuwärmen, durchkreuzten Parks und entschlossen sich schließlich, etwas essen zu gehen, *weil Anfänge so beschlossen werden sollten.* Hatte sie gesagt und er erstaunt gefragt: *Was beginnt hier denn genau?*

- *Ein Wagnis.*

Er folgte ihr durch die Drehtür eines Einkaufszentrums. Im Untergeschoss nahmen sie in einem Sushi-Lokal an einem der langen Tische Platz. Über ihnen ein Schild: *All you can eat: 30 Minuten à 7,90 €.* Der Boden wirkte kalt, fast steril, vor ihnen zog das Essenslaufband endlose Runden. Mona griff durch die kleine Öffnung, zog kleine Speisen aus der Vitrine vor ihnen. Sie stapelte Schälchen, baute Türme. Eric sprach und ließ die Sekunden ablaufen. Schälchen und Worte, alles im Vorüberziehen. Ihr Handy zählte rückwärts, lag zwischen ihnen. *Beim Reden wird die Zeit knapp,* dachte sie. Den Satz in eine Serviette sticken oder in ein Küchentuch. Eric versuchte, ihre Blicke einzufangen, auf sich zu lenken. Ihr etwas erzählen, wie noch niemand zuvor. Sie erstaunen. Nur selten wandte Mona sich ihm zu. Sie balancierte einen kleinen Berg

Ingwer zwischen zwei Stäben. Eric blickte auf ihre Finger, schweifte in Gedanken ab. Die stumpfen Holzstäbchen. Er sah sie plötzlich größer vor sich. Kein schlechtes Material.

Eric spießte ein Stück Apfel auf sein Stäbchen, hielt es vor seinen Mund, fragte unvermittelt: *Machst du mit?*

Es knackste, als er abbiss, ein Stückchen mit Kerngehäuse fiel zu Boden. Gleichzeitig bückten sie sich, gleichzeitig wichen ihre Hände voreinander aus. So blieb der Apfelrest liegen. Zu ihren Füßen, als sei nichts. Mona richtete sich wieder auf.

- *Mitmachen? Wobei?*

Bei meiner In-stall-a-tion.

Eric zog das Wort in die Länge, als sei es ihm unangenehm.

Ein oftmals leichtfertig verwendeter Begriff. Alles, was in Räumen stattfand, wurde dazu. Es brauchte nicht viel. Ein Stück Seife, ein umgedrehter Stuhl. Eric jedoch wollte in den Raum eingreifen, ihn verändern. Nicht nur vereinzelt Gegenstände deponieren. Eric wollte bauen, fliegende Späne erzeugen und gewohnte Wege versperren.

Ich glaube, man könnte … mit diesen Stäbchen da … einen ganzen Raum füllen. Was denkst du?

- *Du wirst eine Menge davon brauchen.*

Ich könnte in allen Lokalen fragen. Alle Stäbchen der Stadt auf einem Haufen, wie findest du das?

Mona nickte, doch etwas verriet ihm, dass sie noch nicht ganz überzeugt war. Ihr Kinn lag seltsam aufgestützt in der linken Hand, er meinte, eine leichte Kaubewegung zu bemerken, obwohl sich nichts mehr in ihrem Mund befand. Eric sah sich herausgefordert. *Alles, was ich der Hochschule hinterlassen werde, ist eine riesige Ladung Stäbchen. Dafür ist der Abschluss doch ideal. Man geht raus, und vorher knallt's noch mal.* Er musste selbst über seine Worte lachen, aber gleichzeitig gefiel ihm die Idee. Eric gestikulierte wild. *Ich will den richtigen Moment abpassen – und dann Absprung!*

Mona nickte wieder, sagte jedoch fast ein wenig kühl: *Ich glaube, es kommt wirklich auf den richtigen Moment an. Sonst wirkt es lächerlich.*

Diesmal nickte Eric, ein wenig nachdenklich. Es roch nach Pathos, etwas zelebrieren zu wollen, das bald darauf enden sollte, er war sich dessen bewusst. Jedes Ende hatte, je länger man es betrachtete, ohnehin etwas Lächerliches. Alles spitzte sich zu und brach dann zusammen. Vielleicht wäre es geschickter, dachte Eric, die Enden gänzlich zu umgehen, ihnen keine Beachtung zu schenken, sie kommentarlos in den unaufhaltsamen Ablauf der Dinge einzureihen. Oder ihnen bereits den Anstrich von etwas Neuem zu geben. Lief hier noch das Ende aus, oder befand man sich schon im Neuen? Ein fließender Übergang.

- *Doch kein Knall?* Mona sagte es, als habe sie seine Gedanken gehört. Eric blickte verwundert auf, *woher wusste sie das?*, und musste plötzlich an den Frühling denken. Es wäre der perfekte Zeitpunkt, um mit seiner Arbeit zu beginnen.

Im März. Eric sagte es bestimmt, als sei es unumgänglich. *Im März fange ich damit an. Dann bleibt genug Zeit bis zum Sommer.*

Der Julitermin war der begehrteste Zeitpunkt für die Diplome. Galeristen, so hieß es, bevorzugten diesen Monat und schlichen bei sommerlichen Temperaturen durch die Räume der Hochschule, um nach neuen Talenten Ausschau zu halten. Eric jedoch hatte nie einen gesehen.

Das ist ja noch eine Weile hin. Mona sagte es nicht ohne Skepsis und blickte auf ihr Handy. Die Sekunden waren abgelaufen. 00:01 sprang auf 00:00. Zeit, zur Kasse zu gehen. Er nickte. Die Kellnerin erschien, trotz des vollen Restaurants, erstaunlich schnell hinter dem Tresen, tippte den Betrag ein. *Viel zu tun heute, nicht?* Eric sagte es in Richtung Kasse, wie er sich häufig an Dritte wandte, wenn das eigentliche Gespräch zu stocken drohte. Vielleicht hoffte er dadurch, etwas in die Länge zu ziehen. Den Moment, ehe sie das Untergeschoss verließen, auftauchen würden, an eine Oberfläche, die sie letztendlich auseinandertrieb. Der kurze Rückweg zur Hochschule noch, dann würden ihre Wege sich abzweigen und wieder unabhängig voneinander verlaufen. Sie schloss ihr Fahrrad los, er stieg in den Bus. *Bis bald, bis März!*, rief sie ihm nach. Machte sie Witze? Hinter der Scheibe sah er sie losfahren und langsam verschwinden, bis ihre rote Mütze nur mehr ein kleiner Punkt am Ende der Straße war.

Eric war verunsichert von dem kurzen Ausflug mit Mona zurückgekehrt. Ein Bild ging ihm nicht aus dem Kopf. Die Stäbchen, wie Mona sie an ihren Mund geführt hatte. Das Auf- und Zuklappen der Hölzer, einem Vogelschnabel gleich. Wie groß müsste der Winkel ausfallen, damit sich die Stäbe im Raum gegenseitig stützen könnten? Es war eine Materialfrage, die er vorschob, um nicht ständig an Mona denken zu müssen. Er hätte ihre Hand gern ergriffen, die Stäbchen aus ihr geangelt. Ihr Zeigefinger war länger als der Ringfinger, ungewöhnlich.

Er schaute auf sein Handy. Keine Nachricht. Natürlich, Mona hatte seine Nummer nicht.

An jenem Tag, sagte Eric später, habe er zum ersten Mal

über die Kuppel nachgedacht: *Da sah ich noch eher einen Haufen, aber die Grundidee war da, kam mir beim Sushi-Essen mit dir. Etwas bauen. Anhäufen, bis es zum Unterschlupf wird, einen eigenen Raum schaffen. Ich glaube, so hat es begonnen.*

Wann begannen die Dinge? Im Rückblick schwer zu sagen. Erics Gesicht hinter der Scheibe des Busses, Monas Fuß auf der Pedale und im Kopf der Gedanke, dass er ihr fehlen würde. Obwohl sie ihn kaum kannte. Im Lokal hatte sie noch nicht daran gedacht, zu konzentriert auf vorbeifahrende Teller und Worte, die sich links neben ihr türmten, dort, wo Eric sprach.

Aber wenn es für Eric bereits dort begonnen hatte, wo war dann der tatsächliche Anfang? Konnte ein Erlebnis zwei Anfänge haben, als wäre es durch unterschiedliche Zeitzonen gerutscht? Oder existierte es am Ende gar nicht, wenn schon sein Beginn so schwer festzulegen war?

Im Sommer, rechtzeitig zum Diplom, war Erics Installation fertig geworden. Ein Konstrukt aus Holzlatten, die Eric quer in den Raum gestapelt hatte, verstellte den Weg zum Atelier. Die Holzstücke hielten ohne weitere Befestigung, lehnten nur an den Wänden. *Ganz ohne Bohrung,* sagte Eric stolz. Mona bückte sich unter Latten hindurch, stieg über andere hinweg, um ins Atelier zu gelangen. In der Mitte des Raumes erreichte die Konstruktion ihren höchsten Punkt, eine Art Kuppel erhob sich über Monas Kopf. Die Anordnung der Latten mit ihren regelmäßigen Abständen und sich überlagernden Winkeln ergab ein geometrisches Muster, das sich einem erst im Inneren der Kuppel erschloss. Es hatte etwas mit Mathematik zu tun und gefiel Mona.

Sie schlug Eric vor, aus der Kuppel eine bewohnbare

Skulptur zu machen, in ihr zu übernachten. Eric war sofort begeistert.

Sie schoben Isomatten zwischen den Holzlatten hindurch, legten sie im Inneren der Kuppel nebeneinander zu einem Quadrat und sich darauf. *Wie ein riesiges Mikado,* sagte Mona, und Eric gefiel der Gedanke, die ganze Konstruktion könne über ihnen zusammenbrechen, sie begraben. Ewig würde er hier mit Mona liegen, die sonst so schnell aufsprang, selten lang an einem Ort blieb. Fixiert unter Holzlatten, würden sie sich unterhalten, bis jemand sie fand und freigrub. Es konnte Tage dauern.

BAHN

Wir müssen trainieren. Tsarelli sagt es ruhig und bestimmt, ein Ton, der keine Widerrede erlaubt, etwas Dringliches liegt darin.

- Was, wofür denn?

Georgi will es so. Und ich finde es auch nicht unpassend. Du kannst nicht ganze Monate im Zimmer verbringen. Immer den Rücken über die Werkbank gebeugt. Ein Kind in deinem Alter muss auch mal vor die Tür.

- Und was mach ich dann dort?

Oskar kennt das Draußen, von dem sein Opa spricht, Eric zeigt es ihm jede Woche. Meistens friert er dort. Und oft findet es kein Ende, dieses Draußen, weil Eric keines findet, sich in Gesprächen verfängt. Nie können sie irgendwo sein, ohne dass er jemanden anspricht. Den Verkäufer im Baumarkt, die Postbotin, die Gärtner auf dem Friedhof, Eric hat für jeden eine Frage parat, die er fein säuberlich auspackt, wie ein Stofftaschentuch. Ecke für Ecke klappt er um, bis ein Gespräch daraus wird. Oskar steht daneben und friert, zieht den Vater am Ärmel. *Warte kurz, das muss ich noch erfahren.* Erics Fragen stecken das Gebiet ab wie kleine Nadelstiche:

Haben Sie alle Artikel hier schon ausprobiert, auch die Klobrillen? Stellen Sie sich Ihre Briefe selbst zu? Woher wissen Sie, welche Blume zu welchem Verstorbenen passt, oder pflanzen Sie querbeet?

Langsam arbeitet er sich vor, Saum um Saum. Schließlich gibt er Oskar ein Zeichen. *Alles herausgefunden, Zeit, zu gehen.* Oskars Hände sind eingefroren, er versucht, die Finger zu bewegen. *Wieder was erfahren über die Welt,* Eric grinst zufrieden. Wie kann ein Erwachsener noch so viel von der Welt wissen wollen? Er kennt sie doch schon so lange.

Laufen, unterwegs sein. Bewegung halt! Tsarelli unterbricht Oskars Gedanken. *Diesmal gehen wir es professionell an. Ich werde dir ein Trainingsprogramm zusammenstellen, kleine, aber effektive Einheiten, schließlich habe ich das mal gelernt.*

- *Wozu nur?*, fragt Oskar, und Tsarelli ist sich nicht sicher, worauf sich die Frage bezieht. Er weiß: Alles Körperliche kommt dem Enkel absonderlich vor. Ein Wunder, dass er nicht vergisst zu essen, vor lauter Geist. Wie soll er da verstehen, dass sein Opa jede Bewegung liebt, seit jeher geliebt hat? Begonnen beim Auffächern der Schultermuskeln am Morgen, ein Strecken genügt, alles weitet sich, wie schnell das geht, Tsarelli glaubt dann, in seine eigentliche Form zurückzufinden. Ein wenig größer als über Nacht. Vor dem Bett stehend, richtet er sich neu aus, seine Zehen greifen in den weichen Teppich, das Blut fließt schneller, Tsarelli kreist dem neuen Tag freudig mit den Armen entgegen. Unabhängig von Wetter und Jahreszeit. Der *morgendliche Feinschliff*, wie er es nennt, bereitet ihm so viel Freude wie anderen der erste Kaffee, *na, mehr noch. Es bedeutet, im Leben zu stehen.* Wie aber den Enkel davon überzeugen? Er kommt nach Mona, nach Ruth, nach Eric. Nach allem, was Tsarelli nicht ist. Manchmal fragt er sich, wo seine Gene abgeblieben sind.

Was hat Georgi damit zu tun?

- Er hat da so einen Plan, aber das soll er dir selber erzählen, ich verstehe es auch nicht ganz.

Da soll ich mitmachen, bei etwas, das du nicht verstehst?

- Sind das nicht gerade die spannendsten Dinge?

Oskar verdreht die Augen, Tsarelli denkt an Unverstandenes. Letztendlich auch Ruth, nie ganz durchblickt, selbst nach all den Jahren nicht.

Einmal hatte Mona, sie war noch ein Kind, ihn gefragt: *Warum macht Mama das?* Und er hatte keine Antwort gewusst, wirklich keine. Ruth saß im Flur und legte Briefmarken nebeneinander, eine Spur zog sich von der Küche bis zum Wohnzimmer, eine schmale Linie mit gezackten Rändern. Mona rannte an der Linie entlang den Flur auf und ab. Die Briefmarken bebten leicht, wenn sie vorbeilief, drohten wegzufliegen. *Das bleibt bis heute Abend,* hatte Ruth trocken gesagt. Tsarelli nickte, fragte sich, wo all die Briefmarken herkamen.

Manchmal verschwand Ruth samstagvormittags wortlos, verließ nach dem Frühstück die Wohnung. Tsarelli blieb zurück, zwischen ihren Schritten im Flur und Monas erstauntem Gesicht, ihren fragenden Blicken in Richtung Tür, durch die Ruth eben verschwunden war. Mona konnte sich nicht daran gewöhnen, dass samstags ungeahnte Dinge geschahen, dass ihre Mutter nicht sprach. Dabei kam es immer wieder vor. Tsarelli wusste, dass alles mit Ruths Rückkehr enden würde. Sie kam dann mit roten, frischen Wangen zurück, mit einer neuen Pflanze oder einem Stück Kuchen. Sie kochte Tee und summte in der Küche, riss Fenster auf, egal, wie kalt es draußen war. *Wollt ihr Schlagsahne?* Das Geräusch des Mixers legte sich über ihr Summen, es waberte und vibrierte aus der Küche, in die Mona sich nur zögerlich traute. Es war, als hätte der Ausflug der Mutter ein Befremden in Mona hervorgerufen, das nach deren Rückkehr vorhielt. Als wäre das plötzlich eine neue Frau in der Küche. Eine, die zwar wusste, wo die Dinge standen, die wie gewöhnlich in Schubladen und Schränke griff, zur Familie aber keinen Zugang mehr fand. Vielleicht, weil sie tat, als sei nichts gewesen. Sie stellte die Sahne vor Mona auf den Tisch, strich ihr übers Haar, wie man ein Tischtuch glatt streicht: *Kirschen, magst du doch?* Während hinter Monas Stirn nur eine Frage hämmerte: *Wo, wo, wo bist du gewesen?*

Wer, außer mir? Oskars Frage holt Tsarelli zurück, lässt ihn für kurze Zeit den Flur vergessen, Ruth, die darin hockte, bis es dunkel wurde, aus allen Winkeln Fotos schoss, von der Briefmarkenschneckenautobahn, wie Mona sie nannte. *Soll ich sie festkleben, mit Spucke?*

Mona war bei Ruth im Flur geblieben, hatte sich immer wieder zu den Briefmarken gebückt. Ihr Unverständnis war über den Nachmittag gewichen. Anders als bei den Kirschen, der Sahne, dem plötzlichen Verschwinden fand sie hier einen Zugang zu Ruths Tun, indem sie selbst tat. Sie rückte die Briefmarken zurecht, versuchte, die Linie zu einer makellosen Gerade anzuordnen, holte ihr Kinder-Holzlineal zur Hilfe, Sterne waren darauf zu sehen. Ruth gab ihr Anweisungen, es war wie ein Spiel, das nur sie beide beherrschten. Außen vor blieb Tsarelli, wagte kaum, das Wohnzimmer zu verlassen, zog sich zurück. Es war nicht nur räumlich, er wusste, dass die beiden etwas erobert hatten, das ihm unzugänglich blieb.

Ginge es um Holz, Oskar wäre dabei, kaum zu bremsen vor Begeisterung und eigenen Ideen. Aber es ist nur Sport. Etwas, das er hasst, weil die Kleidung danach auf der Haut klebt, ihm kalt ist auf dem Weg zur Dusche und dennoch kein Tor gefallen. Jedenfalls nicht durch ihn. Die Tore schießen die anderen. Oskar schaut ihnen zu, wie sie über das Spielfeld rasen. Im Herbst zeichnet sich ihr Atem vor der kalten Luft ab. Oskar muss an eine Herde von Drachen denken, aus deren Nasenlöchern es dampft. Die Drachen rufen ihm Dinge zu, die Oskar nicht versteht. Es sind Anweisungen.

Das hier ist etwas anderes, du wirst sehen! Nicht n-u-r Sport, auch Logik! Ich bin dafür zu alt, ganz einfach. Jetzt musst du an die Stelle treten. Oskar stellt sich den Opa als alternden Drachen vor. Seine grünen Schuppen verfärben sich grau, er hinkt leicht. Oskar schmunzelt. *Du solltest es ernst nehmen.* Der Drache wendet sich ab, blickt in einer angespannten Drehung aus dem faltigen Nacken zurück.

Okay, sagt Oskar, *womit fangen wir an?*

Tsarelli hatte die Briefmarken einige Tage später im Müll gefunden. Erschrocken wollte er danach fischen, dachte, Ruth hätte sie versehentlich dort hineinfallen lassen. Begraben unter ein wenig Kaffeepulver sowie Resten einer Mandarinenschale. Verfärbungen zeichneten sich ab. Die weißen Zacken waren jetzt an einigen Stellen bräunlich oder knickten ab. Tsarelli grub nach den Marken, als Ruth die Küche betrat.

Lass nur, ich brauche sie nicht mehr.

- Aber es hat dich den ganzen Nachmittag gekostet, sie auszulegen. Mona hat es gefallen. Vielleicht könntest du nächsten Samstag …

So was kann man nicht wiederholen, Tsarelli. Etwas hat grundlegend nicht funktioniert, ich glaube, der Flur ist ungeeignet mit seiner Maserung.

An jenem Tag, es war ein Dienstag, lernte Tsarelli, dass die Dinge in der Kunst nicht zu wiederholen waren, und dachte bei sich: *Gut, dass ich beim Sport gelandet bin. Dort ist ein Tor ein Tor und bleibt es. Morgen und übermorgen auch. Und frag mich in zehn Jahren, es wird immer noch so sein. Tröstliches Tor.*

Womit fangen wir an? Oskar wird ungeduldig. Am besten legen sie gleich los, dann hat er später noch Zeit für seine Kisten. Tsarelli muss improvisieren, er hat sich keinen genauen Trainingsplan überlegt, hängt den Briefmarken nach. *Um den Kanal, wir laufen eine Runde.*

- *Also kommt die Logik später,* bemerkt Oskar trocken.

Zieh deine Trainingshose an und frag nicht so viel!

Oskar geht in sein Zimmer, zieht ein Stück Stoff hinter den Kisten hervor, das aussieht wie ein Hosenbein.

Am Kanal angekommen, dehnt sich Tsarelli in alle Richtungen. Die Arme des Opas scheinen unendlich lang, so als könnten sie die Fassaden der gegenüberliegenden Häuser berühren. Oskar springt auf der Stelle, irgendjemand hat mal gesagt, dass der Körper dadurch warm würde. *Was zappelst du so?*

Das Knistern von Funktionswäsche. Ob man sie nun braucht? Alle tragen sie, behaupten, darin weniger zu schwitzen, oder wenn, dann effektiver. Effektives Schwitzen. Tsarelli muss lächeln. Rennt an denen vorbei, die besser ausgerüstet sind. Wogegen überhaupt? Wofür? Tsarelli trägt, was er seit Jahren trägt, wenn er Sport macht: eine Hose aus dunkelblauer Baumwolle, etwas zu kurz, ein wenig Knöchel ist zu sehen. Dazu die hellblaue Trainingsjacke, ein billiges Plastikfabrikat, von dem die Buchstaben seines ehemaligen Vereins abblättern wie die Lettern eines stillgelegten Schwimmbades. *Na, die Muskeln sind ja auch nicht mehr die neuesten.* Er muss an Georgi denken, seit Jahren dasselbe Schachbrett, abgestoßene Figuren, *funktioniert auch noch.* Aber gut, soll der Enkel die Füße nur in diese sündhaft teuren Hightech-Schuhe stopfen, schneller wird er davon auch nicht, atmungsaktiv hin oder her.

Na, Schneckenpulver gefrühstückt? Tsarelli zieht am Enkel vorbei, es ist seine dritte Runde, Oskar steckt in der ersten. *An der Brücke warte ich auf dich, aber komm, bevor es Nacht wird.* Oskar schnauft etwas, das kaum zu verstehen ist, in der rechten Hand hält er einen Ast, den er hinter sich herschleift. Er denkt etwas, das von Gewicht zu sein scheint, Tsarelli sieht im Vorbeilaufen, wie er den Kopf senkt, sieht Falten, die sich tiefer graben. An der Brücke angekommen, sind sie zu einer Frage geworden, die Stirn scheint wieder frei.

Plant Georgi einen Banküberfall?

- Wie kommst du darauf?

Ich dachte nur, wenn ich schnell laufen soll …

- Niemals, Georgi ist der ehrlichste Mensch, den ich kenne, ängstlich obendrein, der und Banküberfall …

Gut, mit Geld möchte ich nämlich nichts zu tun haben.

Oskar rammt den Ast neben sich in den Boden, stützt sich darauf ab. *Komm jetzt, Pausen sind nicht gut für den Kreislauf!* Tsarelli wird ungeduldig. Wieder dieses Geld. Keiner in der Familie scheint sich darum zu sorgen. Angefangen hatte es bei Ruth. Ihr Erstaunen beim Blick auf den Kontostand am Ende des Monats:

Oh, na ja, bald ist ja Sommer.

- Und was ist am Sommer anders?

Die Heizung fällt weg.

So konnte man es sehen, und so sahen sie es, denn ähnlich leichtsinnig war Mona. Ein angefangenes Studium und dann ein zweites, das versprach noch weniger einzubringen. Eine Ansammlung von Traumtänzern, auch Eric, seit Jahren diese Lampengeschichte, von der andere weitaus mehr profitierten als er.

Dabei geht es mir gar nicht so sehr um Geld, hatte Tsarelli einmal im Garten zu Ruth gesagt. Es war Spätsommer, doch die Sonne schien erstaunlich lang in das kleine Rechteck aus Beeten, zwischen denen Ruth herumwandelte, hier und da etwas rauszupfte. Unkraut vielleicht oder etwas, das ihr aufgrund der Form nicht gefiel. Ruth hatte eine Vorliebe für Zacken, nicht nur bei Briefmarken. *Worum dann?* Ruth streckte ihren Kopf hinter einem Busch hervor.

Darum, dass ihr alle zurechtkommt, auch wenn ich einmal nicht mehr da bin.

- Wo willst du denn hin?

Nirgends. Es hat auch nichts mit Wollen zu tun. Ich meine, wenn ich mal tot bin.

Ruth hatte herzhaft lachen müssen. *Sei dir mal nicht so sicher, dass du als Erster gehst, Tsarelli!* Sie schmiss etwas Erde nach ihm, er duckte sich. Geheuer war ihm die Vorstellung selbst nicht, was nach ihm sein würde.

Erst mal Abendbrot, hatte Ruth gesagt. Er schnitt Schwarzbrot in dicke Scheiben, belegte sie mit Radieschenstücken, während Ruth auf der kleinen Herdplatte im hinteren Eck der Laube Rührei briet. Sie hatten nicht mehr darüber gesprochen, stattdessen schweigend in die untergehende Sonne gestarrt, jeder mit seinem Brot in der Hand.

Nur manchmal abends im Bett, wenn Ruth längst schlief, versuchte Tsarelli sich vorzustellen, wie es war, nicht mehr zu sein. Sein Körper ohne Gewicht und Ruth weit weg. Es roch nach Erde und Radieschen.

Sie laufen noch einige Runden, dann behauptet Oskar, er kenne jetzt den Weg, *alles immer im Kreis.* Langsam wird es kalt, Tsarelli zieht den Reißverschluss der Trainingsjacke zu.

Eigentlich käme jetzt noch eine Einheit schneller Sprints, doch der Enkel wirkt müde und lässt ohnedies den Ast nicht aus der Hand, *und dann sprinte mal mit so einem Ding, außer du hast es aufs Fallen abgesehen!* Tsarelli lässt die Stoppuhr in seine Hosentasche gleiten. Es hat keinen Sinn, er wird es Georgi sagen, *such dir einen mit Ausdauer, bei meinem Enkel ist die Zündschnur zu kurz.*

BLASE

Ganz verstehe ich es nicht. Georgi rückt die Figuren zurecht, beugt sich über das Schachbrett. Etwas scheint nicht zu stimmen, die Abstände, er will sie präziser. Tsarelli schaut aus dem Fenster, Wolken türmen sich. *Wann bist du fertig mit deinem Zauber?* Und als Georgi verwundert aufschaut, schiebt er nach: *Wir verstellen sie doch sowieso gleich wieder.* Georgi aber hat es auf die Mitte abgesehen, die exakte Mitte, den perfekten Start. Jedes Kästchen überprüft er, ob weiß, ob schwarz, die Figur soll zentriert darin stehen, *sonst geraten meine Gedanken ins Stocken. Vorbereitung ist alles, Tsarelli!* Tsarelli blickt weiterhin aus dem Fenster. Ist er heute verträumt oder verstimmt, Georgi kann es nicht genau sagen.

Jedenfalls! Was ich nicht verstehe: Wieso gibt dein Enkel so früh auf? Tsarelli fährt sich mit der flachen Hand über das Gesicht. *Dein Plan,* sagt er, *war ihm zu undurchsichtig.*

- Undurchsichtig? Der spinnt wohl! Der Plan hat eine Tragweite, die er nur noch nicht absehen kann. Ein bisschen Vertrauen, bitte!

Endlich ist alles aufgebaut. Georgi steht stolz an der Tischkante, betrachtet sein Werk. Für einen Moment scheint Tsarelli die Pedanterie, die der Freund an den Tag legt, unerträglich, dieses Gefriemel bis ins Kleinste. Es kommt ihm so vor, als hätte sich diese Eigenart über die Jahre verschlimmert. Eine eigene Disziplin ist daraus geworden. Georgi zerlegt die Dinge und Handlungen bis ins Detail, bis zur völligen Stagnation.

Georgi, ich weiß selbst nicht, worauf du hinauswillst!

- Das macht nichts. Ihr müsst es nicht verstehen, ihr sollt trainieren und fit werden, körperlich fit. Der Kopf bin ich!

Tsarelli weiß nicht, wohin mit seinem Blick, das Spöttische darin könnte den Freund verletzen. Hinter der Scheibe scheinen selbst die Wolken zu stocken, vielleicht hat Georgi auch sie zerdacht, ihnen den Wind genommen.

Plötzlich sieht Tsarelli den jungen Mann wieder vor sich, der Georgi einst war. Die Haare eilig nach hinten gekämmt, ein Hemd mit Karos, stürzte er auf ihn los, zog eine Reisetasche hinter sich her. Schweres schien darin zu sein, sie schliff leicht über den Boden. Ob er wisse, wo der Bus in die Stadt abführe. *Welche Stadt?*, fragte Tsarelli, der glaubte, einen Witz zu machen, im Gesicht des Fremden aber eine plötzliche Bestürzung entdeckte. *Es handelt sich um ein wichtiges Turnier*, erklärte der Fremde, der sich bald darauf als Georgi herausstellte. Dass er diesen Menschen in den kommenden dreißig Jahren jeden Donnerstag zum Schachspielen treffen würde, ahnte Tsarelli noch nicht.

Stattdessen sagte er: *Das mag sein. Vielleicht gibt es so was hier.*

Und als der Fremde nickte, fragte er schnell: *In welcher Sportart treten Sie denn an?*

- *Schach!*

Tsarelli musste schmunzeln, hatte Glorreicheres erwartet, etwas mit Schweiß und anschließender kalter Dusche.

Die Busse fahren da drüben, mit einer lässigen Bewegung wies er in Richtung Bahnhofsvorplatz.

- *Ich bin etwas zu früh dran*, sagte der Fremde, und Tsarelli, der sofort verstand, schwenkte seinen ausgestreckten Arm weiter, das Café am Eck sei ganz passabel.

Sie gingen hinüber, setzten sich an einen Tisch am Fenster, Georgi trank eine Limonade nach der anderen, redete wirr und aufgeregt, das bevorstehende Turnier sei von außerordentlicher Bedeutung für sein Vorankommen. Tsarelli beobachtete den jungen Mann, seine hektische Art, sich immer wieder durchs Haar zu fahren, nach der Limonade zu greifen, als läge darin seine Rettung. Kleine Schlucke, mit denen er versuchte, die Nervosität herunterzuspülen. Tsarelli kannte dieses Gefühl, ein anstehender, großer Wettbewerb ließ auch ihn erzittern. Genauer: Die zwei kleinen Finger seiner linken Hand, etwas durchfuhr sie. Ein Zucken, das er nur durch äußerste Konzentration und tiefes Einatmen bändigen konnte.

Der Vormittag war schnell vergangen, sie hatten über Schach und Sport gesprochen, was, wie sie feststellen mussten, eigentlich dasselbe war. Sechs Limonaden später hatte Georgi einen hastigen Blick auf die Uhr geworfen, *es ist so weit!* gerufen, war ruckartig aufgestanden und in Richtung Bahnhof gerannt. Tsarelli folgte ihm. *Da steht es!* Er wies auf den Plan an der Bushaltestelle: *Hier, siehst du, deine Station!*

- *Das kann schon sein,* sagte Georgi, *aber ich kann es nicht lesen.* Verwunderung in Tsarellis Blick, eine Weile ließ Georgi sie darin, sagte nichts. Tsarelli musterte ihn, *vielleicht ein Witz?!* Dieses feine Gesicht, in dem die Augen von rechts nach links sprangen, als könnten sie jederzeit herausfallen. Doch Georgi blickte ernst. *Diese Schrift, ich kann sie nicht lesen.*

- *Wie hast du dann überhaupt die Sprache gelernt?*

Mit Kassetten. Alles so lange wiederholt, bis ich es konnte. Georgi grinste, Tsarelli staunte. *Es muss unendlich gedauert haben, oder?*

Fast ein Jahr. Aber sag es bitte niemandem!

- *Natürlich nicht!* Tsarelli nickte einige kräftige Male. *Niemals!*

Dachte bei sich: Es ist ein Geheimnis, das du nicht weiterträgst, du willst deinen neuen Freund nicht verraten. Diese kleine Schwäche macht ihn im Grunde umso sympathischer. Aber du wirst es für dich behalten, weil er dich darum bittet. Nur Ruth wirst du es sagen, abends im Bett, hinter vorgehaltener Hand. Zwei Kissen wirst du als Schallwall aufbauen, um sicherzugehen, dass die Nachbarn nichts hören. Direkt in Ruths Ohr hinein: *Da gibt es einen, der nicht lesen kann, obwohl er spricht, ich habe ihn getroffen, er macht einen vernünftigen Eindruck, spielt Schach auf Weltniveau, doch in unserem Land schweigen die Buchstaben für ihn wie für einen Fünfjährigen, stell es dir vor und schlaf ein!*

Hast du ihn gefragt? Ruth öffnete ein Fenster, streckte den Kopf hinaus. Draußen war es noch dunkel, kalte Luft drang bis zu Tsarellis Nase. Er versteckte sie unter der Bettdecke. *Was gefragt?*

- *Nach seiner Adresse, hast du ihn nach seiner Adresse gefragt?* Tsarelli streckte seine Arme über den Kopf, ganz wach war er noch nicht. Die Arme hatten Wärmeres erwartet, er zog sie unter die Bettdecke zurück. *Hast du die Heizung über Nacht abgedreht?*

- *Nein, das kommt von draußen.* Ruth blies zum Beweis in die morgendliche Luft hinter dem Fenster. Es sah aus, als würde sie rauchen. Tsarelli warf einen flüchtigen Blick auf den Wecker, drehte sich auf die andere Seite. Doch Ruth ließ nicht locker.

Der Russe, von dem du mir vor dem Schlafengehen erzählt hast, weißt du, wo er untergekommen ist?

- *Nein, danach habe ich nicht gefragt.*

Aber er ist doch ganz allein hier. Was macht er den ganzen Tag?

- *Er spielt Schach.*

Das dauert doch nicht den ganzen Tag!

- *Bei einem Turnier schon.*

Und heute Abend?

- *Ruth, keine Ahnung, da geht er vielleicht etwas trinken.*

Aber er kann doch nicht lesen!

- Trinken kann man auch ohne Buchstaben, mach dir keine Sorgen! Er kennt hier niemanden, wir könnten ihn zum Essen einladen!

- Ruth, wie soll ich ihn wiederfinden in dieser riesigen Stadt?

Tsarelli schüttelte den Kopf, wenn Ruth sich in etwas verbiss, gab es kein Entkommen, er wusste es. Sie würde nicht eher nachgeben, bis er Georgi anschleppte. *Nur finde mal einen, den keiner kennt, unter Millionen! Unmöglich.* Tsarelli ging ins Bad, duschte kalt und ausgiebig, eine Mischung, die seine Haut erröten ließ.

Ruth hatte die Eigenart, Menschen vor ihrer Einsamkeit bewahren zu wollen. Sie lud sie ein, kochte für sie, ging mit ihnen spazieren, zeigte ihnen den Garten oder ihre Bilder, bis es ihr selbst zu viel wurde. Und das war der Punkt: Ruth wurde es schnell zu viel. Tsarelli musste dann übernehmen. *Er ist,* sagte Ruth mit einem Lachen, *der viel Geselligere von uns beiden,* und verschwand zu ihren Farben. Ruth, die alle vor Einsamkeit bewahren wollte, war selbst unglaublich gern allein. Manchmal schickte sie Tsarelli unter irgendeinem Vorwand in den Supermarkt, nur um einen Moment lang die Wohnung für sich zu haben. *Schon?,* sagte sie bei Tsarellis Rückkehr und verschwand im Bad oder auf dem Balkon, um noch ein wenig ihren Gedanken nachhängen zu können. Anfangs hatte er den Vorwurf in ihrer Stimme nicht verstanden, mit der Zeit aber weitete er seine Runden durch den Supermarkt aus, hängte noch einen Besuch im Café an.

Tsarelli blickte in den Spiegel über dem Waschbecken. Die Äderchen im Augapfel zeichneten sich rot ab, stärker als gewöhnlich. Als würde im Inneren etwas kräftig pumpen, Wege suchen, um an die Oberfläche zu gelangen. Er fuhr mit dem Handtuch über sein Gesicht, er würde Georgi finden müssen. Tsarelli appellierte an sein Hirn, jetzt bitte eine Lösung auszuspucken oder zumindest den Ansatz einer Fährte. Etwas, das sich in Handlung umwandeln ließe, in Bewegung, denn im Bad würde er Georgi nicht finden, so viel war gewiss. Er stürmte aus der Tür, griff nach den Schuhen, es tropfte aus seinen Haaren, doch dafür war jetzt keine Zeit. Beim Blick auf seine Oberarme war es ihm plötzlich gekommen, *du musst den Menschen bei seinen Stärken packen.* Tsarelli erinnerte sich, einmal von einem Schachcafé gehört zu haben, es lag verborgen in einer Seitenstraße, er würde es finden müssen. Für Ruth.

Zu deiner großen Überraschung habe ich heute Tee gekocht, Georgi grinst, rückt die Teekanne zurecht, als wäre sie eine übergroße Schachfigur. Tsarelli denkt an die Locken des Freundes und dass sie ihm ausgefallen sein müssen, eine nach der anderen, fast unmerklich, doch drastisch im Endresultat. Wann war das passiert? Etwas Schleichendes, das sich hinter den Tagen versteckte. Erst hervortrat, nachdem Jahre verstrichen waren.

Vielleicht sehe ich dich zu oft, um Veränderungen zu bemerken.

- Wie bitte?

Ach nichts, es war nur so ein Gedanke. Für mich bist du immer noch der Umherirrende, den ich am Bahnhof aufgelesen habe.

- Bilde dir nichts ein, Tsarelli, ich wäre auch ohne dich zurechtgekommen.

Das Schachcafé war voller Menschen gewesen, Tsarelli hatte Mühe gehabt, sich einen Weg hindurchzubahnen. Männer in schweren Sesseln beugten sich über Bretter mit schwarzweißen Karos, blickten kurz auf, als Tsarelli vorbeiging, und versanken ebenso schnell wieder im Spiel. Zahlreiche Köpfe, nach vorne geneigt, doch keine blonden Locken. Nachdem er alle Räume durchstreift hatte – auch im Hinterzimmer sah er nach, in der Küche und im Speiselager –, war Tsarelli sich sicher, dass Georgi nicht unter den Spielern war. Er dachte an Ruth, ihr enttäuschtes Gesicht, wenn er allein zurückkehren würde. Es half nichts, er musste weitersuchen, die ganze Stadt durchforsten, wenn es notwendig war. Jeden Straßenzug würde er ablaufen, in jedem Winkel nachschauen, auf der Suche nach dem jungen Russen mit der großen Sporttasche, ein Irrsinn, eigentlich. *Aber: Ein Wunsch ist ein Wunsch. Im Weg will ich da nicht stehen!* Murmelte es und rannte weiter.

Oskar sollte offener sein für die Dinge! Ich sage es dir, weil du sein Großvater bist: So wird er nicht weiterkommen!

- Nur weil er deinem Plan nicht folgen will, heißt das noch lange nicht, dass …

Lass mich ausreden! Es ist ernst. Ich habe das Gefühl, dass ihr euch verschanzt. Ihr seid ein unschlagbares Trio, Mona, Oskar und du, aber allein kommt keiner von euch zurecht!

- Was hat Mona damit zu tun?

Sie ist ähnlich störrisch. Das sind Ruths Gene, ich sage es dir, Tsarelli!

- Ruth war auf eine ganz andere Art stur! Was willst du überhaupt? Dass wir für dich in den Kanal springen? Dass wir Dina zurückbringen? Dich aufs Siegerpodest hieven?

Von allem etwas. Georgi grinst leicht verlegen. Tsarelli hat den Freund noch nie so forsch erlebt. Etwas gefällt ihm trotz allem an Georgis plötzlicher Empörung. Sie macht ihn lebendig.

Tsarelli hastete weiter durch die Straßen, hielt Ausschau, murmelte: *Wo zum Teufel steckt er? Weit kann er ja nicht gekommen sein. Blöd, dass ich ihn nicht gefragt habe, wo er übernachtet.* Es hätte die Sache um einiges leichter gemacht! *Aber auf so etwas kommst du nicht, im richtigen Moment stellst du die falschen Fragen. Später fallen sie dir ein, aber dann stimmt wieder der Moment nicht. Unzulängliche Welt!*

Ruth war noch wach, hatte Tsarellis Schritte im Hausflur gehört, stand erwartungsvoll im Türrahmen. Bis zum Einbruch der Dunkelheit war er durch die Straßen und Kneipen gerannt, *alles abgelaufen*, sagte er leise, ging an Ruth vorbei in die Küche, sank auf den erstbesten Stuhl. *Wirklich, Ruth!* Ruth nickte.

- Dann ist es so. Da lässt sich nichts machen. Wahrscheinlich irrt er jetzt durch die Nacht.

Dann hätte ich ihn getroffen, glaub mir. Tsarelli zog seine Socken aus, an seiner linken Hacke kam eine riesige Blase zum Vorschein. Ruth ging Pflaster holen.

Vielleicht habe ich etwas übertrieben.

- Mach dir keine Sorgen, Ruth, das heilt wieder.

Ich kenne ihn ja nicht mal, wieso scheuche ich dich durch die Stadt, um nach ihm zu suchen?

- Das wüsste ich auch gern. Vielleicht langweilst du dich mit mir?

Niemals. Ruth packte Tsarelli unter den Armen, versuchte, ihn hochzuziehen. Es gelang ihr nicht, sie geriet ins Schwanken. *Physikalisch unmöglich, gib dir keine Mühe.* Tsarelli stand auf und legte sich ins Bett. Ruth folgte ihm, sah ihm beim Einschlafen zu.

Später behauptete sie, an jenem Abend habe sich die Gewissheit eingestellt. Angesichts des hoffnungslosen Unterfangens, des sich verlangsamenden Atems und Tsarellis Hartnäckigkeit sei ihr bewusst geworden, wie sehr sie diesen Mann eigentlich liebte.

Tsarelli lachte im Nachhinein. *Manchmal genügt es zu scheitern, um liebenswert zu erscheinen.* An jenem Abend sei er zu müde gewesen, um überhaupt etwas zu bemerken.

Am nächsten Tag verabschiedete sich Tsarelli frühzeitig zum Sport. Ruth war noch im Halbschlaf, als er die Trainingsjacke überzog. *Ich gehe Scheiben werfen.* Er zog die Zimmertür hinter sich zu, wartete noch eine Weile im Flur, ob Ruth sich regte. Kein Geräusch drang aus dem Schlafzimmer, er verließ die Wohnung, trat in kalte Luft. Die Straßen waren noch leer, er sprintete in sie hinein. *Eine geglückte Erfindung, diese Beine,* dachte er bei sich, *sie tragen dich voran, ohne dass es den Kopf dafür bräuchte. Einmal angeworfen, führen sie den Trott eigenständig fort. Keinen Gedanken mehr musst du daran verschwenden. Ach, wäre doch alles Bein!*

Um diese Uhrzeit war die Anlage offiziell noch geschlossen. Tsarelli hatte als Frühaufsteher nach einigen Gesprächen mit der Vereinsleitung schließlich eigene Schlüssel zu Halle und Platz erhalten. Eine Ausnahmeregelung, wie sie nicht müde wurden zu betonen.

Das Training verlief ohne große Überraschungen. Tsarelli warf nicht über seine Bestweite hinaus. Die Dusche war nach einigen Minuten nur mehr lauwarm. Missmutig schnappte Tsarelli seine Tasche, ging hinaus.

Im Gegenlicht stand jemand und winkte. Tsarelli senkte den Kopf, wollte vorbeigehen. Das Winken wurde hektischer. Tsarelli blickte von der aufziehenden Morgensonne geblendet auf die andere Straßenseite, versuchte, anhand der Silhouette auf die Person zu schließen. Erst als diese sich durch die Haare fuhr, erkannte er in dem Schatten Georgi.

Was machst du hier?

- Dich finden.

Verrückt, gestern habe ich dich gesucht.

- Wo war ich denn?

Mach keine Witze! Es hat mich einige Nerven gekostet.

- Gehen wir was trinken.

Erzähl, wie ist es dir ergangen? Hast du gewonnen?

- Nein.

Verdammt. Sie gingen durch die Straßen. Aus einer Bäckerei heraus roch es nach Hefe. Das sei, so Georgi, ein guter Anfang.

Ein guter Anfang wofür?, wollte Tsarelli wissen, doch der zukünftige Freund ließ die Frage unbeantwortet.

KAPUZE

Bis März dauerte es nicht. Mona und Eric liefen sich wenige Tage nach dem Sushi-Essen erneut über den Weg, nickten kurz und gingen weiter. Eric ärgerte sich, nichts gesagt zu haben. Mona dachte an ihre Pinsel, die sie im Tuschglas stehen gelassen hatte, Kopf nach unten, die sie dringend herausfischen musste, ehe sich die Borsten spreizten. Sie eilte weiter über die Stufen, hinauf zu ihrem Atelier. Auf der obersten fiel ihr ein, dass bald die Weihnachtsferien begannen. Sie wollte Eric vorher ansprechen. Am besten gleich. Bereits jetzt wirkte die Hochschule wie ausgestorben. Viele der Studenten waren schon nach Hause gefahren. In entlegene, schneebedeckte Dörfer, deren Namen Mona sich nie merken konnte. Sie blieb ohnehin in der Stadt. Ruth und Tsarelli planten zu Weihnachten ein kleines Essen, Georgi sollte vorbeischauen und natürlich Dina, worauf sich Mona besonders freute.

Dina besaß eine Schwermut, die andere zum Träumen brachte. Vielleicht lag es an ihrem Blick, der oftmals in die Ferne schweifte, über die anderen hinwegsah, um plötzlich, aufgeschreckt durch ein Geräusch – ihre Wimpern schlugen nervös auf und ab –, wieder das Geschehen vor sich zu observieren. Manches schien Dina zu viel zu sein, sie glitt dann aus dem Alltag, blieb nur körperlich anwesend.

Mona dachte in solchen Momenten, dass, wenn man in Dinas Kopf blicken könnte, dort sicher Noten vorzufinden wären, ganze Melodien, aufgespannt zwischen den Gehirnhälften. Um Dina herum war ein ständiges Summen. Doch es waren getragene Stücke, keine beschwingten Lieder. Etwas Tiefes und Dunkles klang mit, hallte nach, selbst wenn Dina den Raum längst verlassen hatte. Ruth mochte diesen Nachhall ebenso, Mona war sich sicher.

Sie hat etwas Metallisches an sich, sagte Ruth in Dinas Abwesenheit, *etwas, das klirrt und gleichzeitig von Rost befallen ist.*

- *Was für ein Kompliment!* Tsarelli zog die Augenbrauen zum Himmel. *Ruth, wirklich, ich muss sagen, so jemanden wie dich kann man sich getrost zur Freundin wünschen!*

Das verstehst du falsch. Ich mag Rost.

Ihre Eltern hatten das Gespräch nicht fortgeführt, doch Mona dachte, dass Dina ein sehr gutes Modell abgäbe. Hinter der Fassade der gefassten Frau gerieten Schichten ins Rutschen, sackten in sich zusammen. Hirngeröll. Wem es gelang, dies darzustellen, dachte Mona, der drang vor bis zum Ungesagten, bis zum Verborgenen.

Leider interessierte sich niemand in der Familie für Porträtmalerei. War Dina jedoch zu Besuch, schlichen Mona und Ruth um sie herum wie um ein Ausstellungsstück, als ließe sich deren tiefsinnige Art auf ihre Arbeiten übertragen.

Mit Dina in einem Raum zu sein machte einen nicht unbedingt glücklich, doch man schien für einen entscheidenden Moment der Widersprüchlichkeit der Existenz nähergekommen zu sein.

Abrupt drehte Mona auf dem Treppenabsatz um, lief Eric hinterher. Er stand bereits am Ausgang, stemmte sich gegen die schwere Eingangstür aus Holz. Sie zog an seiner Kapuze. Ein dunkles Grün, *Tannengrün,* dachte Mona. Sie sagte: *Fährst du weg.* Es klang nicht wie eine Frage, eher als wüsste sie bereits, dass er fuhr. Eric drehte sich mit einem Lächeln um, der Kapuzenstoff spannte ein wenig, Mona hielt sie immer noch in der Hand, es war nicht unangenehm.

Nur für ein paar Tage.

- Gut. Wir könnten uns danach treffen.

Ja, sicher.

- Vielleicht in den Wald gehen …?

Die Idee war ihr plötzlich gekommen. Ihre Eltern hatten sich dieses Jahr entschieden, keinen Tannenbaum aufzustellen. *Das Ding wirft lauter Nadeln ab, und die staubsauge dann wieder ich,* hatte Tsarelli gesagt und schob, als er Monas enttäuschtes Gesicht sah, nach: *Ein paar Girlanden vorm Fenster tun es auch.* Ruth taten die Bäume ohnehin leid, sie sollten besser im Wald bleiben. Mona jedoch vermisste den Geruch der Nadeln, ihr tiefes Grün. Sie wollte wenigstens ein paar Tannen sehen, wenn schon keine im Wohnzimmer stand.

In den Wald? Meinetwegen. Gibt es hier überhaupt einen?

Eric blickte fragend, Mona ließ seine Kapuze los. Sie wusste von einem Waldgebiet außerhalb der Stadt, direkt am S-Bahnhof gelegen. Dort könnten sie sich treffen, wenn er zurückgekehrt war. Eric suchte in seinem Portemonnaie umständlich nach einem kleinen Zettel, auf dem er seine Nummer notiert hatte. Mona wunderte sich, dass er sie nicht auswendig kannte. Eric war dafür bekannt, ständig in ein Gespräch verwickelt zu sein. Es kam ihr vor, als würde er den Großteil der Studenten persönlich kennen, ihre Namen und Gewohnheiten, wen man auf welches Thema ansprechen konnte, und wen lieber nicht. Wie konnte es sein, dass jemand, dem Kommunikation so ausgesprochen wichtig war, seine Nummer nicht parat hatte?

Hier.

Er hielt ihr einen kleinen, zerknitterten Zettel hin, auf dem einige Ziffern zu sehen waren. *Etwas altmodisch, aber zu deinem Wald da werde ich kommen.* Er lächelte fast entschuldigend und verschwand, ohne sich umzudrehen, in die einsetzende Dunkelheit.

Mona kehrte zurück zu ihren Pinseln. Sie überlegte, Eric sofort eine Nachricht zu schreiben, damit auch er ihre Nummer hätte. Doch dann rief Ruth an, wollte letzte Einkäufe machen. Sie trafen sich wenig später in einem Café in der Innenstadt. Ruth musste immer erst einen Espresso trinken, schwarz und ohne Zucker, bevor sie ein Kaufhaus betrat.

Das hält keiner lange aus, sagte sie, *man muss gewappnet sein. Willst du keinen Kuchen?*

Mona schüttelte den Kopf, blickte auf die Straße, fragte sich, ob Eric schon unterwegs war. Sie hatte keine Ahnung, wohin er fuhr, wo sein Zuhause lag. Sie dachte an eine hügelige Landschaft, Straßen, die am Ende einer Kurve im Wald ausliefen, etwas Ländliches. Sie sah Eric mit aufgerissenen Jeans auf einem Skateboard die Hügel hinabfahren. Er war um Jahre jünger und trug die Haare zum Pferdeschwanz gebunden. In ihrer Vorstellung war es Sommer, und Eric fuhr bis zum Abend den immer selben Hügel hinab. Sein viel zu weites weißes T-Shirt flatterte dabei im Fahrtwind wie ein Segel.

Ruth riss Mona aus ihren Gedanken, fragte, ob sie zum Abendessen mitkäme.

Eric saß in keinem Zug. Er würde die Stadt nicht verlassen, hatte es nur vorgegeben, warum, wusste er selbst nicht. Seit langem hatte er sich vorgenommen, Weihnachten allein zu verbringen. Die Eltern und ihre jährliche gleichbleibende Bratensoße strengten ihn an. Zähflüssiges Braun, das nach Maggi schmeckte. In den Räumen stand die Luft. Eric konnte noch so viele Fenster aufreißen, ein Geruch schien sich in den Möbeln und Teppichen festgesetzt zu haben. Lieber blieb er da in seiner Wohnung. Aus einer Holzlatte und Tannenzweigen hatte er etwas gebaut, das aussah wie ein futuristischer Tannenbaum. Er würde das Paket seiner Eltern, das vor einigen Tagen per Post gekommen war, darunterlegen, das reichte an Familie.

Ruth stand mit einigen Tüten an der Bushaltestelle, winkte Mona, die sie in der Menge kurz aus den Augen verloren hatte, zu. Fisch sollte es geben, weil Dina mal wieder auf Diät sei. Ruth sagte es mit einem leicht spöttischen Lächeln.

- Solange sie wieder eine ihrer Schokoladentorten backt …

Da kannst du sicher sein! Weihnachten ohne Torte ist für Dina wie ein Tag ohne Klavier, Abnehmen hin oder her.

Ruth blickte in den Himmel, der zwischen Kaufhäusern kaum zu sehen war, schob hinterher: *Manchmal frage ich mich, wie sie selbst mit all diesen Widersprüchen zurechtkommt.*

- Wahrscheinlich machen sie sie gerade aus.

Wahrscheinlich, ja. Aber leicht hat sie es nicht mit sich.

- Haben wir es mit uns ja auch nicht.

Wie meinst du das?

- Ach, es war nur so dahingesagt.

Monakind, so etwas sagt man doch nicht einfach so.

Zwischen ihnen breitete sich ein Schweigen aus, das die ganze Busfahrt über anhielt. Ruth grübelte weiter, ihre Stirn legte sich in Falten. Tsarelli fiel es sofort auf, als er ihr die Tüten abnahm.

Was ist los?

Mona verschwand wortlos im Wohnzimmer, Ruth zuckte mit den Schultern:

- Nichts. Mona sagt, wir hätten es nicht leicht mit uns.

Hat sie das weiter präzisiert?

- *Nein, Tsarelli.*

Und da hast du nicht nachgefragt, was sie meint?

- *Was sie meint, was sie meint! Ich kann es mir vorstellen. Mich meint sie!*

Mit dir soll man es nicht leicht haben? Tsarelli grinste gespielt ungläubig, schob den Fisch in den Kühlschrank. *Das kann ich mir gar nicht vorstellen!*

Dann zog er den Fisch in seiner weißen Plastiktüte wieder hervor, las mit skeptischer Miene den angetackerten Kassenbon.

Und was ist das überhaupt? Fasten wir jetzt schon?

Eric saß im Kino. Außer ihm war niemand im Saal. Vor sich hatte er eine Tüte Popcorn in die Getränkehalterung geklemmt. Sie ersetzte den Feiertagsbraten. Zum Frühstücken war keine Zeit geblieben, zu lang hatte er geschlafen. Ein tiefer, ausgedehnter Schlaf. Er ließ das Popcorn in seinen Mund rieseln. Ein salziger Geschmack. Auf der Leinwand liefen Trailer. Die Saaltür öffnete sich, ein Vater mit zwei Kindern kam herein, sie suchten nach ihren Plätzen, dann war es wieder still und dunkel. Fast das ganze Kino hatte er für sich.

Früher, sagte Georgi und zerstampfte ein Stück Kartoffel mit seiner Gabel, *früher haben wir erst am sechsten Januar gefeiert.*

Tsarelli warf einen unmissverständlichen Blick in Ruths Richtung, die zuckte nur leicht mit den Schultern, fast unmerklich, doch Mona sah es genau. *Was willst du machen,* sagte ihr Blick dazu, *deine alten Freunde eben! So ganz sind sie hier noch immer nicht angekommen.*

Dina hatte ihre traurige Miene hinter reichlich Schminke versteckt. Ihr Mund leuchtete purpurrot, doch er blieb verschlossen. Höchstens für ein Stückchen Fisch öffnete sie ihn kurz, dann verfiel sie in minutenlanges Kauen, blickte dabei stoisch aus dem Fenster, fixierte die Hochhaustürme in der Ferne.

Es ist doch egal, wann wir feiern, Tsarelli hob sein Glas, *Hauptsache, wir haben es gut! Vielleicht mag Dina später noch etwas spielen …*

Er blickte erwartungsvoll in ihre Richtung, doch Dina nickte nicht einmal.

In der Küche zog Ruth am Ofenblech, es hakte ein wenig.

Was für traurige Gestalten, wie soll man mit denen feiern? Tsarelli stand im Türrahmen, schüttelte den Kopf.

- *Vielleicht solltest du etwas Musik auflegen. Irgendwo sind doch noch die alten Schallplatten.*

Er nickte. *Spielen wird sie heute nicht, so viel ist sicher.*

Das Blech bewegte sich nur wenige Millimeter nach vorne, Ruth zog ihre Hand zurück, der Topflappen war auf Dauer nicht dick genug.

Wie komme ich jetzt an die Bratäpfel?

- *Sind die nicht zu süß für Dina?,* flüsterte Mona und musste lachen.

Geht der Plattenspieler überhaupt noch?

Entschlossen, die Stimmung mit allen Mitteln zu retten, bearbeitete Tsarelli eine Rotweinflasche mit dem Korkenzieher.

Ich habe ewig nichts mehr darauf gehört. Ruth fischte mit einer Gabel nach den Äpfeln im Ofen, hob sie in einem beachtlichen Balanceakt auf kleine Teller mit goldenen Verzierungen.

Wieso gibt es eigentlich dieses Jahr keinen Tannenbaum? Dina war aus ihrer Erstarrung erwacht, rief es in die Küche.

- *Wegen der Nadeln,* Tsarelli musste sich zusammenreißen, es nicht zu brüllen.

Mona dachte an Erics Kleinstadt im Schnee, so, wie sie sie sich vorstellte. Das Haus seiner Eltern, zweistöckig mit Wendeltreppe. Erics altes Jugendzimmer lag im oberen Stock. Er saß dort, obwohl nach ihm gerufen wurde. Mehrere Stimmen drangen von unten zu ihm hoch, dazu der Geruch von Essen. Doch Eric musste schnell noch etwas zu Ende bauen, hatte Klebstoff aufgetragen und drückte vorsichtig zwei hölzerne Bauteile aufeinander.

Tsarelli hatte alles versucht und letztendlich noch eine Flasche Schnaps aufgetrieben. Etliche Gläser standen auf dem Tisch. Dinas Lippenstift war leicht verschmiert, ein Lächeln überzog jetzt ihr Gesicht. Sie summte leise vor sich hin. Mona griff nach ihrem Handy, tippte: *Wann bist du zurück?* Am liebsten wäre sie sofort in den Wald gegangen, hätte Eric noch heute an der S-Bahn-Haltestelle getroffen. Doch Eric saß sicher irgendwo in Süddeutschland, mit Kleberesten an den Fingern, vor einem riesigen Teller Essen. Das Handy vibrierte, Mona las erstaunt: *Ich war nicht wirklich weg.*

Es war keine Lüge, keine richtige jedenfalls. Wirkliche Lügen erfüllen einen Zweck, wollen etwas verschleiern. Eric jedoch wollte nur einige Tage in Ruhe verbringen, seine Wohnung nicht verlassen. Sich eine Höhle einrichten, in der er lesen und zeichnen konnte oder etwas bauen. Er saß auf seinem Bett und blickte in die Dunkelheit. Jetzt wäre ihm nach Wald, aber Mona saß sicher an irgendeinem weihnachtlich gedeckten Tisch, den sie so schnell nicht verlassen würde. Er tippte:

Wäre so weit, was den Wald angeht.

- Ich auch.

Noch heute?

- Warum nicht …

Hast du eine Taschenlampe?

- Kann ich mitbringen.

Wo willst du denn jetzt hin? Dina blickte erstaunt zu Mona, die ihren Mantel anzog, den langen Schal mehrmals um ihren Hals wickelte, als wolle sie Zeit gewinnen.

Nur kurz raus, Freunde treffen. Sie sagte es schnell und zog die Tür hinter sich zu. Im Treppenhaus war es kühl und roch nach Braten.

Eric stand schon am S-Bahn-Gleis, als Monas Zug einfuhr. Er hatte seine Mütze tief ins Gesicht gezogen. Sie überquerten eine Brücke, gingen an einem Kiosk mit heruntergelassenen Rollläden vorbei. Außer ihnen war hier niemand. Eric schaltete die Taschenlampe an. Der Wald war feucht und kalt. Die herabgefallenen Blätter waren von Frost bedeckt und knirschten bei jedem Schritt. *Wie Kartoffelchips,* dachte Mona.

Warum er ihr nicht gesagt hat, dass er blieb, dass er gar nicht weg war, wo sie doch dachte, er sei in seine Kleinstadt gefahren. Sie fragte es sich, wollte aber die Stille zwischen ihnen nicht unterbrechen. Eric leuchtete den Weg vor ihnen aus, richtete das Licht dann in die Bäume. Karge Äste zeichneten sich ab.

Eigentlich wollte ich nur ein paar Sachen machen, ohne dass jemand davon weiß. Zum Beispiel ins Kino gehen, ganz allein. Ein paar Tage nicht erreichbar sein.

Er leuchtete ihr mit der Taschenlampe ins Gesicht.

Verstehst du, was ich meine?

- Glaub schon. Aber das hättest du doch vorher sagen können.

So was kündigt man doch nicht an. Man verschwindet einfach. Und taucht dann, nach einiger Zeit, wieder auf.

- Hast du denn in der Zeit was gebaut?

Nee, aber ich habe darüber nachgedacht.

- Und du wärest wirklich wiederaufgetaucht? Auch wenn ich mich nicht gemeldet hätte?

Sicher.

Der Weg vor ihnen zweigte in mehrere Richtungen ab, sie wählten den mittleren, vorbei an dicken Baumstämmen, die übereinandergestapelt am Wegrand lagen. Eric fürchtete, Mona könnte einen falschen Eindruck bekommen haben. Er log nur selten, sagte die Dinge freiheraus. Dass die einzige Ausnahme gerade in die Zeit fiel, in der sie sich kennenlernten, war ungünstig.

Mona schaute auf ihre Füße, dann wieder auf den Weg vor sich, blickte selten zu ihm auf. Ihre kleine Gestalt schob sich durch die Dunkelheit, sie wirkte unerschrocken. Eric gefiel diese Furchtlosigkeit, allein würde er niemals um diese Uhrzeit durch den Wald laufen, doch mit Mona traute er sich alles zu.

Mona fror und zog ihre Kapuze über den Kopf. So musste sie Eric wenigstens nicht immer anstarren, im fahlen Licht, das vom Weg, auf den es gerichtet war, auf sein Gesicht abstrahlte. Sie mochte ihn, ohne genau sagen zu können, warum. Weil sie jetzt durch diesen Wald liefen vielleicht, während alle anderen reglos und satt im Warmen saßen. Aber zeigen wollte sie ihm diese Sympathie vorerst nicht. Unbeteiligt wollte sie wirken, als ginge es nur darum, ein wenig Luft zu schnappen. Sie verbarg ihr Gesicht hinter dem breiten Rand der Kapuze.

Wenn man hier draußen wohnt, sagte Eric, *ist man immer gleich im Wald. Man fällt aus der Tür und steht mittendrin. Wie schön muss das sein.*

- Ich weiß nicht, es liegt doch etwas abseits.

Stell dir vor, hier ein riesiges Atelier! Man müsste gar nicht mehr in die Stadt. Erics Arme kreisten wild, um das Gesagte zu untermalen. Der Schein der Taschenlampe sprang aufgeregt zwischen den Bäumen umher.

Die Luft war fast eisig. Mona zog ihren Schal enger. Sie hatte sich den Ausflug etwas angenehmer vorgestellt. Es roch kaum nach Tannen, vielleicht war die Luft dafür zu kalt.

Sollen wir umkehren?

- Wann fährt überhaupt die nächste Bahn?

Daran hatten sie nicht gedacht. Es war fast Mitternacht. Mona schlug vor zu rennen, doch Eric entdeckte plötzlich eine Art Tipi im Gestrüpp. Kinder mussten es gebaut haben. Aufgestellte Weidenäste, er wollte sich die Konstruktion näher anschauen, kroch hinein. So etwas sei womöglich eine Idee für sein Diplom, rief er heraus. Eine Hütte ohne Wald. Nur die Hütte. Mitten in der Hochschule. Was sie davon halte. Eric lief im Inneren aufgeregt auf und ab. Mona wurde neugierig, kam hinterher. Die Äste standen in einigem Abstand zueinander, man konnte hindurchblicken. Eric leuchtete alles ab. *Ich kann mir das schon als Skulptur vorstellen.* Mona sprach langsam, ihr Kiefer war fast eingefroren. *Nur nicht aus Ästen. Ich würde die Stäbe selber zusägen.* Eric nickte, sie hatte recht. Mit Holzlatten könnte die Arbeit noch größer ausfallen. Er blickte auf die angelehnten Äste. *So muss man das hinkriegen. Kein Klebstoff. Kein Bohren. Die halten nur durch sich selbst.*

Georgi blickte auf Tsarellis Hände, die Dinas Kuchen zerschnitten. Riesig kamen sie ihm vor. In all den Jahren war ihm nicht aufgefallen, wie kräftig sie waren.

Aber klar, dachte er, *diese Hände haben einmal Scheiben durch die Luft gewuchtet, so mühelos, dass diese wirkten wie Vögel. Jetzt schneiden sie Kuchen. Wie sehr wir abgekommen sind von unseren eigentlichen Zielen!*

Traurig blickte er auf die Schokoladenmasse, die unter dem Messer nachgab. Doch er sagte nichts. Er wollte den Freund nicht beunruhigen, nicht hinweisen auf die äußerst fragwürdige Lage, in der sie sich hier befanden. Fernab der Heimat, *oder nenn es, wie du willst*, dort, jedenfalls, wo das Gewohnte nicht mehr greift und Weihnachten plötzlich auf einen vierundzwanzigsten Dezember fällt. Dina stand auf, um Schlagsahne zu schlagen, Georgi seufzte. Tsarelli glaubte, den Plattenspieler gefunden zu haben, aber dann war es doch nur eine schwarz lackierte Box. *Dabei war ich mir sicher, das Ding steht hier im Regal.*

Vielleicht sind wir schon zu spät. Mona blickte auf ihr Handy, Eric kroch zwischen Zweigen hervor. Ihm gefiel der plötzliche Gedanke, mit Mona nach Hause laufen zu müssen, quer durch die ganze Stadt, weil nichts mehr fuhr. *Oder wir nehmen ein Taxi. Wie in einem Film, nur ohne Mission.* Doch Mona wollte zum Bahnhof, wollte nachsehen, ob nicht doch noch etwas fuhr, sie aus diesem entlegenen Winkel brachte. Sie rannte voraus, kam gänzlich ohne Taschenlampe aus, in ihrer Hand baumelte ein Tannenzweig.

Die Sahne schmeckte süßlich. Ruth nahm nur wenig davon. Am liebsten hätte sie sich zurückgezogen, um in der Küche allein zu sein und ein wenig zu zeichnen, aber das ging jetzt nicht. Sie konnte Tsarelli nicht allein lassen mit diesen beiden düsteren Gestalten, die er seine Freunde nannte. Eigentlich schätzte Ruth die beiden, aber heute wurde es ihr zu viel. Sie wirkten wie ein Vorwurf, den man ihr ins Wohnzimmer gesetzt hatte. Worum es dabei genau ging, war ihr nicht klar. Ein Unvermögen, sich einzurichten, oder der plötzliche Wunsch zu verschwinden, zurückzukehren. Je mehr es auf Silvester zuging, desto häufiger sprach Dina davon:

Ich packe einfach meinen Koffer und fahre heim.

- Und deine Schüler, was ist mit denen?

Ach, die kommen zurecht. Wer wirklich zur Musik will, findet den Weg auch ohne mich.

- Aber wenn du wieder dort bist, was machst du dann?

Dasselbe wie früher.

- Es kennt dich doch dort keiner mehr. Stell dir das nicht zu einfach vor!

Etliche Gespräche hatte Tsarelli so mit Dina geführt. Gefahren war Dina nie, aber Georgi berichtete, dass sie einige Male tatsächlich ihren Koffer gepackt hatte, trotz aller Einwände. Er stand dann wochenlang im Flur. Bis es März wurde und sich an den Zweigen erstes Grün abzeichnete. Dann atmete Dina tief ein, legte eine CD von Bartók auf und packte alles wieder aus.

Eric und Mona standen am Gleis, blickten auf einen Fahrplan, der hinter der Scheibe leichte Wellen schlug. Die Feuchtigkeit schien durch einen Schlitz gekrochen zu sein. Die letzte Bahn war gefahren. Mona legte den Kopf schief, da zog Eric sie zu sich, schob ihre Kapuze zur Seite und drückte ihr einen Kuss in den Nacken. Vereinzelt leuchteten Lichter in der Ferne auf, die Stadt war weit. Mona blickte verwundert, ihre dunklen Locken vor dem blassen Gesicht. Hier gab es niemanden außer ihnen. Als würden sie sich die Welt teilen, zwei Hälften, die hier zusammenkamen, die Gleise wie ein Reißverschluss, der zusammengezogen wurde.

ZWEIG

Der Tannenzweig stand in einer Vase auf Monas Kommode, erinnerte sie an die seltsame Nacht mit Eric im Wald. Fast wie ein Traum kam es ihr im Nachhinein vor. Hinter dem Taxifenster war die nächtliche Stadt geräuschlos vorbeigezogen. Vor Erics Haus hatte das Auto gehalten. Der schweigsame Taxifahrer ließ sich nur im Ausschnitt des Rückspiegels erahnen. Sein Schnurrbart wippte, als er Mona fragte: *Und Sie fahren noch ein Stück weiter?* Sie nickte nur und nannte ihre Adresse, dann war es wieder still um sie herum. Der Fahrer lenkte eine lautlose Kurve in die Dunkelheit, über den Mittelstreifen hinweg. Niemand fuhr an Weihnachten mehr um diese Uhrzeit, die meisten Häuser ragten als schwarze Kästen in den Himmel. Nur vereinzelt brannte noch Licht.

Dina schlief noch nicht. Georgi hatte sie auf dem Heimweg stützen müssen. *Tsarelli und sein Wein, das werd ich ihm heimzahlen!*

Zu Hause angekommen, erlangte Dina auf mysteriöse Weise ihren Gleichgewichtssinn zurück und setzte sich ans Klavier.

Nicht um diese Uhrzeit, Dina, ich bitte dich! Georgi lief aufgeregt im Zimmer auf und ab, doch Dina ließ sich nicht belehren.

Es kommt, wann es kommt, rief sie und bretterte in die Tasten, einen Liszt, so klar und tief, wie er ihr nie wieder gelang, so behauptete sie später. An diesem Abend sei alles zusammengekommen, was es für einen Liszt brauche, die Stimmung, das Licht, dumm nur, dass niemand dabei zugehört habe, außer Georgi natürlich, der leider nicht sonderlich viel von Musik verstand. Ein Fachpublikum, das wäre es gewesen!

Vielleicht wäre dann alles anders gekommen, neue Aufträge, renommierte Konzertsäle, was hätte ihr alles offengestanden, wären nur die richtigen Ohren zugegen gewesen bei dieser, das müsse sie schon sagen, außerordentlich feinfühligen Interpretation.

Georgi hatte im Nebenzimmer an die Decke gestarrt und gehofft, dass keiner der Nachbarn herüberkäme, um sich zu beschweren. Dina übertrieb es manchmal, sie war unberechenbar, und Georgi blieb nichts anderes übrig, als abzuwarten, bis es vorbeiging, immer in der Hoffnung, nicht negativ aufzufallen.

Im Supermarkt hatte er sich einmal hinter einem Regal versteckt, weil Dina plötzlich auf einen Verkäufer einredete, dabei immer lauter wurde, ein Crescendo über die Tiefkühltruhe hinweg. *Wie konnten Sie die nur aus dem Sortiment nehmen? Meine Lieblingsgurken!*

Der Verkäufer, ein junger Mann mit Bartflaum, wusste nicht, wie ihm geschah, stammelte etwas von Sommersortiment und ahnte gleichzeitig, dass er die Lage dadurch nur verschlimmerte. Er war Dinas Wutausbruch nicht gewachsen und verschwand unter dem Vorwand, er müsse noch die Maiskonserven auspacken, ebenso zwischen den Regalen. Dort stand er neben Georgi, leicht geduckt, und wartete, dass Dina den Laden verließ. Von Zeit zu Zeit spähte er durch die Dosen hindurch, ein Bild, das Georgi in seiner Absurdität zum Lachen brachte, bis er begriff, dass er sich kaum von jenem jungen Mann unterschied, ebenso geduckt dastand, die Knie leicht gebeugt, in ängstlicher Erwartung eines erneuten Ausbruchs. Die Erregung ob der fehlenden Gurken war nur eine kleine Kostprobe dessen, wozu Dina fähig war.

Dort, wo einst Dinas Klavier stand, ist jetzt ein weißer Fleck an der Wand, lässt den Umriss des Körpers heraustreten, der nicht mehr da ist. Mehrmals ist Georgi mit einem Lappen über die Raufasertapete gefahren, die Spur des Klaviers bleibt an der Wand neben dem Fenster. Dina liebte es, beim Üben hinauszuschauen, ein schneller Blick über die Schulter, dann zurück auf die Partitur.

Seit Dina die Wohnung verlassen hat, meidet Georgi die Wand, er setzt sich mit dem Rücken zu ihr. Nun aber ist ihm diese Idee gekommen, über Nacht und dennoch sinnvoll. Kein Hirngespinst, nein, eine durchaus durchführbare Aktion, wenn auch nicht allein. Er wird Tsarelli um Hilfe bitten müssen.

Das Telefon klingelt in den frühen Morgen hinein, es dauert eine Weile, bis Tsarelli abnimmt.

Was rufst du so früh an, ist etwas passiert?

- Trainierst du noch nicht?

Es ist stockdunkel draußen!

- Mag sein. Tsarelli, ich brauche deine Hilfe.

Worum geht es diesmal? Dein Plan schon wieder?

- Nein, nein. Ein Schrank.

Ein Schrank?

- Ja, ich werde ihn kaufen, und du musst mir helfen, ihn aufzubauen.

Hat das nicht Zeit, bis es hell wird?

- Ich wollte nur, dass du es schon weißt. Dass du bereit bist, wenn …

Du hast doch schon einen!

- Darum geht es nicht, ich brauche einen, der die Wand bedeckt.

Welche Wand nun wieder?

- Die, an der Dinas Klavier stand. Ich will nicht mehr auf diesen Staubrand schauen müssen.

Dann streich ihn doch über.

- Nein, der Schrank ist die Lösung! Hilfst du nun oder hilfst du nicht?

Lass mich doch erst mal aufstehen.

Mona zeichnete mit schwarzer Tusche Hände. Immer wieder gerieten ihr die Proportionen durcheinander. *Trainieren kann man das,* hatte ihre Professorin gesagt, aber Mona sah keinen Fortschritt, sah schwarze Flecken, die wie Schatten auf das Blatt fielen. Das Realistische, es lag ihr nicht. Ruth musste lachen, *dass man so etwas heute noch lehrt. Hände zeichnen, meinetwegen. Revolutionieren wird man die Kunst damit nicht.*

- Wer spricht von revolutionieren? Mona wurde wütend. *Ich wäre schon froh, wenn es irgendwie nach Hand aussieht.*

Es gelingt dir nicht, weil es dir nicht gelingen muss, ganz einfach. Ruth machte eine abwinkende Geste, ihr Gesicht zog sich in die Länge, lief spitz zu, als habe sie auf etwas Saures gebissen. Ihre ganze Ablehnung sammelte sich in ihrem Mund, die Lippen zu einem Kreis geformt, den sie nach vorne schob.

Die wenigsten brauchen Handdarstellungen, aber alle lernen es, völliger Irrsinn. Auf die Geste kommt es an!

Ruth verschwand, ließ Mona über ihr Blatt gebeugt, von dem aus sie regelmäßig auf ihr Handy schielte. Der eigentliche Grund ihres Ärgernisses. Eric antwortete nicht. Vielleicht, weil sie ihm gar nicht geschrieben hatte. Es gab keine Frage, die er beantworten konnte, mühelos, als bloße Reaktion.

Erics Leben kam ihr vor wie ein ewiger Sessellift, immer ging es bergauf, sorglos vorbei an den schönsten Landschaften, Tannen im Tal und schneebedeckte Gipfel, die in der Sonne glitzerten. Von Anstrengung keine Spur. Etwas zog ihn. Ohne großes Zutun glückten ihm die erstaunlichsten Dinge. Selbst die Skizzen der Hände wären ihm besser gelungen, obwohl er, wie ihr beim Aktzeichnen auffiel, überhaupt nicht realistisch zeichnen konnte. Er hätte einfach die Linien und Schatten zu Mustern verwandelt, wäre dem gefolgt, was ihn interessierte. Die schwierigen Dinge, dachte Mona, gingen an Eric vorbei, oder er an ihnen. Es gab zwischen ihnen eine unsichtbare Trennlinie.

Georgi zählt Schrauben. Das, was zum Schrank werden soll, liegt verstreut zu seinen Füßen. Etliche hölzerne Einzelteile.

Was machst du da? Ungeduldig steht Tsarelli hinter ihm, einen Hammer in der Hand.

- *Ich zähle, es sollten 54 sein.* Georgi lässt die bereits gezählten Schrauben eine nach der anderen zurück in die kleine Plastiktüte plumpsen, ein Vorgang, der ewig dauert.

Völlig sinnlos. Tsarelli schnaubt. *Selbst wenn eine fehlt, was willst du dann machen?*

- *Ich möchte nur sicher sein, dass alles seine Richtigkeit hat.*

Tsarelli steigt über Latten und Schrankböden hinweg, lässt Georgi samt Anleitung am Boden hocken und geht in die Küche. *So wird es ewig dauern,* ruft er herüber. Doch Georgi ist zu vertieft in seine Schrauben, er antwortet nicht einmal.

Eigentlich hat Tsarelli Mona versprochen, heute noch mal nach Oskar zu schauen. Sie hat etwas vor, was genau, wollte sie ihrem Vater nicht sagen.

Vielleicht bringst du ihn ins Bett. Und achte darauf, dass er sich die Zähne putzt! Er ist da in letzter Zeit etwas nachlässig.

Doch jetzt steckt er hier fest in Georgis vollgestellter Wohnung, die nichts weniger benötigt als einen weiteren Schrank.

Was soll da überhaupt rein?

Im Nebenzimmer raschelt es, Georgi blättert durch die Anleitung.

- Das weiß ich noch nicht genau, aber Stauraum ist nie verkehrt.
Man kauft doch keinen Schrank, um ihn leer zu lassen!
- Dein Enkel tut auch nichts in seine Kisten, also sag lieber nichts!
Das ist doch etwas ganz anderes.
- Ja, wieso?
Er ist ein Kind.

Georgi scheint die Erklärung nicht zu überzeugen. Tsarelli hört, wie er sich aufrichtet, sich dabei mühsam aufstützt. Als er endlich steht, ruft er triumphierend zurück:
- Auch Kinder machen seltsame Dinge.

Verfahren ist die Situation mit dem Enkel allemal. Da will Tsarelli gar nicht widersprechen. Der Kistenberg wächst wöchentlich, ohne dass jemand Oskar aufhalten kann. Immer neue Modelle. Woher nimmt der Junge sie bloß? Manchmal hofft Tsarelli, die Einfälle würden ihm ausgehen, er fände keinen Gefallen mehr am Sägen und den Holzspänen, die den Fußboden der Wohnung überziehen wie feiner Parmesan. Doch Oskar bleibt eisern. *Schön, nicht?* Bei jedem Besuch streckt er dem Opa eine neue Kiste entgegen. Wenn er in dem Tempo weitermacht, wird die Wohnung zugestellt sein, bevor er achtzehn ist.

Tsarelli greift nach einem Glas in Georgis Küche, füllt es mit Wasser. Er nimmt große Schlucke daraus, als könne er seinen Ärger damit herunterspülen. Doch der Enkel ist keine Pille, die problemlos die Speiseröhre hinunterrutscht, um dann in den Tiefen des Magens zu verschwinden. Der Enkel bleibt. Zwei Beine, in den Boden gestemmt. Die Behauptung eines Waldes, einer hölzernen Bastion.

Ich glaube, ich habe das linke Seitenteil gefunden. Georgi ist Tsarelli in die Küche gefolgt. Ahnungslos bedeutet er dem Freund, wieder ins Wohnzimmer zu kommen. Seine Wangen glühen freudig wie die eines Kindes. Tsarelli setzt dem eine mürrische Miene entgegen, stellt sein Glas geräuschvoll in die Spüle. Doch Georgi scheint nichts zu bemerken. Er stemmt, als Tsarelli das Zimmer wieder betritt, ein Brett mit vorgebohrten Löchern hoch, lächelt dahinter:

Wenn heute Abend alles steht, wird das Klavier vergessen sein, herrlich!

Tsarelli nickt müde. *Ich müsste später noch zu Oskar.*

- Heute noch? Ich wollte doch etwas für dich kochen. Als Dank.

Daraus wird nichts, ein anderes Mal vielleicht.

- Ich habe doch extra eingekauft!

Jetzt lass uns endlich diesen verfluchten Schrank aufbauen!

Immer verschwand Ruth, wenn ihr etwas nicht passte. Eine Äußerung genügte, und sie verließ das Zimmer, entzog sich jeder weiteren Diskussion. Mona hätte ohnehin nichts zu erwidern gewusst. Sie räumte die Zeichnungen zusammen, für heute reichte es ihr. Vielleicht war dieses Studium doch nichts für sie. Ein erstes Zweifeln. Sie zog die Lade der Kommode auf, blickte dabei auf den Zweig, der darauf stand. Einige Nadeln fielen bereits ab. Im Wald hatte er kräftig gewirkt, jetzt verlor er an Farbe. Mona ließ die Zeichnungen in die Lade gleiten. Vielleicht sollte sie sich etwas Eigenes suchen, nicht wie Ruth in die Kunst gehen. Sie hatte das Gefühl, der Mutter und ihren Ansprüchen nie gerecht werden zu können. Ruth wollte immer etwas Eigensinniges, Verrücktes. Manchmal kam Mona sich in ihrer Gegenwart langweilig, fast brav vor.

Was ist das für eine Leiste?

Bisher waren sie recht zügig vorangekommen, doch nun

steht Georgi mit einem länglichen Holzstück ratlos vor Tsarelli.

Vielleicht wäre es leichter, du ziehst einfach aus?

- Mach keine Witze, ich hänge an der Wohnung.

Es ist doch nicht nur die Wand! Hier erinnert dich alles an Dina!

- Ein wenig will ich mich ja auch erinnern.

Tsarelli spürt erneut die Wut in sich hochsteigen. Es beginnt in der Magengegend, als habe er etwas Saures gegessen. *Und dafür baue ich hier mit dir, wo du doch gar nicht vergessen willst?*

Georgi winkt ab. *Ich würde sowieso keine neue Wohnung bekommen. Sieh mich doch an! Würdest du so jemanden bei dir einziehen lassen?*

- Bei mir direkt vielleicht nicht, aber ...

Siehst du, meine Zeit ist vorbei.

- Was soll das denn heißen?

Ich spiele keine Rolle mehr. Alles, was ich jetzt noch tun kann in dieser Welt, ist, mich dezent zu verhalten.

- Aber du hast doch deinen Plan!

Schon, aber ich halte ihn geheim. Nur du weißt bisher davon.

- Nichts weiß ich. Ich will auch nichts mehr wissen, glaub mir! Hauptsache, ich komme heute noch zu meinem Enkel! Das ist alles, was ich will. Sie schweigen eine Weile, dann wirft Tsarelli in die Stille hinein:

Sie kommt hierhin, deine Leiste!

- Woher weißt du das?

Weil hier die entsprechenden Löcher sind! Ich schraube sie jetzt einfach ran, sonst sitzen wir noch übermorgen hier.

- Auf dein Risiko.

Tsarelli verdreht die Augen und greift nach dem Schraubenzieher.

Oskar sitzt auf seinem Bett. Vor ihm liegt das Telefon. *Wenn Opa nicht bald kommt,* sagt Mona, *kannst du ihn anrufen.* Sie steht vor dem Spiegel im Flur, mit einem Lippenstift in der Hand, rot wie eine Kirsche im Hochsommer. Oskar liebt Kirschen, vor allem wegen der Kerne und des Weitspuckens. Mit Eric hat er letzten Sommer einen Wettkampf veranstaltet. Über zwei Meter hat er geschafft. Eric hat nachgemessen, mit dem Zollstock quer durch Opas Garten. Dabei war der Kern ziemlich schwer zu finden, hatte sich im Gras versteckt.

Manchmal besucht Eric sie noch im Schrebergarten, dann sind alle zusammen. Wie früher fühlt es sich an, als Oskar noch klein war und Eric bei ihnen schlief.

Oskar blickt auf, blickt durch seine Zimmertür zu Mona, die in den Spiegel blickt. Sie lässt die Kappe des Lippenstifts zuklacken, winkt kurz und ist verschwunden.

Oskar mag es nicht, wenn seine Mutter abends verschwindet. Er fühlt sich dann ein wenig allein. Nicht, weil Mona nicht bei ihm ist, sondern weil er weiß, dass sie woanders ist. Ein Woanders, an dem er nicht teilhaben kann. Was dort für Dinge geschehen, weiß er nicht genau, aber dass sie mit Johannes zu tun haben müssen, davon ist er überzeugt. Johannes gibt es noch nicht lange. Seit einigen Monaten erst ist die Mutter so seltsam, spricht leise ins Telefon hinein oder verlässt abends die Wohnung. Wenn Oskar aufwacht, wird sie zurück sein, das hat sie ihm versprochen. Aber dass der Opa so lange auf sich warten lässt, davon war nicht die Rede. Oskar kippt nach hinten, lässt sich auf sein Kissen fallen. Mona schiebt manchmal kleine Botschaften darunter, notiert auf farbigen Zetteln. Damit etwas von ihr bleibt, auch wenn sie geht. Oskar liest sie, bevor er einschläft. Heute steht dort:

Bin draußen. Mal sehen, was es dort gibt. Bringe Dir etwas mit, wenn es mir gefällt. Wie viele Fenster leuchten noch im Haus gegenüber? Merk Dir die Zahl, ich backe dir morgen ebenso viele Pfannkuchen. Schlaf gut + zieh die Decke hoch, es wird kalt heut Nacht / stehe morgen früh höchstpersönlich neben deinem Bett, wenn du die Augen öffnest. Bis dahin halt sie gut zu, Träume schummeln nicht!

Es ist still in der leeren Wohnung, so als gäbe es auf der ganzen Welt nur noch ihn. Oskar stellt sich vor, der einzige Überlebende eines toxischen Regens zu sein. Nur er blieb verschont, weil er zu Hause war. Die auf der Straße erwischte es zuerst. Natürlich auch Mona. Eine bittere Sache. Jetzt ist er der letzte Überlebende und muss das Weltgeschehen allein lenken. Erst mal wird er die Schule abschaffen, es gibt sowieso keine Lehrer mehr. Dann wird er in den Baumarkt fahren und sich nehmen, was er braucht. Das trifft sich gut, die Tackerklammern sind ihm gerade ausgegangen.

In der Nachbarwohnung dreht jemand das Wasser auf, es rauscht in der Wand. Oskar ist ein wenig erleichtert. Seine Geschichte begann ihm selbst unheimlich zu werden.

Der Schrank steht vor ihnen. Ein weißes Gerippe, dem die Rückwand fehlt.

Jetzt muss man das Ding kippen.

- Gut, dabei helfe ich dir noch. Aber die Regalböden schaffst du allein.

Georgi nickt. Ganz wohl ist ihm nicht dabei. Besser wäre es zu zweit. Doch der Freund ist unruhig und lässt sich zur Ungenauigkeit hinreißen. Überdies legt er einen lästig dozierenden Ton an den Tag, streckt dabei den Zeigefinger in die Luft. Eine völlig übertriebene Geste, wie Georgi findet.

Du musst eines wissen: Wenn ich hier bleibe, fehle ich woanders.

- Gilt das nicht für uns alle?

Nicht ganz. Ich bin quasi der Trägerbalken. Zieht man mich heraus, bricht das ganze Haus zusammen, wenn du weißt, was ich meine …

- Ich habe eine Ahnung.

Es stimmt schon. Tsarelli ist stets zur Stelle, wenn jemand Unterstützung braucht, hilft, wo er helfen kann. Familie oder Freunde, da macht er keinen Unterschied. Doch Georgi verdächtigt ihn, dies aus nicht ganz uneigennützigen Motiven zu tun. Letztendlich hat auch Tsarelli keine Funktion, keine Aufgabe mehr. Seine Siege gehören der Vergangenheit an, er trainiert keinen Nachwuchs mehr. Alles, was ihm bleibt, ist, zurückzublicken und seine Medaillen abzustauben. Da rennt er lieber nach vorn, stürzt sich in Tätigkeiten und löst Probleme, die ihn nur am Rande betreffen. Alles, um sich nicht mit der eigenen Sinnlosigkeit auseinandersetzen zu müssen, so ist das doch!

Sagen kann er das dem Freund in dieser Deutlichkeit natürlich nicht. Ohnehin muss erst mal diese verfluchte Rückwand halten.

Wenn Mona sich mit Johannes trifft, muss sie immer auch an die ersten Treffen mit Eric denken. Der Tannenzweig auf der Kommode, als hätte sie ihn erst gestern mit nach Hause genommen. Alles verschwimmt, überlagert sich. Manchmal wundert sie sich, dass Johannes etwas aus ihrer Vergangenheit nicht erinnert, nicht all ihre Geschichten kennt. Sie hat sie doch schon so oft erzählt. Dann fällt ihr ein, dass es Eric war. Dass die Geschehnisse in eine andere, frühere Zeit fallen, in der es Johannes nicht gab. Sie darf in Johannes keine Fortsetzung von Eric sehen. Es sind zwei unterschiedliche Personen. Und sie als Scharnier dazwischen, die einzige Verbindung zwischen den beiden Seiten, die sich nie berühren.

Dass jedes Treffen auch immer die Erinnerung an alle vorangegangenen in sich trägt, denkt Mona, als sie in Johannes' Straße einbiegt, ein ständiger Vergleich. Auch wenn die Details verblassen, etwas bleibt von den Orten. Eine Färbung, das Kratzen eines Pullovers, ein angenehmes Gespräch, ein unangenehmes und all die gezahlten Rechnungen. Immer wieder Münzen, die über den Tisch gehen. Und Milchschaum, ganze Berge davon, würde man ihn zusammentragen, aus all den Tassen, die jemals getrunken wurden.

Es ist nach neun und vom Opa immer noch keine Spur. Eigentlich müsste Oskar jetzt ins Bett, er weiß es genau, Zähneputzen und der ganze Zirkus. Aber Oskar isst lieber Schokolade. Wenn schon niemand nach ihm schaut, wird das ja wohl erlaubt sein. Die Erwachsenen machen doch auch, was sie wollen. An Abmachungen hält sich keiner mehr. Eric wollte gestern anrufen, um etwas fürs Wochenende auszumachen. Er scheint es vergessen zu haben, oder ihm ist etwas dazwischengekommen. In letzter Zeit passiert das häufiger. Meistens hat es mit Valerie zu tun. Valerie gibt es länger als Johannes. Oskar kann sich kaum an eine Zeit ohne sie erinnern. Er war noch sehr klein, da hat sich der Vater in sie verliebt. Jedenfalls hat er das damals so gesagt. Oskar wusste noch nicht, was das genau ist. Nur, dass Valerie jetzt häufiger dabei sein würde und die eigene Mutter dafür weniger, das hatte er begriffen.

Valerie war lustig und konnte einen Kopfstand gegen die Wand machen. Sie kaufte ihm seine ersten Rollschuhe, und bei ihr durfte man Pizza im Bett essen. Das durfte man sonst nirgendwo. Oskar mochte Valerie, hatte sie von Anfang an gemocht. Doch seit einiger Zeit gibt es zwischen ihr und Eric Streit. Natürlich sagt ihm das der Vater nie so direkt, aber Valerie ist immer seltener dabei, wenn er sich mit ihm trifft. Und manchmal tippt Eric so wütend auf sein Handy ein, dass Oskar weiß, dass etwas nicht stimmt. Wenn er danach fragt, blickt Eric nur zur Seite. Es ist schade, denkt Oskar, dass die Erwachsenen es nie schaffen, für immer zusammenzubleiben. Nur seine Großeltern konnten das.

Oskar erinnert sich kaum an seine Oma, aber im Flur hängt ein Bild von ihr. Sie hatte rote Haare, Sommersprossen und ein freches Gesicht.

Das war's. Tsarelli räumt das Werkzeug zusammen. Der Schrank steht jetzt aufgebaut an der Wand, Georgi blickt triumphierend.

Keine Spur mehr von Dina.

- Abgesehen von ihren Sachen, die hier noch rumstehen.

Es ist ein Anfang.

- Wenn du es so sehen willst.

Mit jedem Beginn ist die Hälfte schon geschafft!

- Wo hast du die Floskel aufgeschnappt?

Sagt man doch so!

- Meinetwegen, ich muss los.

Tsarelli lässt Georgi allein zurück. Der steht noch eine Weile vor seinem neuen Schrank, öffnet eine Tür, dann die andere. Unsäglich viel Platz. Wieso hat er den Schrank nicht viel früher besorgt?

Die Schokolade ist aufgegessen. Oskar wirft das Papier in die Ecke. Bis der Opa kommt, kann er noch eine Kiste fertig bauen, dann hat er gleich etwas, das er ihm zeigen kann.

Tsarelli hört das Hämmern bereits im Flur, ein Blick auf die Uhr. Viel zu spät, der Enkel müsste längst im Bett sein.

Ich fasse es nicht, begrüßt er den Enkel. *Wieso bauen alle um mich herum? Ständig werden Dinge in die Höhe gezogen, die niemand braucht. Um das Eigentliche aber kümmert sich niemand.*

Oskar blickt verwundert hoch, er hat seinen Opa nicht aufschließen hören.

- *Was ist das Eigentliche?*

Na, was soll es schon sein!? Das Leben. Ihr versteckt euch hinter sinnlosen Tätigkeiten, ganze Tage könntet ihr so verbringen, zwischen Schrauben und Holz. Aber am Ende kommt nichts dabei raus, gar nichts!

- *Doch, meine Kisten.*

Deine Kisten versperren nur den Weg, mehr nicht!

Tsarelli erschrickt selbst über seinen harschen Ton, erst Georgi, dann Oskar, seine Geduld ist für heute am Ende. Der Enkel blickt zu Boden. Seine Unterlippe bebt leicht.

Die Erwachsenen verstehen ihn nicht, es ist nicht das erste Mal, dass sie ratlos vor ihm stehen. Meist folgt die Wut, Oskar kennt das schon. Dann kommen sie ihm mit Argumenten. Aber eigentlich ist es nur ihre eigene Unsicherheit, die sie so reden lässt. Sie verstehen nicht, dass man etwas anders machen kann als die anderen. Dass es Spaß macht. Erwachsene wollen immer aufräumen, Räume und Gedanken. Dabei sollten sie sich lieber um sich selbst kümmern, da gäbe es einiges zu tun.

RUTSCHE

Mona ist sofort in ihrem Zimmer verschwunden. Oskar hört ihre Tür zufallen, draußen dämmert es. Er steht auf, um schon ein wenig zu bauen. Nichts Lautes, nur ein paar Flächen verleimen. Der Gedanke, dass alle anderen im Haus noch schlafen, während er die Welt schon vorantreibt, gefällt ihm. Er hat jetzt ein Verzeichnis für die Kisten angelegt, eine lange Liste, in der sie nach Größen sortiert sind. Jede Kiste bekommt eine Nummer, die er auf deren Unterseite auf einem Aufkleber notiert. Es sind bisher siebenundsechzig, Oskar möchte bis zu seinem Geburtstag auf hundert Exemplare kommen. Es ist eine Art Wettkampf mit der Zeit, Oskar tritt als Einziger an, die Chancen stehen also gut.

Dass man im Leben Herausforderungen brauche, sagt sein Opa gern. Auf die Art käme es dabei wenig an, nur ein Ziel brauche man vor Augen, ein ganz eigenes, das einen mitten in der Nacht aus dem Schlaf reiße, so dringlich müsse es sein.

Oskar bleiben nur mehr wenige Wochen bis zu seinem Geburtstag, und dreiunddreißig Kisten sind eine Menge Arbeit. Vielleicht muss er die Schule absagen, um rechtzeitig fertig zu werden. Er braucht ein Attest. Am besten Keuchhusten oder etwas, das sich nicht so leicht in Frage stellen lässt, ein verknackster Knöchel zum Beispiel oder ein komplizierter Bruch des linken Mittelhandknochens. Als Erstes wird er Mona einweihen. Vielleicht versteht sie ihn. In der Schule lernt er sowieso nichts, das sagt sie ja selbst. Falls sie nicht bereit ist, einen Arzt aufzutreiben, der ohne große Nachfragen ein Attest unterschreibt, wird er sich an Eric wenden. Eric kennt ausgeklügelte Tricks, braucht aber für alles etwas länger. Vielleicht kann er ihm einen Gips bauen, einen Gips, in dem sein gesunder Arm steckt, nur für einige Stunden, als

Show. Er präsentiert ihn kurz in der Schule, legt ihn schwer auf den Tisch, ein unübersehbares Hindernis. Unter dem Gips juckt es, das wird er spielen müssen, da heilt etwas und ziept.

Oskar schleicht auf Zehenspitzen in den Flur. Vor dem Spiegel probt er das Leiden in all seinen Facetten. Es sind schmerzverzogene Grimassen, die er schneidet. Eine Träne wäre jetzt noch gut, als dramatischer Höhepunkt, aber die gelingt ihm nicht auf Anhieb. So wird ihn die Lehrerin nicht im Klassenraum sitzen lassen. *Das arme Kind. Ist denn jemand bei dir zu Hause?* Augenblicklich wird die Lehrerin aufstehen und einen Mitschüler aussuchen, der ihn ins Sekretariat begleiten soll.

Ruh dich gut aus, du wirst sicher alles schnell aufholen.

Oskar wird ein letztes Mal aufschauen, den Gips mit der anderen Hand fest umklammern und als Sieger aus dem Klassenraum gehen, während die anderen Kinder ihm sehnsüchtig hinterhersehen.

Was machst du da?

Mona steht plötzlich hinter ihm, blickt verschlafen in den Spiegel.

Ich übe.

- Mitten in der Nacht?

Opa sagt, was wichtig ist, raubt einem den Schlaf.

- Opa sagt viel, wenn der Tag lang ist.

Er hat aber recht. Nachts merke ich mir die Dinge am besten.

- Was denn für Dinge bloß?

Das hier! Oskar legt sein Gesicht in Sorgenfalten, verzieht den Mund zum Schmerzensschrei.

- Habt ihr bald eine Theateraufführung, oder wie?

Oskar schüttelt nur den Kopf.

Erklär ich dir später. Geh du ruhig wieder schlafen!

Valerie schaut in die Dunkelheit. Sie möchte gern verreisen, durch fremde Landschaften stapfen, sie abfilmen. Eric liegt neben ihr, er schläft. Immer als Erster. Valerie hat versucht, schneller zu sein, vor ihm ins Bett zu gehen. Vergeblich. Am Ende des Tages liegt sie allein mit ihren Gedanken da. Valerie steht auf und holt ihre Kamera. Sie filmt die Falten im Bettlaken. Auf dem Display sehen sie aus wie eine weiß-gräuliche Kraterlandschaft, etwas viel Größeres. Zwischen den Kratern kommt plötzlich Erics Ohr ins Bild, Valerie schwenkt weiter, das Kinn sieht aus wie ein Stück Granit.

Zu ihrem Geburtstag, es war der neunte, bekam sie einen Fotoapparat. Mit ihm hatte sie im Garten der Oma fotografiert. Sie ging nah an die Pflanzen heran, die unscharfen Flächen ergaben Landschaften. Wenn man es nicht wusste, konnte das Blumenbeet mit seiner sandigen Erde eine Dünenlandschaft sein. Diesen Zoomeffekt möchte Valerie wiederholen, immer noch näher herantreten an die Dinge und Menschen, bis sich hinter der Oberfläche alles auflöst.

Eric wacht auf, das Granitkinn gähnt. *Was machst du mitten in der Nacht? – Kunst,* sagt Valerie, wie man Zähneputzen sagt.

Eric liegt auf dem Rücken ausgestreckt. Eigentlich weiß er gar nicht, was Valerie nachts macht, in all den Nächten, in denen sie nicht zusammen sind.

Im Halbdunklen meint er ihr unbekümmertes Lächeln zu erahnen. Sie wird es leichter haben, denkt Eric, leichter als Mona. Weil sie sich keine Fragen stellt oder wenn, die richtigen. Weil sie vorangeht und in ihrem Tun mehr Probleme löst, als Mona es mit ihrem Denken je können wird. Weil sie mit allen spricht, ohne sich anzubiedern, und dabei natürlich bleibt. Weil alle sagen und sagen werden: *Sie hat so eine natür-*

liche Art. Wie sie sich unbedarft die Haare aus dem Gesicht streicht und auch sonst. Bei jedem Schritt. Eine mitreißende Leichtigkeit, die macht, dass man immer wieder zu ihr schaut, ihren Worten folgt, während über Mona hinweggesehen wird. Mona, die in der Ecke steht, immer, immer in der Ecke steht, verborgen bleibt, mit ihrem ganzen Können. Alles Unnachgiebige, das Mona gleichzeitig ihre Tiefe verleiht, fehlt Valerie. Von Anfang an gefiel Eric Valeries Angewohnheit, die Dinge zu streifen, ohne sich darin zu verfangen.

Plötzlich fällt es Eric ein. Er hat vergessen, Oskar anzurufen. Morgen wird er daran denken müssen. Er dreht sich auf die Seite, greift nach seinem Notizheft auf Valeries Nachttisch, eine umgedrehte Weinkiste, die er für sie schwarz lackiert hat. Im Schein der Handylampe notiert er: Oskar Ausrufezeichen. Mehr nicht. Er klappt das Heft wieder zu, starrt in die Dunkelheit. Neben ihm atmet Valerie schwer.

Eric hätte sich das Ganze irgendwie anders gewünscht. Ein Haus mit Rutschen schwebt ihm vor, in jeder Ebene würde ein Teil der Familie wohnen, alle an einem Ort versammelt, er müsste sich nur gleiten lassen, wäre sofort bei allen, je nachdem, wer ihn gerade bräuchte. Keine langen Wege durch die Stadt, keine Verabredungen im Voraus, mit nervenzehrenden Abstimmungen sämtlicher Zeitpläne, einfach nur die Rutsche. Wenn er jetzt wollte, könnte er zu Mona durchrutschen, nachsehen, ob das Licht noch brennt. Er könnte Oskars Bettdecke richten oder die Schuhe im Flur ordnen. Und wenn er den Mixer fände, könnte er obendrein noch einen Teig anrühren, damit Mona und Oskar morgens gleich frische Brötchen hätten. Er wäre dann schon wieder weg. Mit dem Seilzug zu Valerie. Einen Seilzug müsste es auch geben, das hatte er ganz vergessen, man will ja auch hinauf. Ein ausgeklügeltes System, das ein Treppenhaus umgeht. Sonst gäbe es Türen und Schlüssel. Nein, es müsste einfacher sein, fast unmerklich sollte man zwischen den Ebenen wechseln können. Die anderen könnten das natürlich auch. Plötzlich käme Oskar bei ihm vorbei, würde mit dem Kopf voran auf dem Teppich seines Wohnzimmers landen. Alles ohne großen Aufwand. Man müsste sich nicht festlegen. Es gäbe keinen Neid, denn alle wären für alle da. Im obersten Stockwerk, unter dem Dach, wäre Tsarellis Reich, dann kämen Mona und Oskar, auch Georgi hätte Platz, Valerie sowieso (im Seitenflügel), selbst für Dina ließe sich ein Zimmer finden, sollte sie am Wochenende dazukommen wollen. Eric ist begeistert von seiner Idee. Alle könnten jederzeit Bescheid geben, wenn sie Hilfe bräuchten, auch wenn es nur die Milch war, die einem ausging. Eric schaltet das Licht wieder an, beginnt eine Skizze.

Georgi liegt wach. Jetzt muss er doch wieder an Dina denken, immer findet sie einen Weg in sein Gehirn. Vielleicht hat Tsarelli recht, besser, er zieht um, noch besser ganz weg. Raus aus der Stadt oder gleich über die Landesgrenze. Was hält ihn hier noch? Er steht auf und holt sich einen Apfel aus der Küche. Irgendjemand hat einmal behauptet, dass man einen essen soll, wenn man nicht schlafen kann, in kleine Scheiben geschnitten, Stück für Stück, über eine halbe Stunde hinweg. Am Ende würden einem die Augen vor lauter Apfelsäure nur so zufallen. Georgi schneidet und isst, doch von der Müdigkeit fehlt noch immer jede Spur. Vielleicht hat er die Scheiben nicht dünn genug geschnitten, wer weiß das schon? Oder dem Apfel fehlt es an Säure. Tsarelli wüsste es vielleicht, aber Tsarelli kann er jetzt nicht anrufen, der braucht seinen Schlaf, so ungeduldig, wie er heute war.

Was ist nur aus uns geworden, denkt Georgi und zieht ein altes Foto hervor. Dort stehen sie im Garten, Ruth ist auch dabei, in der Mitte Tsarelli und er, wobei in der Mitte, wenn man es genau nimmt, der kleine Grill steht. Tsarelli hält eine Holzzange in Richtung des Fotografen, als würde er jeden Augenblick damit zuschnappen wollen, Dina lacht am Bildrand. An den Tag kann Georgi sich nicht mehr gänzlich erinnern, er weiß aber noch, wie er nach dem Grillen Dina auf seinem Fahrradlenker sitzend nach Hause fuhr. Ihr Rad hatte auf dem Rückweg einen Platten gehabt. Georgi war nicht mehr ganz nüchtern, fuhr in großen Schlenkern über den Kiesweg hinweg. Dina bekam einen Lachanfall und musste absteigen.

Es waren schnelle Zeiten, so sieht es Georgi im Nachhinein. Sie erlebten vieles in so rascher Folge, dass sie einiges davon gleich wieder vergaßen. Es schaffte nicht einmal den Weg in ihr Kurzzeitgedächtnis.

Und jetzt, denkt Georgi mit einem Stück Apfel zwischen den Zähnen, *ist mein einziges Erlebnis ein Schrankaufbau, unglaublich!* Er beschließt, dass der Apfel nicht ausreichen wird, und geht in die Küche, um sich nach härteren Dingen umzusehen.

Oskar taumelt in die Küche. Die Milch trinkt er kalt aus dem Kühlschrank, ein riesiges Glas in einem Schluck, wie eine kalte Dusche, nur von innen. Um wach zu werden, so stellt er sich das vor. Draußen tut sich wenig. Nur im Haus schräg gegenüber ist ein Fenster erleuchtet. Vielleicht ein Taxifahrer, denkt er. Was der wohl frühstückt? Etwas Deftiges sicherlich, das den ganzen Morgen über vorhält, einen Hering vielleicht oder ein Mettbrötchen. Oskar kann sich den Geruch der frisch geschnittenen Zwiebeln genau vorstellen, sie knirschen zwischen den Zähnen des Taxifahrers. Dazu trinkt er sicher

Kaffee, um wach zu werden. Oskar empfindet eine tiefe Sympathie für diesen Mann, den er nur als Schatten, am Fenster stehend, kennt.

Er schmiert sich ein wenig Marmelade auf ein Brötchen und überlegt. Kiste achtundsechzig ist heute dran. Ein mittelgroßes Modell. Die Seitenteile muss er noch zusägen. In den Deckel möchte er gern ein Muster schnitzen. Das braucht zwar Zeit, doch es macht die Kiste zu einem besonderen Einzelstück. Bisher hat er keine einzige Kiste verschenkt. Nicht mal an Mona. Das Muster könnte er jetzt vorzeichnen, davon wird keiner wach. Wellen sollen den Deckel überziehen, geschwungene Linien, die eine Meeresoberfläche andeuten, vielleicht auch einen Fisch. Er beißt vom Brötchen ab. Eigentlich braucht er gar nicht mehr zur Schule zu gehen, denkt Oskar, nie mehr. Er weiß doch jetzt schon, was er später machen will. Alles andere hält ihn nur davon ab.

Das Telefon klingelt, Mona steht in der Küchentür, hält Oskar den Hörer hin, sagt knapp: *Es ist Eric.*

Dann geht sie lautlos in ihr Zimmer, um sich wieder hinzulegen. Die Nacht zieht an ihr. Sie hat nicht gut geschlafen. Allein der Gedanke, sich anzuziehen, kostet sie Kraft. Außerdem müsste sie dringend Wäsche waschen, und in der Spüle türmen sich seit einigen Tagen schmutzige Töpfe. Sie hört Oskar in seinem Zimmer sprechen, seine Stimme, klar und ohne Vorwurf darin, dabei hat Eric wieder vergessen, sich rechtzeitig zu melden. Sie dreht sich auf den Rücken, lauscht weiter, bis sie eindöst. Im Bad rauscht die Dusche, dann hört sie eine Zahnbürste wie von sehr weit weg. Plötzlich steht Oskar an ihrem Bett.

Wir gehen in den Baumarkt.

- *Was wollt ihr dort?*

Zeug besorgen.

- Oskar, bitte nicht wieder für die Kisten!

Mach dir keine Sorgen.

Oskar streicht ihr zum Abschied über die Schulter, und für einen kurzen Moment kommt es Mona so vor, als sei sie selbst das Kind.

Eric sitzt mit Oskar in den Bäckerei schräg gegenüber vom Baumarkt.

Und wie stellst du dir das vor? Willst du den ganzen Tag mit dem Ding am Arm rumlaufen?

- Nein, es müsste ein abnehmbarer Gips sein. Mit einer unsichtbaren Naht. Eric nickt, Oskars Idee gefällt ihm.

Einen Gips würde ich schon hinbekommen, für die Öffnung müsste ich mir noch was überlegen.

Oskar beißt zufrieden in sein Brötchen. Mit Eric kann man über solche Dinge reden. Er versteht, worauf es ankommt.

PLAN

Sonntags die Tasse mit dem Goldrand, ein Erbstück der Uroma, zierlich und aus dünnem Porzellan, zum Zerbrechen vorbestimmt. Gerade beim Abwaschen fürchtet Valerie oft, die Tasse könne ihr aus den Händen gleiten, am Boden der Spüle in etliche Stücke zerspringen. Valerie umfasst sie fest mit der linken Hand, lässt den Schwamm nur äußerst behutsam über sie gleiten und stellt sie schließlich mittig und sicher auf das Abtropfgitter.

Es ist zehn, und Valerie denkt über ein Frühstück nach. In der Tüte trocknen die Brötchen vom Vortag vor sich hin. Es wird Müsli geben müssen. Die Tasse steht bereits auf dem Küchentisch, ihr Henkel ragt in den Raum wie eine Frage, auf die Valerie keine Antwort findet. Sie schneidet Obst in kleine Stücke und schaltet das Radio an. Keiner stört sie, und es ist gut so. So viel weiß sie.

Im Radio klingen die Lieder so, als hätte der Sommer schon begonnen. Valerie öffnet das Fenster, um nachzusehen. Doch die Luft ist noch kühl. Sie dreht am Espressokocher, lässt das Fenster offen, kippt das alte Kaffeepulver in den Müll, eine feuchte Masse, die sich nicht recht lösen will. Sie fröstelt, doch es ist kein Pullover in der Nähe. Auf dem Stuhl liegt nur eine alte Zeitung, die Eric dagelassen haben wird. Valerie mag Zeitungen nicht besonders, weil darin so viel steht, von dem man annehmen muss, dass es wahr ist. Meist sind es ernüchternde Dinge. Valerie wirft die Zeitung in die Altpapierkiste neben der Tür. Ein Gesicht starrt sie von der Titelseite aus an. Valerie starrt zurück, denkt, dass es das erste Gesicht ist, in das sie heute blickt. Die Frau trägt ein Jackett mit Schulterpolstern, Valerie steht im T-Shirt da. Die Frau mustert sie, etwas Entschiedenes liegt in ihrem Blick. Valerie dreht die

Zeitung um. Der Kaffee zischt. Ein angenehmer Röstgeruch verteilt sich in der Küche. Schnell schließt sie das Fenster, damit er nicht entweicht.

Woanders, denkt Valerie, ziehen um diese Uhrzeit längst Kinderarme an Erwachsenenbeinen. Woanders ist es seit sieben Uhr laut, jemand hat etwas umgeschmissen, und für eigene Gedanken bleibt keine Zeit. Woanders werden Frühstückstische abgeräumt, Waschmaschinen angestellt und Ausflüge geplant. Jemand füllt Obst und Nüsse in Tupperdosen, packt Tetra Paks mit Strohhalmen ein. Wenn man draufdrückt, entsteht eine kleine Fontäne. Man kann versuchen, damit in den Mund des kleinen Bruders zu zielen. Das darf man aber nur draußen. Draußen auf dem Waldboden entstehen keine Flecken, er saugt einfach alles auf. Vorher muss aber noch das Rad aufgepumpt werden, der Schal gefunden. Letztendlich steigt man doch lieber ins Auto, richtet die Anschnallgurte. Woanders, denkt Valerie weiter, hören sie jetzt dasselbe Lied im Radio, bei der Fahrt über die Landstraßen, *oh, guck, Kühe,* nur wirklich zu hört niemand, das Lied läuft ins Leere, die Sängerin singt nur für sich, weil alle durcheinanderreden.

Es wird ganz einfach gehen, wenn ihr mir nur genau zuhört. Georgi baut sich vor Oskar und Tsarelli auf, streckt beide Arme in die Luft, verharrt in der Bewegung und schweigt, um die Spannung zu steigern, einige bedeutungsvolle Sekunden lang. Tsarelli und Oskar sehen ihn aufmerksam an.

Der Plan! Ich bin so weit, und ich hoffe, ihr seid es auch. Heute ist der Tag gekommen, ins Detail zu gehen!

- Mach es nicht so spannend, worum geht es jetzt?

Um eine Botschaft, die Dina überbracht werden muss.

- *Wir sollen ihr einen Brief von dir überbringen?* Oskar guckt enttäuscht. Das Vorhaben, für das sie seit einigen Wochen trainieren, hat er sich spektakulärer vorgestellt. Ungeahnte Dimensionen nahm Georgis Plan in seinem Kopf bereits an. Oskar sah wilde Verfolgungsjagden durch die Stadt. Dicht gefolgt von der Polizei, rannten sein Opa und er in die aufziehende Dunkelheit der Vororte. Mit einer Schaufel gruben sie am Ufer eines Flusses nach einer mysteriösen Plastiktüte oder durchsuchten die eintreffenden Passagiere am Terminal eines fernen Flughafens. Doch jetzt das. Unzählige Runden um den Kanal, nur um einen Brief zu transportieren, den Georgi genauso gut per Post verschicken könnte!?

Nein, kein Brief, Junge! Über die Musik wird es gehen. Die Musik ist der einzige Weg, der zu ihr führt.

- *Könntest du etwas präziser werden?* Tsarelli ist versucht abzuwinken. Bereits die Einleitung klingt nach einer typischen georgischen Erfindung, groß und pathetisch im Auftakt, doch gering im Nachhall. Vom entscheidenden Mittelteil ganz zu schweigen. Er blieb meist einfach aus. Georgi war ein lausiger Geschichtenerzähler. Er dachte, mit dem Anfang sei alles getan, es reiche, die Aufmerksamkeit seiner Zuhörer einmal auf sich zu ziehen, dann laufe alles wie von selbst. Doch Tsarelli wusste, es war weitaus mehr als das: Die Spannung galt es zu halten, bis in die letzte Silbe hinein, um dann das Publikum sanft abzusetzen oder unvermittelt auf dem Hosenboden aufprallen zu lassen. Auch diese Entscheidung galt es zu treffen. Der Verlauf lag vollkommen in der Hand des Erzählers, zu keiner Minute durfte man ihn aus den Augen verlieren oder gar dem Zuhörer überlassen.

Präziser? Gern. Wir werden über Dinas Schüler gehen, das heißt genau genommen ihr. Beginnen wird alles damit, dass ihr unsichtbar werdet. Grau wie die Stadt. Nicht zu unterscheiden von denen, die zur Arbeit rennen. Nur, dass euer Ziel ein ganz anderes ist. Ihr folgt den Schülern auf ihrem Heimweg von der Klavierstunde, wendig und unauffällig. Wo Tempo vonnöten ist, werdet ihr schnell, Kondition haben wir trainiert, das dürfte kein Problem sein. In den Straßen gibt es genug Möglichkeiten, kurz abzutauchen. Ein Mauervorsprung, eine Einfahrt, Hauptsache, sie sehen euch nicht. Das ist alles, ihr folgt ihnen, findet heraus, wo sie wohnen, und bringt mir die Adresse zurück.

- Georgi, ich folge doch keinen wildfremden Menschen! Die Kinder werden sich zu Tode erschrecken.

Ihr sollt sie doch nicht ansprechen, nur die Adresse herausfinden. Den Rest mache dann schon ich.

- Ich weiß nicht, ob mich das beruhigt.

Es ist ganz leicht. Sobald ich die Adressen habe, werde ich den Schülern schreiben. Ich möchte, dass sie ein Lied für Dina spielen. Ich werde ein Datum festlegen, und in dieser Woche wird in Dinas Wohnzimmer nur ein einziges Lied erklingen. Alle Schüler werden es spielen, versteht ihr? Die unterschiedlichsten Hände, von den kleinen, pummeligen des Jüngsten bis zu den ausgewachsenen, feingliedrigen der ältesten Schülerin. Finger über Finger, schmale, mit Ringen, ohne, starke, flinke, faule, knochige, schwitzende, schiefe, gerade, mit Pflaster, mit Sommersprossen, mit abgekauten Nägeln, alle Arten von Fingern, die nur eines verbindet: ein Lied.

- Welches Lied, wenn ich dich kurz unterbrechen darf …?

Ein vertrautes. Dina wird es erkennen, da bin ich sicher. So oft hat sie es in unserer alten Wohnung gespielt, jedem ihrer Schüler hat sie es beigebracht. Und darüber hinaus hat es natürlich auch für uns eine besondere Bedeutung.

Valerie schaltet das Radio aus. Das Müsli ist aufgegessen. Im Teller schwimmt noch eine Milchpfütze, darin zwei Haferflocken wie kleine Schollen. Das Geschirr klirrt in die Stille hinein, als sie es zur Seite räumt. Die Kacheln oberhalb der Spüle erscheinen ihr heute weißer und glatter als sonst, als würden die Dinge daran abprallen. Im Ohr hallt das zuletzt gespielte Lied nach, sie musste es abdrehen. Die Melodie hatte eine unmittelbare Wirkung auf den Körper, bohrend, durch den Brustkorb hindurch, als ließe er sich aufziehen, als griffen Hände, zögen die Rippen wie Lamellen zur Seite, nach links und rechts, wühlten, tief und tiefer, durch den Vorhang aus Muskeln und Fasern, legten frei, bis in der Mitte ein Hohlraum entstand. Fast wird ihr schlecht. Ein Loch in der Magengegend, das Gefühl, die Luft wird knapp. Valerie steht starr an die Heizung gelehnt, nach außen unbewegt, während im Inneren allerlei Dinge durcheinandergeraten. Sie geht ins Bad, um ihre Haare zu waschen. Der Versuch, sich das Lied aus den Ohren zu reiben, es mit ausreichend Shampoo und Wasser hinunterzuspülen.

Und was erhoffst du dir von der Aktion?

Tsarelli blickt skeptisch zu Georgi, der ins Schwärmen gerät:

Die Macht der Musik ist keine zu unterschätzende Größe! Ganze Kriege hätten durch sie verhindert werden können. Feinde besänftigt, Liebende …

- Schon möglich. Und in deinem speziellen Fall?

Ich hoffe natürlich, dass das Lied etwas in Dina auslöst. Eine Erinnerung weckt. Sie wird an mich denken müssen und augenblicklich zum Hörer greifen.

- Wie viele Schüler hat Dina denn überhaupt?

Oskar begreift nicht ganz, worauf es Georgi ankommt. Dina ist doch schon so lange weg, Oskar erinnert sich nicht mal an sie. Wie kann man etwas noch so vermissen, das doch schon lange nicht mehr da ist?

Oskar hat einmal seinen Turnbeutel verloren. Er war einfach unauffindbar. Eine Weile dachte er noch an seine Schuhe darin – wo sie jetzt wohl waren – grüne Streifen, ein seltenes Modell. Nach zwei Wochen war es vergessen. Keinen Gedanken verschwendet er mehr daran. Georgi aber lässt nicht locker. Dina scheint mehr wert zu sein als der Inhalt eines Turnbeutels.

Die Idee aber, etwas zu sammeln, und seien es nur die Adressen von Klavierschülern, gefällt Oskar. Er möchte sie zählen, wie er gern alles zählt, womit er sich beschäftigt.

Ich denke, es sind etwa zwanzig, über die Woche verteilt.

- Zwanzigmal dasselbe Lied? Sie wird durchdrehen!

Gerade auf die Wiederholung kommt es an. Nur so brennen sich die Dinge ein!

- Und warum sollten die Schüler das für dich machen?

Ich werde sie bestechen. Mit handelsüblicher Schokolade.

- Das wird bei den Älteren nicht ziehen, glaub mir!

Lasst das mal meine Sorge sein. Ihr kümmert euch nur um die Adressen!

- Von mir aus können wir es probieren. Vielleicht beginnen wir mit einer Stichprobe. Wir besorgen drei Adressen, dann schickst du deine Briefe los und guckst, ob sie überhaupt reagieren.

Georgi nickt zufrieden.

Abgemacht. Beginnen wir mit den Dienstagsschülern!

Ein Rest Schaum juckt noch etwas im Ohr, doch das Lied ist fürs Erste daraus verschwunden. Valerie zieht eine Mütze über und geht auf die Straße. Sie läuft zum Café ein paar Straßen weiter, blickt hinein. An langen Tischen sitzen Familien mit herangerückten Hochstühlen, aus denen kleine Oberkörper zu kippen drohen, so weit lehnen sie sich in alle Richtungen. Kleinkinder, die in den Raum ragen und doch eigentlich nur rauswollen, wieder festen Boden unter die Füße bekommen. Valerie wagt einen Schritt ins Innere und verschwindet, als sie keinen freien Tisch entdeckt, doch lieber wieder schnell nach draußen. Sie wird sich unterwegs einen Kaffee besorgen, irgendein Bäcker wird schon noch offen haben. Bevor die Sonne untergeht, kann sie noch ein wenig durch die Straßen laufen und dabei mit ihrer Oma telefonieren, damit es ihr wenigstens so vorkommt, als wäre sie zu zweit.

SPIEGELEI

Es ist keine schöne Kneipe, eng und ein wenig verraucht, aber an einer Ecke gelegen. Der Einblick in zwei Straßen gleichzeitig hat ihn überzeugt. Er braucht nur den Kopf zu wenden, um sie kommen zu sehen. Johannes bestellt ein kleines Bier, er will möglichst nüchtern sein, sollte Mona auftauchen. Er möchte mit ihr reden, am liebsten jetzt, kann es nicht erwarten, das Gespräch fortzuführen, das sie gestern begonnen haben. Der Abend ist so schnell vergangen. Am Morgen war Mona schon weg, hatte sich wortlos aus seiner Wohnung gestohlen, das Gespräch wie abgeschnitten.

Er wird hier auf sie warten. Sich direkt vor ihr Haus zu stellen könnte bedrohlich wirken. Außerdem möchte er es dem Zufall überlassen, allenfalls ein wenig nachhelfen, sich geschickt positionieren. Wie beiläufig soll es wirken, dass er hier sitzt, unweit ihrer Wohnung. Monas Stadtteil kennt er kaum. Viele junge Paare, Studenten oder Familien mit Kindern. Diese Bewegungen in Kleinsttrupps, er weiß nicht, was er davon halten soll. Johannes läuft lieber allein, bildet sich ein, dadurch wendiger und schneller zu sein.

Mona ist zu Hause, ein wenig müde, sie hängt Wäsche auf, eine monotone Tätigkeit, die ihrer derzeitigen Verfassung entspricht. Oskar steht auf dem Balkon, verleimt Holzplatten. Der Klebegeruch ist erst angenehm, dann stechend, er zieht bis in die Wohnung. Mitunter zieht auch Johannes an Mona vorbei, sein Gesicht, das sie nie zur Gänze erinnert. Es bleibt mehr ein Gefühl. Eine Rauchschwade, die sich um sie herumkräuselt, deren Umriss sich immer wieder verflüchtigt. In der Mitte jedoch befindet sich ein Mund, ein Rauchkringel, der sich unablässig öffnet und schließt. Mona versteht nicht ganz, was er sagt, versucht es von seinen Lippen abzulesen, eine gleichmäßige Bewegung.

Oskar steht plötzlich neben ihr, sagt: *Was machst du da?*

Sie schüttelt ein Handtuch aus, es knallt beim Aufprall mit der Luft, das Gesicht verschwindet.

Nichts, ich denke nach.

- *Woran denn?*

Ans Abendessen zum Beispiel.

Oskar wünscht sich zum dritten Mal in dieser Woche Spiegelei. Er ist froh, dass Mona wieder da ist, zurückgekehrt. In der Nacht hatte er lange wach gelegen und auf ihre Schritte im Treppenhaus gelauscht.

Das Spiegelei breitet sich in der Pfanne aus. Drei Inseln mit gelbem Kern.

Für wen, fragt Oskar, *ist das dritte?*

Mona weiß es nicht. *Vielleicht kommt Opa noch vorbei.*

- *Und wenn nicht?*

Mensch, Oskar, dann essen wir's.

Mona hat nicht mitgezählt, hat wie nebenbei die Eier am Pfannenrand zerschlagen. Vielleicht sind sie in ihrem Kopf auch noch zu dritt. Die Zahl hat sie nicht löschen können. Oskar und sie sind nur der Auszug eines größeren Ganzen, einst Familie genannt. Oskar legt drei Gabeln auf den Tisch. Er kann sich nicht an die Zeit erinnern, in der sie zusammenlebten. Jetzt übernachtet Eric nur noch bei ihnen, wenn er auf Oskar aufpasst. Sind sie zu dritt, kommt es Oskar vor wie seltsam zusammengeklebt. Der Morgen hat, besonders wenn beide Eltern sich darin befinden, etwas Nervöses, Überstürztes. Mona und Eric hasten wie auf unsichtbaren Bahnen durch die Wohnung, unterbrechen immer wieder ihren Lauf, bremsen kurz voreinander ab, nicht, ohne sich Wortfetzen zuzurufen, Anweisungen für den Tag. In dieser verkorksten Art, den anderen auszublenden und dabei genau im Blick zu haben, liegt etwas seltsam Zärtliches.

Tsarelli kommt nicht zum Abendbrot, er spielt Schach. *Wie kannst du mich allen Ernstes an einem Donnerstag anrufen? Ich bin bei Georgi. Eure ganzen Termine merke ich mir und du? Dieser eine Wochentag, ist es zu viel verlangt?*

Mona legt müde auf, Oskar isst zwei Spiegeleier, verlangt nach Speck. Als Mona in den Kühlschrank greift, sagt er: *Keiner kommt zu uns. Niemand. Niemals. Immer sitzen wir zu zweit. Sogar Opa spielt lieber Schach!*

- Oskar, wirklich, du kannst dir auch jemanden einladen!

Wen denn?

- Einen Freund zum Beispiel.

Ich hab keine Freunde.

- Oskar, bitte!

Stimmt doch!

- Jemanden aus der Schule oder der Junge vom Fußball, wie heißt der noch?

Theo? Nein, da bin ich lieber allein.

Irgendetwas ist dran, die Familie, all ihre Mitglieder lavieren, jeder für sich genommen, am Abseits. Seltsam *ausgeschieden*, wie Mona dieses Wort hasst, schon früher nicht mochte, beim Sport. Es bedeutete, über die Linie getreten zu sein, abseits der anderen auf einer Bank sitzen und warten zu müssen, bis der Lehrer das Spiel endlich abpfiff.

Ich habe ihn besiegt, es ging schneller als gedacht. Tsarelli grinst, steht nun doch in der Tür, Oskar guckt erstaunt. Der Opa zieht seine Schuhe gar nicht erst aus, wedelt ungeduldig mit der Hand:

Kommt, wir gehen noch eine Runde!

- Aber die Kisten! Ich will doch noch …

Das kannst du auch später machen. Ihr müsst mal vor die Tür!

DACH Ruckartig. Johannes steht auf, stößt sich das Knie am Tischbein, stürzt zum Eingang. Die Kellnerin steht kopfschüttelnd im Türrahmen. Hinter der Scheibe, er hat sie gesehen. Mona. Doch sie ist zu dritt. Ein alter Mann läuft neben ihr, Oskar folgt. Ein kleiner Trupp, der sich durch die Straße schlängelt. Unbemerkt bleibt Johannes am Straßenrand stehen. Sieht sie ihn nicht? Sie lauscht dem alten Mann. Ein hellblaues Haargummi hält ihre Locken hoch, gräbt sich zwischen das Braun. Oskar kommt näher, sie zieht ihn zu sich heran. Seine Locken sind von ähnlicher Textur, heller zwar, doch ähnlich fest. Sie streicht drüber, klemmt ihm eine Strähne hinters Ohr. Oskars Augen sind nach vorne gerichtet, hinter sich schleift er einen Ast. Nicht unbedingt die Augen eines Kindes, denkt Johannes, fast ein wenig starr, wie eingerastet. Als hätte der Junge schon Jahrzehnte damit verbracht, in die Welt zu schauen. Als sei alles abgeblickt. Nenn es Entschiedenheit, nenn es Sturheit, es ist ungewöhnlich. Johannes steht und folgt diesem Blick, versucht ihn auf sich zu lenken. Der ältere Mann sagt etwas, Mona lacht. Er sieht aus wie jemand, der im Leben viel getragen hat, ein Möbelpacker im Ruhestand vielleicht.

Johannes beginnt zu rennen, holt sie ein, sagt: *Ein Zufall! Gerade sitz ich hier, da kommst du vorbei …*

- *Freut mich!* Tsarelli ist der Erste, der antwortet. Er streckt ihm seine Hand entgegen. Johannes sieht eine Ader im Unterarm pulsieren, blau und kräftig. Der alte Mann lächelt. Seine Augen blinzeln, springen von Johannes zu Mona und zurück. *Von einer Geburtstagsfeier,* sagt Mona, *kennen wir uns.* Verlegen steht sie abseits. Wie mit sechzehn. Johannes blickt in ihr Gesicht. Das Selbstbewusste scheint daraus verschwunden.

Verstehe, sagt der alte Mann.

- *Gehen wir weiter?*, fragt Oskar.

Mona blickt durch die beiden hindurch, gradewegs in Johannes' Gesicht: *Ich muss …, ich melde mich.*

Johannes nickt, bleibt allein zurück. Er kippelt mit den Füßen leicht auf dem Kantstein, vor und zurück, unschlüssig, in die Kneipe zurückzukehren. Die drei werden langsam kleiner, Oskar dreht sich um, wirft einen ernsten Blick in Richtung Johannes, dann sind sie um die Ecke verschwunden.

War sie das? Die Kellnerin steht plötzlich hinter ihm, fügt schnell hinzu: *Schichtwechsel, ich muss abkassieren.* Johannes schaut auf seine Füße inmitten von Müllresten. Was an Straßenrändern alles so hängenbleibt, denkt er.

Er steckt das Rückgeld ein, winkt der Kellnerin zum Abschied. Sie nickt und sagt mit dem Anflug eines Lächelns: *wird werden.* Johannes möchte ihr gern glauben. Er geht die Straße entlang und blickt zur Ampel. Vor kurzem standen sie hier noch, denkt er, das Trio um Mona. Jetzt fällt Regen, wäscht Spuren weg, die nie da waren. Kein Stück weiter. Er zieht die Kapuze der alten Regenjacke hoch. Nach Hause. Dort ist es leer und hallt, wenn er im Bad vor dem Spiegel spricht.

Mona liegt im Bett, denkt, dass sie Johannes morgen anrufen muss, etwas vorschlagen, nach dem unverhofften kurzen Treffen.

Die erste Begegnung mit Johannes fällt ihr wieder ein, das Dach einer Freundin, die plötzliche Freiheit, wie ausgeschnitten aus ihrem eigenen Leben, an der feinen Strichlinie entlang:

Ein Geburtstag, Mona, verspätet wie immer, doch nicht ohne Blumen, suchte nach einem Gefäß in der Küche. Die

Gastgeberin war vorangegangen, öffnete die Schranktür oberhalb der Spüle, musste gleich den Nächsten begrüßen. Der Nächste war Johannes. Sein Gesicht durch die halboffene Tür, Mona sah nur einen Umriss, der ihr gefiel, es war die ruhige Art, mit der er die Lippen bewegte, als hinge etwas sehr Schweres dran. Auch er brachte Blumen. Zu zweit standen sie vor dem Schrank. *Auch blöd: Schnittblumen,* sagte er, Balkongewächse seien da besser. Mona nickte, sagte: *Balkons sind überhaupt das Beste an Wohnungen.* Der Satz stand seltsam zwischen ihnen, wie ein Banner teilte er den Raum entzwei. Mona hatte ihn mit solchem Nachdruck gesagt, alles musste sich fortan darauf beziehen. Johannes fischte nach einer Weinflasche in seiner Tasche, stand verlegen da, fragte: *Wo steht das?,* und war sich nicht sicher, die Situation dadurch aufgelockert zu haben. Vielleicht wollte er das auch gar nicht. Das Lockere, fand er, lief Gefahr, ins Belanglose zu kippen. Man sprach, und nichts war gesagt. Im Kopf ging er alle Wohnungen durch, in denen er jemals gelebt hatte, zählte die dazugehörigen Balkone, es waren höchstens drei, auch jetzt hatte er keinen. Er sagte es nicht, fürchtete zu missfallen, goss lieber Wein ein und versuchte, dabei nicht zu zittern.

Die Unbekannte lächelte und sagte: *Nirgends steht es. Vielleicht stimmt es auch nicht.* Sie trug einen roten Schal, mehrmals um den Hals geschlungen. Er hätte gern daran gezogen, es kam ihm selbst albern vor. Stattdessen fragte er: *Hast du denn einen?* Sie lachte und sagte: *Sogar einen mit Treppe.*

Es war nicht wirklich gelogen, obwohl es auch nicht stimmte. Die Treppe führte nirgendwohin, war eher ein Tritt. Pflanzen standen darauf, aber manchmal stellte Oskar sich vor, er könne damit in den Weltraum steigen. *Wie viele Stufen noch?* Und Mona wählte eine Zahl, die niemals unter tausend lag. Dann zählte Oskar und stieg die imaginären Stufen zum Kosmos hinauf.

Mona lächelte, Johannes fragte: *Wohin führt sie, zum Dach?*, und meinte damit die Treppe, die in seiner Vorstellung gigantische Ausmaße annahm, sich mehrmals um die eigene Achse drehte, ehe sie in einer Dachterrasse mündete. Dächer waren Johannes' große Leidenschaft. (Sie kamen gleich nach dem Geruch von Eddingstiften.) Dort hören, hatte er als Kind gedacht, die Menschen auf, in die Welt zu ragen. Er stellte sich vor, wie die Köpfe innen an den Dachfirst schlugen. Weiter ging es nicht, höher kamen selbst die Gedanken kaum.

Sie tranken noch ein Glas und noch eines. Niemand zählte mit. Mona musste immer wieder an die Weltallstufen denken (genau genommen waren es drei, doch das sagte sie nicht), Johannes blickte auf ihren Schal. Etwas faszinierte ihn, es ging über das Rot hinaus.

Die Küche füllte und leerte sich, immer wieder kam jemand rein, suchte nach etwas und verschwand dann wieder. Ihr Gespräch stockte dann kurz, die dazugekommene Person musste sich wie ein Eindringling fühlen. Mona und Johannes blickten zu Boden, schwiegen. Es war nicht unangenehm, das Gespräch verzögert zu wissen. Sie würden es wiederaufnehmen, sobald die Person die Küche verlassen hätte. In der Zwischenzeit hingen sie ihren Gedanken nach, überlegten jeder für sich, was sie als Nächstes sagen würden, wenn der Raum wieder ihnen allein gehörte.

Als es fast schon dämmerte, sagte Johannes:

Ist der Dachboden hier begehbar? Weißt du das?

- *Keine Ahnung*, Mona blickte aus dem Fenster, sie waren im vierten Stock.

Wollen wir nachsehen? Sie gingen ins Treppenhaus. Es gab tatsächlich eine Luke recht weit über ihren Köpfen, doch ohne Schloss. *Räuberleiter?* Mit Mona konnte man solche Dinge tun, Johannes war sich sicher. Sie stieg in seine gefalteten Hände, drehte am Griff, die Klappe öffnete sich. Eine Leiter kam zum Vorschein. Sie war schmal und aus brüchigem Holz. Mona stieg als Erste hoch. In ihrem Blick flimmerte etwas. Johannes wartete, bis sie oben war, hörte sie rufen: *Komm, man sieht hier den Himmel, als wäre man drin!* Er musste lachen, die Leiter wackelte ein wenig. Mona stand schon am kleinen Fenster, das auf die Frontseite des Hauses hinausging. Unten lag die Straße als schmaler Streifen, rechts und links davon kleine Lichtkugeln, manchmal ein angeleuchteter Busch, dessen Blätter aus der Dunkelheit hervortraten, aussahen wie das Gefieder eines aufgeplusterten Vogels. Das Fenster ließ sich nicht öffnen, war direkt in das Mauerwerk eingelassen. Es hatte keinen Rahmen, nur ein schmaler Blechstreifen umgab es. Ein wenig spürte man den Wind hindurchpfeifen, sie lehnten ihre Gesichter dagegen, bis Mona blaue Lippen bekam. Das sei vom Wein, sagte sie. Johannes glaubte ihr nicht. Er legte ihr seine Jacke um. Eine Daunenjacke, die er umständlich auszog. Sein Arm, dachte er, wäre zu viel.

TON

Theo tritt vor die Tür. Er muss zu Frau Lem. Eigentlich mag er den Unterricht, mag auch seine Lehrerin und ihr altes Klavier, das glänzt, als würde sie es täglich polieren. Mag die Art, mit der Frau Lem den Takt vorgibt, ein leichtes Tippen auf ihr Teeglas, wenn er nicht schnell genug reagiert, oder aus der Ruhe gerät, beschleunigt. *Wo willst du hin mit deiner Musik? Das Stück ist kein Düsenjet.* Mag den leichten Akzent, der sich über Frau Lems Worte legt, besonders, wenn sie aufgeregt ist. Mag die warme Wohnung und den Geruch nach Pfannkuchen darin. Mag all das, aber heute sitzt etwas quer. Erst hat er die Noten nicht gefunden, dann kam die U-Bahn nicht, es gibt solche Tage. Theo kennt sie, obwohl sie nicht oft vorkommen. Vielleicht ist genau das das Beunruhigende daran.

Dina saugt Staub. Damit die Luft rein ist für die Musik. Etliche Kinderhände hat Dina über die Tasten gejagt, selten waren welche dabei, die Großes versprachen. Seit Jahrzehnten muss sie Eltern enttäuschen, muss Worte finden für das, was geboten wird, und geboten wird wenig, *solide, sicher, aber eine Karriere, nein!* Denen mit Talent fehlt der Ehrgeiz, und die, die üben, als gäbe es kein Morgen, sind meist unbegabt. So ist das in der Welt, die Dinge sind ungünstig verteilt. Immer ist etwas am falschen Ort. Manchmal denkt Dina an all die Kinder, die draußen herumlaufen, die ihr Talent mit sich tragen wie andere einen Regenschirm, ohne jemals in ihr Wohnzimmer zu gelangen. Deren Begabung unentdeckt bleiben wird, weil die Eltern kein Geld haben oder der Musik ganz fern sind, lieber in den Urlaub fahren. Vielleicht keine schlechte Wahl. Sie schmunzelt, schaut aus dem Fenster. Irgendwo müssen sie ja rumlaufen, die mit Talent, statistisch gesehen.

Janos' Hemd hängt über der Sofalehne. Oft lässt er etwas liegen, wenn er für längere Zeit verreist. Hinterlässt Spuren, die Dina an ihn erinnern sollen. Denn nicht immer kann er anrufen, wenn er im Ausland tourt. Oft ist er von den neuen Städten so überwältigt, *das Opernhaus hättest du sehen sollen, da können wir nur vor Neid erblassen,* dass er gänzlich darin untertaucht, tagelang nicht zu erreichen ist.

Im Frühling hatte Dina ihm ein Handy geschenkt, Janos hatte es lächelnd auf dem Nachtisch liegen lassen, *ich weiß nicht, diese Tasten, das ist doch eher was für dich.* Wütend war Dina in der Wohnung zurückgeblieben, musste plötzlich an Georgi denken. Georgi, der nach jedem Schachturnier anrief, um ihr den Spielstand durchzugeben, der ihr den Weg zum Hotel beschrieb, das Essen, *stell dir vor, hier essen sie die Suppe als Nachtisch,* bis sie jedes Detail kannte (vom abgesplitterten Holz des Fensterrahmens bis zu den vertrockneten Brötchen, die mehrmals serviert wurden, Georgi hatte die Unterseiten unauffällig mit einem Kreuz markiert), als wäre sie selbst mitgefahren. Dina zog raue Bettdecken über ihr Gesicht, stellte sich unter wackelige Duschköpfe und auf schwindelerregend hohe Balkone, weil Georgi ihr davon erzählte. So blieben sie verbunden, über all die Kilometer hinweg.

Sie sitzen in einem Café unweit von Dinas Wohnung. Georgi ist ein wenig aufgeregt, will sich hinter dem Vorhang verstecken, der die Fensterfront umrahmt. Er zieht am Stoff, bis seine Nase dahinter verschwindet. Erst dann greift er in seine Manteltasche, holt eine Liste hervor, er flüstert fast:

Da tragt ihr alles ein: Alter (das schätzt ihr), Junge oder Mädchen (seht ihr ja), Adresse (werdet ihr herausfinden). Es sollten heute fünf oder sechs Schüler sein. Wichtig ist, dass ihr immer rechtzeitig zurück seid, bevor der nächste Schüler startet. Irgendwelche Fragen?

- Nein, das schaffen wir schon.

Tsarelli klopft Oskar auf die Schulter.

Theo steigt widerwillig die Stufen hinauf.

Hast du denn geübt?, begrüßt ihn Frau Lem. Was soll er sagen? Dass seit heute Morgen etwas schief steckt, ohne dass er genau weiß, was? Im Hals hat es begonnen. Ein Kratzen. Dann zog es weiter. Unter die Achselhöhle und weiter in den Brustkorb. Eine lausige Angelegenheit. Etwas, das den Körper ohne Grund befällt. Dabei hat er einen Liter Wasser in einem Zug getrunken, ist nach der Schule um den See gerannt.

Kloß, würde seine Oma sagen.

Tennisball, sagt Theo, *aber ohne das Neongelb.*

Frau Lem fuchtelt mit den Notenblättern vor seiner Nase herum.

Gut, dass ich sie doppelt habe. Theo ordnet wortlos die Seiten. Er erinnert sich, das Stück letzte Woche gespielt zu haben. Gleich nach der Stunde, nach dem Fußball, am Abend. Theo sieht die Noten, doch die Finger folgen nicht. Sie hängen hinterher, sein Blick ist schneller, fast schon auf der nächsten Seite, doch die eigentliche ist nicht zu Ende gespielt. Er blickt über die Schulter, Frau Lems zweifelndes Profil. Ihre linke Augenbraue ragt beachtlich in die Höhe.

Musik kann ich das nicht nennen, was ist nur los mit dir?

Theo schluckt. Der Tennisball setzt sich erneut in Bewegung, rollt hoch hinter sein linkes Auge, drückt. Die Noten verschwimmen. Frau Lem sitzt erstaunlich still, wartet. Theo nimmt den Fuß vom Pedal. Seine Socke sinkt in den weichen Teppichboden.

Bei Frau Lem muss man die Schuhe ausziehen. Sie selbst läuft in plüschigen Pantoffeln umher, winters wie sommers. Zwei dicke Katzen zu ihren Füßen, so kommt es Theo vor, obwohl da natürlich keine Katzen sind. Tiere mag Frau Lem nicht besonders, das hat sie ihm mal erzählt.

Tiere sind wie Kinder, die hat man ein Leben lang. Stattdessen Pflanzen und Teppiche, die ganze Wohnung ist voll davon. Wie auf Wolken läuft man durch den Flur.

Georgi rührt in seinem Tee, linst mit einem Auge hinter dem Vorhang hervor, folgt Tsarelli und Oskar, bis sie inmitten von Passanten verschwinden.

Dinas langer Zopf, plötzlich muss er daran denken, wie er ihn früher gern gedankenversunken um den eigenen Finger gewickelt hat. Dina wurde dann ungehalten, aber nie lang. Sie zog am Zopf, eroberte ihn zurück. Der Ärger nistete sich nie bei ihr ein. Im Gegensatz zu ihrer Schwermut verflog er im selben Atemzug, nie hatte er Dina nachtragend erlebt. Traurig hingegen schon. Da half nur mehr das Klavier. Georgi ging dann leise aus dem Raum, drehte eine Runde im nahegelegenen Park.

Sie hatten anfangs nur ein Zimmer und eine kleine Küche, in der er, wenn Dina bei seiner Rückkehr immer noch am Klavier saß, gegen sich selbst im Schach antrat. Auf beiden Seiten der Wand spielte jeder auf seine Weise gegen etwas an. Tasten und Felder. *Unsere schwarz-weiße Welt,* sagte Georgi manchmal lachend.

So kommen wir nicht weiter. Frau Lem steht auf. An jedem anderen Tag hätte sie gesagt: *Weitermachen. Noch mal. Von vorn, bis es sitzt.* Aber heute will es nicht sitzen. Theo sieht die beiden Katzen über den Flur verschwinden. Etwas klappert am anderen Ende. Frau Lem setzt Wasser auf. Ein alter Teekessel, der pfeift, wenn das Wasser darin brodelt. Oder ist es ein Zwitschern? Eigentlich hört Frau Lem es am Wasser selbst, es verändert seinen Klang, je heißer es wird.

Theo kommt ihr unsicher nach. Immer gibt es etwas zu richten. Zu Hause wie in der Schule, nie läuft alles ideal. Theo muss schneller sein, im Voraus wissen, was den anderen fehlen könnte. So wie seine Mutter. Die sieht sofort, wenn etwas nicht stimmt. Dann wird gerückt, bis alles wieder gerade steht. Anstrengend kann das sein, ganz müde wird die Mutter davon. Manchmal legt sie sich ins Wohnzimmer, will kein Klavier hören, keinen Ton. Tagelang kann das dauern, bis sogar Theo selbst ganz vergisst zu spielen.

Manchmal ist das so, Frau Lem lehnt am Herd, *dann darf man die Freude nicht verlieren an der Sache.* Theo schaut aus dem Fenster, meidet ihren Blick. *Ich kenne das. Man muss da nur durchtauchen, Luft holen und hopp!* Sie macht eine Handbewegung nach oben, der Tee schwappt in ihrer Tasse. *Vergessen wir das mit dem Üben für heute.* Sie legt eine Kekspackung vor Theo auf den Küchentisch, lächelt, öffnet die Lasche.

Kekse haben Dina schon über so manche Krise hinweggetragen, vor allem die mit Schokoladenüberzug. Sie weiß, wovon sie spricht, die Krisen haben sich gehäuft in den letzten Jahren. Immer kam etwas Neues hinzu, mit dem sie sich abfinden musste. Georgis Abschied, Janos' Ankunft. *Letztendlich alles schwierig,* so denkt Dina, wenn sie anfängt zu denken. Sie betrachtet ihr Leben wie durch eine Brille, eine ziemlich dunkle Brille allerdings.

Theo beißt in einen Keks, es krümelt. Frau Lem guckt besorgt. Theo senkt verlegen den Blick. *Irgendwie kriegen wir die*

Zeit schon rum, sagt Frau Lem. Sie denkt an Janos, der wieder durch irgendeine Stadt rennt, deren Namen sie sich nicht merken kann. Es sind so viele. Sie denkt an Janos' Geige im Hotelzimmer, das Holz fast honigfarben, ein warmer Gegenstand, den Dina manchmal aus seinem Koffer holt, wenn Janos kurz außer Haus ist. Dann zupft sie an den Saiten. Dreht am kleinen Rädchen des Bogens, bis die Haare sich leicht spannen, nicht zu stark, sie streicht über die Saiten, es klingt schief, von Streichinstrumenten hat Dina keine Ahnung. Sie legt die Violine zurück, rückt den Koffer zurecht. Janos hat nie etwas bemerkt. Dina fragt sich, ob er manchmal heimlich auf ihrem Klavier spielt, eindringt in ihre Welt, *der schwarze Kasten, der ohne dich schweigt*, wie Georgi immer sagte.

Manchmal möchte sie der Geige folgen, im Koffer Platz nehmen, getragen von Janos durch die Stadt gelangen, durch all die Städte. Ihm auf Schritt und Tritt folgen, unbemerkt, leicht und aus Holz.

Manchmal fragt Dina sich, was die Geige sieht, wenn Janos den Deckel öffnet, ob es auch für ihre Augen bestimmt wäre. Janos lügt nicht, da ist sie sich sicher, aber er sagt auch nicht alles.

KEIL

Eric ist verspätet, hastet durch den Park. Er hat diesen Treffpunkt vorgeschlagen, weil er lieber durch Grünes läuft, wenn es etwas zu bereden gibt. Fünf Bänke säumen den Hauptweg. *Die mittlere*, hat Eric ihr geschrieben, doch Valerie ist nicht zu sehen.

Seit einiger Zeit lässt sie ihren Unmut durchblicken. Es sind beiläufige Gesten, an denen Eric abliest, dass etwas nicht stimmt, etwas Fahriges haftet ihnen an. Wie das Wedeln beim Verscheuchen einer Wespe, so kommen ihm Valeries Bewegungen vor. Luft wird aufgewirbelt, doch das Insekt kreist bedrohlich weiter. Seit Wochen schon sucht Eric nach einer Erklärung, jetzt will er Valerie direkt fragen. Was zu ändern sei. Nicht ganz so direkt schrieb er es in die Nachricht, nur die Andeutung, etwas einrenken zu wollen.

Er greift noch mal nach seinem Handy, um nach der Uhrzeit zu sehen. Valerie hat nichts geschrieben.

Die Tongefäße in Valeries Küche fallen ihm wieder ein. Wochentags, wenn die Goldtassen der Urgroßmutter im Schrank bleiben, sind sie in Gebrauch. Eric denkt an ihre raue Oberfläche. Die Eigenart, immer heiß zu sein, egal, an welcher Stelle man sie anfasst, in die Luft hebt. Schnell muss man sie wieder absetzen, unmöglich, aus ihnen zu trinken, eigentlich.

Immer wieder hatte er den Kaffee in ein Glas umgeschüttet, immer wieder bestand Valerie auf den Tondingern. Sie trank langsamer und flüchtig, wie nebenbei. Über Stunden stand ihr Kaffee unberührt, kühlte ab, wurde erst erträglich und dann ungenießbar. Es störte sie nicht, sie trank ihn wie Wasser, während Eric den Kopf schüttelte. Gern hätte er den Kaffee direkt ins Glas gefüllt, es ging nicht. Valerie wurde beinah wütend, verstellte ihm den Weg zu den Gläsern. Eine nebensächliche Angelegenheit gewann an Bedeutung, wurde zum allmorgendlichen Gefecht. Wenn er jetzt darüber nachdenkt, muss er lachen. In der Küche aber forderte Valeries Verbissenheit seine eigene heraus. Es kam ihm lächerlich vor. Geschirr war Geschirr. Er sagte es ihr. Sie blickte ihn ungläubig an, verließ die Küche. Woher plötzlich diese Wut? Er verstand es nicht, merkte gleichzeitig, dass auch sie ihn nicht verstand. Ein Übertragungsfehler. Das Umschütten der Gedanken in den Kopf des anderen. Es gelang nicht, auf dem Weg ging zu viel verloren.

Eric hatte in der Küche gewartet, die Kräuter gegossen und abgewaschen. Als er mit allem fertig war und Valerie immer noch wegblieb, nahm er seinen Rucksack, ließ die Schnallen im Flur geräuschvoll zuschnappen, lauschte, ob noch etwas kam, und als nichts sich regte, ging er nach Hause.

Eric hat sich auf die mittlere Bank gesetzt, hält Ausschau nach Valerie, vergeblich. Er beginnt, Blätter von der Sitzfläche zu schnippen. Schnell ist die Bank von allen befreit, doch Valerie noch immer nicht da.

Plötzlich sieht er vom Ende des Parks eine Person mit schnellen Schritten auf sich zukommen, sie mustert ihn, nickt und legt ein zusammengefaltetes Stück Papier auf die Bank. Erstaunt versucht Eric sich zu erinnern, woher er das Gesicht kennt. Die Frau sagt nichts, nickt nur wieder und verschwindet. Neben ihm liegt das Papier, ein sauberer Knick, der nach oben ragt. Ein Dach. Die Frau muss eine Freundin von Valerie sein, er erinnert sich jetzt deutlich, sie zusammen gesehen zu haben. Wieso kommt Valerie nicht selbst?

Er spielt mit dem Papier, faltet es, ohne sich entschließen zu können hineinzusehen. Valerie wird nicht mehr auftauchen. Er weiß, sie meidet Situationen, die unangenehm ausgehen könnten.

Wie ein Keil liegt das Papier jetzt neben ihm. Eric steht auf und verlässt den Park. Dreimal hat er Valerie heute angerufen und beim vierten Mal gedacht, dass er vielleicht übertreibt, aber gern auf Valeries Balkon stehen würde oder unter ihrer Bettdecke liegen, zwischen grün-weißen Mustern, die wie Ranken aussehen. Am liebsten würde er sofort hingehen, unmittelbar dort sein, inmitten unaufgeräumter Sachen, das Küchenfenster öffnen, wie bei seinem allerersten Besuch, ein Gebiet, das man neu betritt, mit Neugier und Vorsicht. Valeries Lachen im Flur, wenn sie im Bad verschwindet. Ihn allein lässt mit den Dingen, die ihr gehören.

Eric mag es, wenn Situationen ausgewogen sind. Die Menschen gleichmäßig über einen Raum verteilt zu wissen bereitet ihm Zufriedenheit. Auch Ballungen lässt er zu, Hauptsache, die Anordnung folgt einem Muster, ein System ist erkennbar. *Der Grundriss einer Situation,* wie er es nennt.

Eine Zeitlang hatte er seine allabendlichen Streite mit Mona skizziert. Linien durchkreuzten das Papier, mal stärker, mal schwächer, stellten sich einander in den Weg, verloren sich wieder, darüber ein Datum, links in der Ecke. Alles, denkt Eric, lässt sich auf ein paar Linien runterbrechen, jede Liebe, jeder Streit, auch Kriege. Man muss nur wissen, welche Kräfte wirken und aus welcher Richtung sie kommen. Physikalisch gesehen braucht es dann nur eine Gegenkraft, etwas, das sich dagegenlehnt. Tsarelli. Oft schon hatte Eric gedacht, dass Tsarelli genau das tat. Er fand den Hebelpunkt, an dem man ansetzen musste, wollte man die Dinge ins Wanken bringen, eine leichte Verschiebung auslösen oder im Gegenteil jemanden dauerhaft stützen.

Es hatte nicht immer mit Kraft zu tun. Es war die Fähigkeit, mit Menschen und Sachen umzugehen, ein feines Gespür für die Situation, bevor sie kippte, seinen Fuß unbemerkt auszustrecken, die Hand dazwischenzuschieben, etwas abzufedern, bevor es zu Boden ging, zerbrach.

Zu Hause angekommen, entfaltet Eric den Zettel. Vielleicht eine Erklärung, der Grund für Valeries Abwesenheit. Zwei Worte. Er liest sie, muss erst lachen und wird dann wütend. In schwarzen Buchstaben steht da, eilig hingekritzelt: *heute nicht*.

KAKTEEN

Kakteen im Fenster. Johannes blickt auf sternförmige Stacheln, dicke und feinere. Wie ein kleiner Zaun wirken sie, wenn er die Augen leicht zusammenkneift. Durch den Kakteenzaun hindurch blickt er auf die Dachziegel des gegenüberliegenden Hauses. Mona ist im Bad, Oskar bei irgendeiner Unternehmung mit seinem Opa.

Ein wenig überrascht war Johannes, als Mona ihn anrief, ihm vorschlug, morgens bei ihr vorbeizuschauen. Bisher hat Mona immer nur ihn besucht, nie umgekehrt. Ihre Wohnung blieb wie eine Aussparung in seinem Kopf, etwas, das fehlt, um ein Bild gänzlich zusammensetzen zu können. Doch ohnehin weist es einige Leerstellen auf, ist mancherorts unscharf. Mona entzieht sich, was das Kennenlernen nicht leichter macht. Johannes bleiben nur Versatzstücke, flüchtige Einblicke, die er sammelt. Bei jedem Treffen kommt ein winziger Fetzen hinzu.

Mona steigt aus der Dusche, reibt mit dem Handtuch über ihr nasses Haar. Sie glaubt, Johannes über den Flur laufen zu hören. Vielleicht schaut er sich um, sicher hat er später ein paar Fragen an sie. Ihre Wohnung wird zum Forschungsgebiet, so wie alles unter Johannes' Blick ergründet und zerlegt wird. Es würde sie nicht wundern, wenn er sich heimlich Notizen macht.

Sie blickt in den Spiegel, der Wasserdampf nimmt ihr die Sicht.

Wo steht bei dir der Kaffee?

Johannes ruft es durch die Badezimmertür. Mona kippt das Fenster, versucht eine Erklärung, findet sich umständlich in der Beschreibung, ruft zurück: *Ich komme gleich.*

Johannes tastet sich vor, immer ein wenig auf der Lauer. Seine Schritte setzt er mit Bedacht, eher verhindert er eine Bewegung, als vorschnell in eine Situation zu stürzen. Anders als Eric nimmt er sich dabei ständig zurück, womöglich aus Angst, aufdringlich zu wirken. Ein wenig blass mag er dadurch erscheinen, Mona kommt es so vor, als habe er seit dem ersten Treffen, der Nacht auf dem Dach, an Farbe verloren, doch vielleicht fehlt Johannes auch nur ein Glas Wein, etwas, das die Gefäße weitet. Damit der Strom, den er immer wieder eindämmt, wieder Fahrt aufnimmt.

Es ist zu kompliziert, es zu beschreiben. Mona greift eilig in den Schrank, zieht hinter Tellerstapeln die Kaffeedose hervor, stellt sie vor Johannes auf den Tisch.

Jeder hat da so seine geheime Stelle. Wobei ich kürzlich gelesen habe, dass der Großteil der Menschen ihren Kaffee im Kühlschrank verstaut.

- Ich kenne mich mit Statistiken nicht aus.

Monas Antwort kommt abrupter, als sie es beabsichtigt hat. Johannes weicht fast unmerklich einen Schritt zurück, ein leichtes Kippen des Oberkörpers. Nun stehen sie da mit einer Lücke zwischen sich. Mona versucht, sie mit ein paar Worten zu füllen, doch Johannes wirkt abweisend, setzt sich auf den hintersten Stuhl im Raum, den an der Wand.

Leicht hat er es sich ohnehin nicht vorgestellt, Monas Wohnung mit all den Sachen darin, die auf ein Leben vor ihm verweisen, bereits die Kisten im Flur, ganze Türme davon, in den Raum ragend, ihn verengend. Man muss sich durch die Wohnung tasten, als ginge man durch einen Fuchsbau.

Als er auf der Toilette sitzt, umgeben von weiteren hölzernen Exemplaren, rechts und links von ihm an der Badezimmerwand lehnend, meint er ein Hobeln zu vernehmen, ein eindringlich gleichmäßiges Geräusch.

Hier muss es sein.

Tsarelli gibt Oskar ein Zeichen, den Schritt zu verlangsamen. Das Haus mit der grünen Tür. Ihr Einsatzgebiet. Hier sollten Dinas Schüler herauskommen. Ein Blick auf die Uhr.

Nur mehr wenige Minuten. Komm, wir stellen uns besser hinter die Mülltonnen.

Oskars Jacke raschelt, Tsarelli zwirbelt nervös an seinem Schnurrbart. Hoffentlich geht alles gut, denkt er, er ist dem Freund einen Dienst schuldig. Eine weitere Enttäuschung wäre fatal für Georgi, er häuft sie schon seit Jahren an. Jetzt sollte etwas Besseres kommen, etwas, das die Routine durchbricht, Georgi wieder aufrichtet, auch wenn Tsarelli sich sicher ist: Dina ist nicht zur Rückkehr zu bewegen. Vielleicht ist sie nach der Lied-Aktion wenigstens bereit, ein paar Worte an Georgi zu richten.

Die grüne Haustür öffnet sich etwas früher als erwartet. Tsarelli blickt erneut auf seine Uhr. Die Klavierstunde dürfte noch nicht zu Ende sein. Ein Junge kommt heraus. Er trägt eine rechteckige Tasche und blickt in die Weite.

Ist das schon Dinas Schüler?

- Nein, das ist Theo.

Kennst du ihn?

- Ja. Vom Fußball.

Wohnt der auch hier?

- Keine Ahnung.

Dann lauf hin und frag ihn!

- Ich kenne ihn doch kaum.

Dann wirst du ihn eben kennenlernen, meine Güte!

Oskar zögert.

Sollen wir nicht doch lieber warten, bis …

- Frag ihn, ob in dem Haus eine Klavierlehrerin wohnt.

Langsam steht Oskar aus der Hocke hinter der Mülltonne auf, folgt Theo in sicherem Abstand. Tsarelli sieht beide um die Ecke verschwinden und kurze Zeit später gemeinsam zurückkommen.

Theo meint, es hat keinen Sinn.

- Wie bitte?

Dina hat doch längst einen neuen Mann.

Theo nickt, dann sagt er ernst:

Ich kann das Lied schon spielen, wenn ihr das wollt. Die Frage ist nur, was es noch bringt.

Mona stellt einen Teller vor Johannes auf den Tisch, ihr nasses Haar tropft ein wenig, knapp vorbei an seiner Hose. Ein Tropfen streift seinen Arm. Er fährt schnell mit einem Zipfel des Tischtuchs darüber, wie um einen Fehler zu verwischen. Mona kommt sich ertappt vor, denkt gleichzeitig, dass es doch nur Wasser ist. Johannes aber hat eine Vorliebe für geordnete Verhältnisse, er mag nichts, was übersteht oder tropft.

Wir könnten auf den Flohmarkt gehen, was denkst du?

- Eigentlich brauche ich nichts.

Eine neue Lampe kann man sich immer kaufen, oder etwas kleines.

- Wenn du willst.

Was willst du denn?

- Ich weiß nicht.

Johannes sitzt und starrt auf seinen Teller. Vielleicht sollten sie wegfahren, außerhalb der Stadt etwas Neues suchen. Ein paar Tage nur. Johannes möchte Mona für sich allein haben, ohne Anhang und Kisten. Eine freistehende Mona, zu der er problemlos vordringen kann. Hier hält ihn immer etwas davon ab, stellt sich ihm in den Weg. Ein unsichtbarer Zaun, eine Abgrenzung. Etwas, an dem er sich stößt, Kaktusstachel und

Kisten. Etwas Schroffes. Monas Art, den Kopf abzuwenden, als wäre er nicht da. Ihr Blick, rau wie Schleifpapier, wenn sie den Hals zurück in seine Richtung dreht.

Mona reißt Johannes aus seinen Gedanken, will ihn zum Aufstehen bewegen.

Wir haben noch gar nicht gefrühstückt.

- Können wir doch später machen.

Wann kommt Oskar zurück?

- Das weiß ich nicht genau. Es klang nach einer längeren Unternehmung, irgendwas mit Georgi.

Johannes nickt und schweigt.

- Komm, sonst ist die Sonne weg.

Mona bindet sich ein Tuch um den Hals, Johannes blickt auf das Muster. Eigentlich braucht er morgens immer erst einen Kaffee, bevor es losgehen kann. Mona kennt diese Gewohnheit noch nicht. All die kleinen Eigenheiten, die den anderen liebenswert machen, denkt Johannes, sind ihnen noch nicht vertraut. Nichts wissen sie voneinander oder gerade so viel, um nebeneinander einschlafen zu können. Aber reicht das auf Dauer aus? Johannes lässt die Frage unausgesprochen, Mona schlingt beide Arme um seinen Hals. Vor ihnen steht das Kaffeepulver unangetastet in der Dose.

Das Lied soll eine Erinnerung in deiner Lehrerin hervorrufen.

- Und wenn sie sich nicht erinnern will?

Dann haben wir natürlich ein Problem, aber ich würde es trotzdem versuchen. Was dann ist, können wir immer noch sehen.

Theo tritt von einem Fuß auf den anderen, knetet den Stoff der Notentasche.

Ich glaube, wer zurückkommen will, kommt zurück. Dafür braucht es doch kein Lied.

Da hat der Junge natürlich recht. Dina braucht keinen Auslöser, keinen leichten Anstupser, sie weiß selbst, was sie will, oder in diesem Fall eben, was sie nicht will. Nur Georgi versteht das nicht, klammert sich fest an einer Illusion. So oft hat Tsarelli dem Freund schon geraten, Dina zu vergessen. Überzeugt hat er ihn nie. Georgi folgt seiner eigenen, rückwärtsgewandten Logik.

Ich werde noch mal mit Georgi reden, aber vielleicht könntest du das Stück trotzdem üben? Für alle Fälle.

- Und was ist, wenn sie das Stück gar nicht mehr kennt?

Das denke ich nicht. Georgi wird schon wissen, was er da ausgewählt hat.

- Aber ob es sie trifft, also im Innersten, da kann man nicht sicher sein.

Meine Güte, denkt Tsarelli leise für sich, *was hat der Junge nur für Gedanken! Da können wir mit Oskar noch froh sein, der baut wenigstens nur. Ein diskretes, eigenbrötlerisches Geschäft, sieht man einmal vom Sägelärm ab.*

Der Flohmarkt ist voller Menschen, die mehr schauen als kaufen. Mona schlängelt sich an ihnen vorbei, Johannes hat Mühe, ihr zu folgen. Zu Hause wartet noch ein Artikel auf ihn, er denkt kurz daran. Mona winkt ein paar Stände weiter. Am Ende ihres tannengrünen Mantelärmels blitzt ein Spiegel auf. Johannes sieht ihr Gesicht immer nur von weitem. Ein Lächeln ist darin, das ihn meint, deutlich in seine Richtung weist. Wie ein unsichtbares Gummiband, das sich zwischen sie spannt, auch wenn sich immer wieder Menschen zwischen sie schieben.

Was denkst du? Der sieht doch gut aus, oder?

- Habt ihr nicht schon einen Spiegel im Flur?

Doch, ich dachte eher für dich.

Johannes starrt auf den Spiegel. Der Holzrahmen ist ihm eindeutig zu geschwungen, an einigen Stellen ist der Lack abgeplatzt.

Ich glaube, der im Bad reicht mir.

Er lächelt leicht schief. *Lass uns lieber Kaffee trinken gehen.*

Mona will den Spiegel nicht aus der Hand geben, die Form gefällt ihr, schlicht und dabei ein wenig verspielt. Vielleicht würde der Spiegel auch Eric gefallen, der Lack müsste erneuert werden, aber das wäre kein großes Problem.

Ich nehme ihn trotzdem.

Mona reicht dem Händler einen Schein über den Stand und klemmt sich den Spiegel unter den Arm.

Tsarelli erklärt die Aktion vorerst für abgebrochen. Oskar und er gehen zurück ins Café zu Georgi, der erwartungsvoll hinter seinem Vorhang sitzt. Gedankenverloren lässt er den Samtsaum durch seine Finger geleiten.

Also, Georgi, pass auf. Der erste Schüler hat etwas gesagt, was ich nicht für verkehrt halte.

- Habt ihr etwa mit ihm gesprochen? Ihr solltet doch nur die Adresse …

Ja, aber mehr, weil Oskar ihn kennt.

Es war Theo vom Fußball!

Jedenfalls. Sein Argument – kein dummes, nebenbei gesagt – ist: Kein Lied der Welt kann einen Willen hervorzaubern, der nicht da ist.

- Was soll das heißen?

Du wirst nichts aus Dina herauspressen können, was nicht im Ansatz vorhanden ist.

- Wieso habe ich nur ständig das Gefühl, dass du mich von meinem Plan abbringen willst, Tsarelli?

Weil Opa recht hat!

- Recht haben! Seit wann geht es denn darum? Ich stelle mir das sehr schön vor, zwanzig Schüler, die dasselbe Lied spielen.

Nicht alles, was gemacht werden kann, muss gemacht werden, Georgi. Manchmal ist es auch gut, die Dinge so zu lassen, wie sie sind.

Auf dem Heimweg vom Flohmarkt muss Johannes ständig an das Geräusch des Hobels denken. Vielleicht existiert es nur in seinem Kopf, dieses Aneinanderreiben von Oberflächen, doch es durchdringt ihn, lässt ihn nicht los. Selbst wenn er jetzt durch die Straßen geht, weit entfernt ist von Monas Wohnung und den Kisten, hallt es nach.

Er greift nach Monas Hand, jene, die nicht den Spiegel hält.

GAST

Damals, denkt Tsarelli, wenn er über den Freund nachdenkt, wie über eine zurückgelegte Strecke, wenn er in Georgis zerknittertes Gesicht blickt, in seinen Tee pustet, damit das Gebräu abkühlt, Anfang und Endpunkt betrachtet, das Gefälle dazwischen, von den Locken zur Glatze, *damals,* so denkt Tsarelli, *meinte Georgi noch, Fuß fassen zu können.* Und womöglich hatte er ihn auch kurz gefasst, den Fuß, war eingetreten, in den Schachverein, hatte sich einen Namen gemacht als Spieler und später als Lehrer. Einige Jahre war es gutgegangen. Im Nachhinein konnte man das so sagen, nicht tadellos vielleicht, aber im Großen und Ganzen gelungen. *Vorzeigejahre,* dachte Tsarelli. Jahre, hinter denen man sich verbergen konnte, wenn andere, weniger ruhmreiche folgten. Jahre, die man angab im großen Rückblick des Lebenslaufs. Ein Spalt, durch den Sonne fiel. So war das.

Oh, hatte Ruth gesagt, als Tsarelli ihr endlich Georgi vorstellte. Sie war eben aufgestanden, lehnte im Türrahmen. *Ist er das?*

\- *Das ist er!* Tsarelli konnte seinen Stolz kaum verbergen. Als sei er auf einer Jagd gewesen und brächte nun ein besonders prachtvolles Exemplar der Tierwelt nach Hause. Das wilde Tier stand im Flur und schüttelte Ruth freundlich die Hand. Tsarelli wies in Richtung Küche, einen anderen Ort gab es ohnehin nicht, um Gäste zu empfangen. Ruth hatte das Fenster offen gelassen, wieder mal, kalte Luft wehte ihm entgegen. Er musste an die lauwarme Vereinsdusche denken, wie gewöhnlich der Tag begonnen hatte. Sein Sport und Ruths Ausschlafen. Bis das Gewöhnliche eine unerwartete Biegung genommen hatte, die Abläufe durcheinanderwirbelte und Georgi in ihrer Küche abstellte. *Am besten,* dachte

Tsarelli und musste über seine vergeblichen Bemühungen der letzten Tage schmunzeln, *man tut nicht viel. Dann passiert am meisten.*

Er zog das Tischtuch glatt, ließ dabei unauffällig einige Krümel in seine hohle Hand fallen, *Kaffee?*

- *Niemals.* Georgi sagte ernst: *Ich trinke nur Tee, grundsätzlich.*

Verstehe.

Der neue Freund schien Prinzipien zu haben. Man musste aufpassen, was man eingoss. *Dann Tee!*

Georgi sitzt am Tisch und blickt aus dem Fenster. *Etwas von Aufbruch hat dieses Licht,* sagt er. *Genau richtig. Es passt zu mir und meiner Verfassung. Der Plan, Tsarelli! Ich muss noch mal mit dir darüber sprechen.*

Genauso hatte der Freund dreißig Jahre zuvor am Küchenfenster gesessen, die Haltung des Kopfes stimmte überein, die leicht nach vorn geneigte Stirn. Fast berührte sie das Fensterglas.

Tsarelli muss wieder an die Küche denken, in der ersten gemeinsamen Wohnung mit Ruth. Monatelang hatte er sie überzeugen müssen, bis sie bereit war, überhaupt mit ihm zusammenzuziehen. Ruth mochte ihre Freiheit, ließ anfangs viele ihrer Umzugskisten geschlossen, stellte nur das Nötigste ins Regal. *Falls ich es mir noch anders überlege,* sagte sie, und allabendlich stolperte Tsarelli im halbdunklen Flur über einen der Kartons.

Einige Monate verstrichen, Ruth verschwand immer wieder, unangekündigt, meist samstags, ging spazieren oder traf Freunde. Genau wusste Tsarelli es nicht. Er lief ein paar Runden oder putzte, um sich abzulenken, die Wohnung. An einem dieser Samstage hatte er es nicht mehr ausgehalten, war in die Stadt gefahren, um vom letzten Geld in der Haushaltskasse einen Staubsauger zu kaufen. Ruth kehrte zurück, und das Blechdöschen, das sie zwischen den Tees aufbewahrten, war leer. Dafür stand ein Staubsauger im Flur, rot glänzend. *Das neueste Modell!* Tsarelli fuhr mit dem Staubsauger den Flur auf und ab.

Er kriegt alles zu fassen, siehst du?

Ruth blickte müde. *Was hat er gekostet?*

- Nicht viel. Nur, was noch in der Dose war.

Jetzt ist nichts mehr drin?

- Nein.

Tsarelli, wir haben noch nicht mal Monatsmitte.

- Wieso sorgst du dich plötzlich ums Geld?

So ein Ding ist völlig überflüssig.

Ruth blickte finster, legte sich schlafen. Durch die Tür des Schlafzimmers hörte sie ein gleichmäßiges Surren.

Ruth blieb auch in den folgenden Monaten unentschlossen, ließ ihre Kisten unberührt. Tsarelli, der Ruth weder drängen noch die Stimmung verschlechtern wollte, suchte nach einer Lösung. Und da ihm die besten Ideen beim Putzen kamen, ließ er den neuen Staubsauger mehrmals die Woche über den Boden gleiten, fuhr einige Extrarunden über den Schlafzimmerteppich. Ruth lag auf dem Bett, starrte an die Decke und dachte an ihre alte Wohnung. Tsarelli fuhr Kreise um sie herum, versuchte, möglichst nirgends anzustoßen.

Ruth ging in Gedanken wieder durch ihre alte, eigene Wohnung mit den schiefen Türen und dem dunklen Flur. *Manchmal,* sagte sie über das Surren des Staubsaugers hinweg, *manchmal fehlt mir das Improvisierte, die Dusche in der Küche. Alles auf engem Raum und doch irgendwie zusammen. Erinnerst du dich, die Dusche?*

- *Ja, sicher, Ruth.*

Tsarelli hatte anfangs umständlich sein Badetuch vor die durchsichtige Duschkabine gehängt, bis Ruth eines Tages sagte: *Wozu der Zauber, ich kenne jede deiner Poren!?*

Er hatte lachen müssen. In all den Umkleiden und Duschräumen seiner Sportlerkarriere hatte er sich nie derart beobachtet gefühlt. Er schob es auf die Nachbarn. Ruths Küche hatte keine Vorhänge, aus dem gegenüberliegenden Haus konnte man die Duschkabine direkt sehen. Doch in Wirklichkeit war es etwas anderes, war es Ruths Blick, der nicht von ihm abließ, jede seiner Bewegungen verfolgte. Etwas Sezierendes lag darin. Ruth blickte, und alles zerfiel in Einzelteile.

Wir brauchen eine Lösung, dachte Tsarelli und fuhr über zwei dicke Flusen, die sofort verschwanden. Ruth fühlte sich eingesperrt. Der Siebzigerjahrebau, in dem sie jetzt wohnten, kam ihr mit seinen tiefen Decken vor wie ein Schuhkarton. Zwar gab es hier ein separates Bad, eine Küche, doch Ruth dachte an ihren Altbau, ihr Zimmer inmitten von Bäumen, fast ein Baumhaus. *Ein Baum. Ein Garten. Etwas, in dem sich die Jahreszeiten abzeichnen.*

Es kam ihm, als er den Staubsaugerbeutel austauschte, sie brauchten einen Garten. Nichts Großes, nur einen kleinen Flecken Grün. In den folgenden Wochen verschwand Tsarelli oftmals, ohne Ruth zu sagen, wohin es ihn verschlug. Er fuhr bis zur Stadtgrenze, lief durch Laubenkolonien, hörte sich um. Kurz vor Ruths Geburtstag wurde er fündig, ein Gebiet, das mit der S-Bahn gut zu erreichen war. Zwischen Hecken: eine Parzelle, die seit mehreren Jahren leer stand. Einiges sei herzurichten, hatte der Vermieter gesagt, ein alter Herr mit sympathischem Lächeln und Flanellhosen. Tsarelli hatte genickt, an die leere Blechdose zwischen den Tees gedacht und gefragt:

Wäre es möglich, eine nonmonetäre Lösung zu finden? Es war möglich. Der Herr suche ohnehin jemanden, der ihm beim Saubermachen half.

Einmal die Woche fuhr Tsarelli fortan mit seinem Staubsauger durch die Stadt, saugte Parkett und Teppiche und dachte an Ruth. Der alte Herr kochte ihm Tee und freute sich über Gesellschaft. Einen Tag vor Ruths Geburtstag händigte er Tsarelli den Schlüssel zum Garten aus.

Meine Frau will nachkommen. Sie ist Pianistin, spielen kann sie überall. Georgi saß in ihrer Küche, erzählte von seinen Plänen, die gestrige Niederlage schien ihm nichts anzuhaben. Es warteten noch so viele weitere Partien auf ihn. *Das Leben ist jung, genau wie wir,* sagte er lachend und prostete Tsarelli und Ruth mit seiner Teetasse zu. Ruth warf Tsarelli schmunzelnd einen Seitenblick zu. Eine seltsame Euphorie ging von diesem Russen aus, ein Tatendrang, der fast bedrohlich wirkte. Er ließ das Küchenmesser auf die Brötchen sausen und schnitt sie mit einem Mal durch.

Ich werde hier eine Mannschaft aufbauen, die Jugend fördern! Ihr werdet sehen.

Dann strich er die Butter dick auf beide Brötchenhälften, streute Salz drüber, dass es aussah wie nach einem Hagelschauer, und biss herzhaft ab.

Als Georgi kurz auf Toilette verschwand, musste Tsarelli lachen, sagte zwinkernd zu Ruth: *Auf den haben sie gerade gewartet!*

- Wer weiß, vielleicht hat er eine außerordentliche Fähigkeit?

Vorerst hat er verloren.

- Tsarelli, sei nicht zu hart!

Ich will ihn nur warnen. Nicht, dass er sich die Dinge hier zu leicht vorstellt.

Als Georgi zurückkehrte, blickte Tsarelli ernst, sagte fast drohend: *Überleg dir, ob du wirklich herkommen willst. Ich meine für immer. Mit Frau und allem. Es gibt doch auch bei euch Kinder, die etwas lernen wollen. Schau mich an, ich trainiere mittlerweile in der zweiten Liga und muss lauwarm duschen. Vom einstigen Ruhm weit entfernt.*

- Das wird schon wieder.

Georgi lächelte zuversichtlich, schwenkte unvermittelt über:

Eine ganz andere Frage. Dürfte ich hier übernachten?

Tsarelli hatte Ruth zu ihrem Geburtstag früh geweckt, es dämmerte gerade erst, doch er konnte in seiner Aufregung nicht an sich halten. *Komm, wir fahren zu deinem Geschenk!* Ruth blinzelte erstaunt und verschlafen, zog ihren Mantel über den Pyjama, es konnte nicht schnell genug gehen. Sie fuhren durch die Stadt, Tsarelli blickte aufgeregt in die Landschaft, die an ihnen vorbeizog, grüner wurde. Einmal stiegen sie um, dann sagte er: *Hier!*, stieg aus und rannte voraus. Ruth folgte ihm, langsam wurde es hell. Tsarelli lief durch eine Kleingartenkolonie, blieb unvermittelt vor einem rostigen Zaun stehen und drückte Ruth einen Schlüssel in die Hand.

Das ist es! Herzlichen Glückwunsch.

Ruth zögerte. *Gehört das jetzt uns?*

- Ja. Es gehört dir! Dein neues Baumzimmer sozusagen. Wenn es dir zu eng wird bei uns.

Ruth lächelte, drehte den Schlüssel im Schloss, es quietschte, das Tor ging auf.

Ganz schön runtergekommen.

Sie musste lachen und blickte in Richtung Laube.

- *Sag nichts, ich putze wöchentlich dafür, dass wir hier sein dürfen.*

Ruth verdrehte die Augen. *Was für ein Tausch!*

- *Gefällt es dir nicht?*

Doch. Man kann was draus machen. Vielleicht richte ich in der Hütte ein Atelier ein.

- *Wie du willst. Hauptsache, du packst endlich deine Kartons aus!*

Stören sie dich denn? Ruth blickte ungläubig. *Wieso hast du bloß nichts gesagt?*

Am selben Abend machte Ruth sich daran, die Kisten auszuräumen.

Dass ich euch getroffen habe, ein Segen! Georgi war nicht zu bremsen, trug die Klappmatratze eigenhändig in den Flur, obwohl Tsarelli mehrmals versucht hatte, sie ihm abzunehmen, *ein Leichtes!*

Sie hatten den Tag zu dritt verbracht. Georgi wollte die ganze Stadt sehen, jeden Winkel, *zeigt mir alles!* Sie rannten durch Straßen, nahmen Busse und Bahnen, aßen kurz und eilten dann weiter. Ein Marathon, der Ruth lächeln ließ. *Wir kommen in Fahrt,* doch Tsarelli war unklar, wen sie genau damit meinte.

Müde kehrten sie zurück. Georgis Matratze füllte den Platz zwischen den Wandschränken im Flur genau aus. Sie hatten nur ein Zimmer und nun einen *Flurgast,* wie Ruth ihn nannte, *öffnen können wir jetzt nichts mehr.*

Wollten sie nachts auf Toilette, mussten sie über ihn hinwegsteigen. Georgi war mehr als zufrieden, *ein herrliches Provisorium! Und Provisorien halten bekanntlich am längsten.*

Nachts fragte Ruth in die Dunkelheit hinein:

Wie lange wird er eigentlich hier wohnen, dein neuer Freund?
Das Bett knarzte.
- *Keine Ahnung. Wir haben nicht drüber gesprochen.*

LOCKE

In dem Garten, in dem sie so oft mit Ruth saßen, ist jetzt Nacht. Die Liegestühle stehen vereinzelt herum, sind durchgerostet, mittlerweile. Dina hatte immer auf dem rechten gesessen, dem mit dem Blumenstoff. Es hatte sich so ergeben und war so geblieben. Ruth saß links auf grün-weißen Streifen. Zwischen ihnen ein klappriger Tisch aus der Zeit, in der Ruth und Tsarelli noch auf Campingplätze fuhren. Darauf Kaffee, der aus Bechern dampfte, in den Garten hinein.

Einmal hatte Ruth beim Sprechen so wild gestikuliert, dass der Tisch umkippte. Dina fing ihn auf, sie weiß nicht mehr, wie, aber es gelang ihr, Tischplatte und Tassen wieder in die Horizontale zu bringen. Ein wenig Milch war ausgelaufen, weiter nichts passiert. Ruth war beeindruckt gewesen von der schnellen Reaktion. Ihr glitt immer alles aus der Hand, besonders morgens, zwischen den Fingern hindurch, als wären sie gar nicht da.

An jenem Tag hatten sie lange im Garten gesessen. Ruth hatte erzählt, was sie als Nächstes malen wollte, große Formate, sie wisse gar nicht, ob sie in die Wohnung passten. Dina erinnert sich, dass Ruth die Leinwände noch aufzog. Fünf Stück waren es. Dina sah sie trocknen. Ruth hatte sie grundiert und auf einer ebenen Fläche im Garten ausgelegt, darunter eine Plastikplane. Dina war um die Leinwände herumgegangen, es blieb ein kleiner Pfad, der zu den Liegestühlen führte. Angesichts der weißen Flächen, die Dina blendeten, so stark reflektierten sie das Sonnenlicht, angesichts dieser weißen Weite dachte Dina, dass Ruth bis in den Herbst beschäftigt sein würde. Sie sah sie schon im Garten knien, über ein Bild gebeugt. Täglich Linien ziehen und Farben anmischen. Ruth würde draußen arbeiten, es war ganz klar. Obwohl Landschaft in ihrer Arbeit keine Rolle spielte, musste sie sich in ihr ausbreiten, Raum einnehmen.

Neben Dina sitzend, hatte Ruth etwas von neuen Pigmenten erzählt, die sie anrühren wolle, Dina verstand nicht viel davon, aber am Tonfall erkannte sie, dass es für Ruth um etwas ging.

Ruth war ungeduldig geworden, das Trocknen hatte ihr zu lange gedauert, sie sprang auf, um einen Föhn zu holen, legte ein Verlängerungskabel bis in den Garten. Dina hatte lachen müssen, Ruth föhnend im Garten, es sah aus, als wolle sie das Gras trocknen.

Es war eines der letzten Bilder, das sie von Ruth in Erinnerung behielt. Darauf folgten noch einige wenige Besuche, dann war Ruth verschwunden. Versunken in den Tiefen des Krankenhauses.

Dina erinnert sich an eine weitere Szene, die eng mit dem Garten verbunden scheint, immer wieder kommt sie ihr in den Sinn:

Ruth hatte Locken gewollt, plötzlich. Schwungvoll drehte sie sich im Liegestuhl zu Dina, die grün-weißen Streifen warfen Wellen. *Für diese Feier, du weißt schon.* Sie meinte Monas Geburtstag. Dabei wollte Mona gar nicht feiern, nur mit ein paar Freunden essen gehen. Aber Eric hatte gedacht, dass es Mona freuen könnte: etwas Großes im Garten. Er hatte den Tsarellis Bescheid gegeben. Nun gab es dieses Fest in allen Köpfen, und Ruth wollte Locken. *Du machst das doch ständig.* Hoher Wellengang, durch nichts mehr zu bremsen. Dina nickte und kam am nächsten Tag mit allem Zubehör für einen, wie sie es nannte, *Testlauf.*

Ruth saß still, Dina fuhr ihr mit eiligen Bürstenstrichen durch die Haare. Eine feine Struktur. Fast rutschten die Strähnen von den Wicklern. Dina zog. Es ziepte. Ruth hielt sich am Liegestuhl fest. *Das jeden Tag, undenkbar,* sagte sie, während Dina weiter wickelte, eine Haarrolle nach der nächsten auf Ruths Kopf türmte. Die zwei Stunden Wartezeit, die folgten, verbrachte Ruth zwischen Beeten und Rasenfläche. Jedes Mal, wenn sie sich kopfüber beugte, fürchtete Dina, die Rollen könnten sich lösen, das Resultat missfallen und Ruth frühzeitig aufgeben. Doch Ruth blieb ein beständig wandelnder Pilzkopf mit bunten Plastikpunkten, die aus der Ferne zwischen den Ästen aufschienen. Im hinteren Teil des Gartens lag Dina ausgestreckt, rief in regelmäßigen Abständen die verbleibenden Minuten aus.

Als sie verstrichen waren, stand sie auf, näherte sich Ruth mit der Haarspraydose, als wolle sie ein wildes Tier einfangen. Ruth blieb ruhig, setzte sich auf einen Stein, mitten im Beet. Dina stieg über Geröll und stand schräg, die Füße zwischen Salatköpfen. Behutsam löste sie eine Locke nach der anderen, Ruth schüttelte sich, Dina lachte. Ruth glich einem Löwen. Vielleicht lag es an der Haarlänge. Etwas Mittellanges. Dina sprühte, Ruth hustete, verlangte nach einem Spiegel. Mit schnellen Schritten ging Dina in das kleine Gartenhaus, suchte im winzigen Badezimmer nach dem Taschenspiegel. Ruth hatte sich geweigert, das Salatbeet zu verlassen, mit Ruth war nicht zu spaßen, die Löwenmähne wippte nervös, als sie Dina erklärte, wo genau der Spiegel lag. *In der zweiten Schublade, unter der Spüle, beeil dich, ich warte hier!*

Ruth schaute lang in den kleinen Spiegel. Es war sehr viel Himmel darin zu sehen, dann ihr Gesicht und Haare, die sich in alle Richtungen kräuselten. Sie fuhr sich durchs Haar, zog an den Locken, musste lachen. *Unmöglich.* Sie sprang auf, hielt ihren Kopf unter Wasser, wusch die Locken aus. Dina dachte an das aufwendige Aufwickeln, die punktgenauen Zeitansagen und ihre Sorgfalt. All der Aufwand für nichts. Ruth stand mit tropfenden Haaren im Garten, widmete sich neuen Dingen, schien Dina vergessen zu haben. Für einen Moment wurde Dina wütend. Ruths Sorglosigkeit, so kam es ihr vor, fußte einzig auf der Großzügigkeit der anderen. Sie war abhängig von deren Wohlwollen. Ihre Freunde ließen ihr die Freiheit, sich alles zu nehmen, jeden Dienst für sich zu beanspruchen, fast waren sie ihr dafür dankbar. Ruth, mit ihrem verträumten Wesen, ihrem doch klaren Blick und den humorvollen Kommentaren, machte jeden Gastgeber fröhlich und ein wenig stolz.

An jenem Tag ging Dina ohne ein Wort aus dem Garten, ging aus der gemeinsamen Welt, die sich zwischen zwei Liegestühlen spannte, zur nahegelegenen Bushaltestelle. Ruth rannte ihr nach, es tropfte auf den Asphalt. Fast ein wenig hilflos sagte sie:

Ich habe doch extra Schlagsahne für dich gekauft.

FEST

Vielleicht war es doch falsch gewesen abzulehnen. Theo streift durch die Straßen, macht einen kleinen Umweg durch den Park. Frau Lem ist unergründlich. Vielleicht wünscht sich etwas in ihr – wenn man nur tief genug gräbt – heimlich doch die Rückkehr ihres Exmannes.

Die Erwachsenen sind nicht zu verstehen. Sie sagen Dinge und meinen etwas ganz anderes. Er wird das Klavierstück einüben und es ihr nächste Woche testhalber vorspielen. Mal sehen, wie sie reagiert.

Ruth zog am Tischtuch, meterlang legte es sich über all die Tische, die sie zusammengetragen hatten. Eine riesige Tafel quer durch den Garten. Sie waren unterschiedlich hoch und breit, Tsarelli sprach vom Terrassentisch, *für jeden die richtige Höhe. Wer kommt überhaupt alles?*

Eric hatte heimlich eine Liste möglicher Gäste angefertigt. Alle waren angerufen worden, Mona jedoch wusste von nichts. Eric kochte ihr am Morgen einen Kaffee, legte zwei Geschenke vor ihr aufs Bett und sagte, als ob nichts sei:

Lass uns doch in den Garten rausfahren.

- In den Garten, heute? Ich weiß nicht, ich würde lieber ins Kino.

Können wir doch am Abend immer noch.

Georgi stand am Grill.

Etwas funktioniert hier nicht, Tsarelli!

- Lass mich mal machen.

Vielleicht sind es die Kohlen …

- Vielleicht bist es auch du, Georgi.

Tsarelli grinste. Georgi hatte mit den kleinsten Dingen Probleme, außerhalb seiner schwarz-weißen Welt waren ihm die

Regeln zu beliebig, schwamm er im Meer der Möglichkeiten. Was alles schiefgehen könnte.

Hast du einen Eimer Wasser bereitgestellt?

- Wozu denn? Es brennt ja nichts.

Man sollte immer an eine Löschvorrichtung denken, für den Fall.

- Dein Fall kann mich mal.

Wieso brennt hier noch nichts?

Ruth hatte den Tisch fertig gedeckt und Gemüse in kleine Würfel geschnitten. Nur der Grill ließ auf sich warten.

Unser Freund möchte erst die Feuerwehr alarmieren.

- Wenn du willst, kann ich einen Krug Wasser holen.

Ruth, niemand braucht einen Krug Wasser. Es wird nichts passieren und Punkt!

- Aber wenn es Georgi beruhigt …

Mich beruhigt hier gar nichts. Selbst die Laube steht schief.

Georgi ließ seinen Blick über den Garten schweifen.

Und was macht dieses Holz dahinten?

- Das ist noch von Erics Diplom. Er hat versprochen, dafür bald einen anderen Platz zu suchen.

So ein «Bald» kenn ich. Es wird Jahre dauern.

- Gib mir mal die Streichhölzer!

Ruth schob Georgi sanft zur Seite. Es musste vorangehen. Die ersten Gäste würden bald kommen. Georgi setzte sich ein paar Meter weiter auf einen Stuhl und dozierte von dort aus über die Gefahren des Lebens. Ruth lächelte.

- Georgi, du willst doch nicht die ganze Zeit darüber grübeln, was alles schiefgehen kann.

Ich will nur vorbereitet sein, das ist alles.

- Ich dachte, wir feiern heute.

Dina rief es herüber, sie stand in der Laube, bestrich in der winzigen Küche einen Tortenboden mit Sahne. Überall hatte sich die weiße Masse verteilt, obwohl Dina sämtliche Oberflächen ständig mit einem Lappen abwischte. Es wirkte, als verteile sie die Sahne dadurch nur noch mehr. Selbst am Schuh klebte ein kleiner Berg.

Oskar sitzt neben Tsarelli in der U-Bahn.

Eigentlich mochte ich Georgis Plan.

- Fang nicht wieder damit an!

Hoffentlich ist er jetzt nicht enttäuscht.

- Womöglich hat er endlich eingesehen, dass sein jahrelanges Warten sinnlos ist. Es wäre ihm zu wünschen.

Ja, aber was macht er jetzt den ganzen Tag?

Oskar legt den Kopf schief und guckt aus dem Fenster. Tsarelli wird nachdenklich. Es stimmt, Georgis gesamtes Leben ist auf Dina und ihre vermeintliche Rückkehr ausgerichtet. Ohne sie fehlt ihm jede Perspektive.

Vielleicht wird Georgi nie ankommen, Opa! Immer möchte er zurück, dorthin, wo er gerade nicht ist.

- Das war nicht immer so.

Tsarelli denkt an Georgis Zeit mit Dina, den Garten, den Grill. Der Freund etwas zögerlich, doch in das Geschehen eingebunden. Skeptisch manchmal, aber stets gegenwärtig.

Theo sagt, eine neue Frau ist besser als ein altes Lied.

- Dein Theo sagt ohnehin wunderliche Dinge!

Ist doch gar nicht dumm von ihm. Wir brauchen eine neue Dina, die wir Georgi vorstellen können.

- Langsam habe ich genug von all euren Plänen! Können wir bitte erst mal eine Sache zu Ende bringen?

Ich erkläre es dir. Wir brauchen die Neue doch gerade, damit er Dina vergisst.

- Das hatte ich schon verstanden, keine Sorge! Georgi wird aber

niemanden in seine Nähe lassen, weil er überall nur Dina sieht. Jeder umgekrempelte Ärmel, jeder noch so kleine Mückenschiss erinnert ihn an sie. Da rückt nichts Neues in seine Pupille.

Eine ärgerliche Sache. Tsarelli schaut finster am Enkel vorbei. Die Menschen machen keine Fortschritte. Ein endloses Training, das ständig wieder bei null beginnt. Kein Muskel entwickelt sich, keine Bewegung wird verfeinert. Die Fehler und Schwächen bleiben die gleichen. Als sei jeder Mensch in eine Ausgangsform gegossen worden und seither unfähig, aus dieser hinauszuschlüpfen.

An jenem Sommernachmittag hatte Ruth den Grill im Garten endlich zum Glühen gebracht. Steaks tropften, als die ersten Gäste erschienen. Unter dem Sonnenschirm sitzend, als sei er der Hausherr, begrüßte Georgi jeden Einzelnen winkend, sobald das Gartentor quietschte.

Wo sind eigentlich Mona und Eric?

- Sie werden schon kommen.

Ich hoffe, die Sahne wird bei der Hitze nicht schlecht.

- Grab doch ein Loch in die Erde und buddel deinen Kuchen ein.

Georgi, du hast wirklich immer die besten Vorschläge!

- Wieso denn? Wenigstens ist es dort unten kühl.

Willst du ein Bier?

- Ich trinke bei der Hitze nicht.

Dann trinke ich eins mit dir, Tsarelli!

- Dina, bitte, wenn du so anfängst, wirst du wieder die ganze Nacht Klavier spielen.

Er mag meine Musik nicht.

- Ich denke nur an unsere Nachbarn.

Oh schau, da kommen Eric und Mona doch!

- Sie hat verbundene Augen.

Eric hatte von einer Überraschung gesprochen, die Mona am Ende des Weges erwarten würde. Sie tastete sich neben ihm durch die Alleen der Kleingartenkolonie. Vielleicht hatte Eric ihr einen Pool gebaut. Es gab noch so viele Latten im Garten. Es genügte, daraus einen Rahmen zu zimmern und ihn mit Folie zu bespannen. Ein kleiner Pool, sie sah ihn genau vor sich. Nicht sehr tief, aber angenehm frisch. Sie würde gerade so darin liegen können und das Wasser knapp ihre Schenkel bedecken.

Mona hörte Stimmen, mit jedem Schritt nahmen sie zu, kamen aus einer Richtung. Eric hielt sie am Arm, kleine Kiesel gerieten ihr in die Sandalen. Sie lief weiter, schwitzte unter dem Stoff. Eric hielt an, band das Tuch los. Der ganze Garten war voller Menschen, teils unbekannte Gesichter, mittendrin winkte Ruth, Dina lief mit einem Kuchenmesser durch die Büsche, und Georgi wedelte dem Grill Luft zu.

Was machen die alle hier?

- Wir feiern deinen Geburtstag.

Mit all denen?

- Ja.

Wer hat sie bloß eingeladen?

- Wir. Ruth und ich. Als Überraschung für dich.

Ich wollte doch ins Kino!

Mona lief ins Gartenhaus, ließ alle stehen. Gehobene Gläser wurden wieder gesenkt, Gesichter blickten erstaunt. Es war ihr egal. Was für ein Tag. Vom erträumten Pool keine Spur. Dafür ein Haufen freudig Wartender, die nur enttäuscht werden konnten. Was hatte Eric sich dabei gedacht? Sie hasste Menschenansammlungen, das wusste er doch.

Monakind, alles Gute!

Tsarelli legte beide Hände um ihr Gesicht, umrahmte es mit seinen Fingern. Eine Mischung aus Ärger und Hilflosigkeit blitzte ihm aus Monas Augen entgegen.

Ich hasse Überraschungen!

- Nun ja, man sucht sie sich nicht aus. Aber hast du die Torte gesehen?

Für Sahne ist es doch viel zu heiß. Mona schüttelte den Kopf.

- Komm wieder mit raus, ich brate dir ein Steak!

Ich will jetzt kein Steak, Papa.

Tsarelli trat wieder in den Garten. Leise murmelte er vor sich hin: *Was für eine Familie! Kein Fleisch, keine Sahne und obendrein menschenscheu!*

Ich werde meinen Plan jedenfalls nicht aufgeben!

Oskar schlägt mit der flachen Hand auf den kleinen Metallmülleimer neben seinem U-Bahn-Sitz.

Hundert Kisten müssen es werden.

- Und was wirst du damit machen?

Das steht noch nicht fest, Opa. Erst mal muss ich hundert Stück haben, dann sehe ich weiter.

- Verstehe, wir dürfen uns also auf weitere Monate voller Späne einstellen?

Oskar grinst.

Du hast doch selbst gesagt, man muss eine Idee verfolgen, bis sie einem aus den Ohren herauskriecht.

- Das soll ich gesagt haben?

Die Idee mit dem Pool, sie ließ Mona nicht los. In Erics Ohr flüsterte sie: Ob es nicht möglich sei, trotz der Gäste ein wenig zu zimmern. Eric blickte erstaunt. Wie kam sie darauf? Andererseits waren die Holzlatten seit Monaten hier geparkt, nichts geschah mit ihnen, da konnte man sie auch zum Beckenrand verbauen. Mona begann, ein Loch zu schaufeln. Mitten zwischen die Gäste, in die Erde hinein. Gartenstühle wurden zur Seite gerückt, die Tafel verkleinert. Alles unter Ruths erstaunten Blicken.

Das wird ein Pool.

- Hat das nicht bis morgen Zeit?

Lass sie, schließlich ist ihr Geburtstag.

- Und was machen wir mit den Gästen?

Die können sich doch auch abkühlen.

Ein Nachbar ging und holte Reste seiner Teichfolie, ein anderer fand noch Bauplanen. Mona schaufelte, Eric hämmerte. Um sie herum standen amüsiert die Gäste, einige packten mit an. Selbst Georgi begann, mit einem Messer Monas Ausgrabung zu begradigen. Als es dämmerte, war der Pool fertig. Tsarelli holte den Gartenschlauch. Der große Moment. Der Schlauch ruckelte, ein erster dünner Strahl, dann schoss das Wasser stärker daraus hervor, langsam füllte sich der Pool. Er glich fast einem Sandkasten. Höchstens zwei Personen hatten gleichzeitig darin Platz. Mona weihte ihn im Bikini ein. Endlich, so fand Dina, war der Augenblick gekommen, die Torte anzuschneiden. Feierlich reichte sie Mona das Messer in den Pool.

Ruth wurde schlecht, sie torkelte, ein leichter Schwindel überkam sie. *Es ist nichts, die Müdigkeit, die Aufregung.* Sie tauchte ihre Füße in den Pool und winkte, blass im Gesicht, ab. Doch Tsarelli streifte eine Ahnung. Oder nur der Anflug einer Ahnung, etwas, das man sofort wieder vergisst. Ruths Krankheit jedoch hatte sich am Pool zum ersten Mal bemerkbar gemacht.

REGEN

Erics Eigenart, das Fenster nach dem Aufwachen groß aufzureißen, Mona hatte sie übernommen. Sonst blieb nicht viel aus ihrer gemeinsamen Zeit, abgesehen von Oskar. Ein lebendiges Überbleibsel, dachte Mona manchmal, eine Art Bauwerk, das wuchs. Je mehr sie sich voneinander entfernt hatten, desto größer wurde Oskar, und es kam ihr seltsam vor, dass das Material, aus dem er war, diese Anhäufung von Zellen, die sich immer weiter teilten, einmal von ihr und Eric ausgegangen sein sollte. Sie hatte versucht, die Anteile ausfindig zu machen, klar abzugrenzen, was von welcher Seite vererbt worden war. Es schien unmöglich. Immer war auch eine Prise Eric dabei. Die Wut, ihre Wut, kam nur abgemildert, beinhaltete Erics ausgleichende Art und äußerte sich bei Oskar nur in kurzen Aufschreien, die nie länger als einige Sekunden andauerten. Er fing sich dann unmittelbar, hob die Arme und sagte: *Oh, das war laut.*

Wie nach jeder großen Schlacht ein Kriegerdenkmal errichtet wird, so war dieses Kind, stand für etwas Überwundenes und Verlorenes zugleich. Oskar saß morgens in der Küche, kippte Milch in eine Schüssel, als sei er immer schon da gewesen. Dabei hätte es ihn um ein Haar nicht gegeben.

Es hing mit jenem Regentag zusammen, als eigentlich alles zu Ende ging, Eric wortlos vor Mona in der Küche saß und eine Tasse zerbrach. Sie glitt von der Ablage, rutschte auf dem Wasserfilm der Abtropflache bis zur Kante und fiel. Eric schaute ihr hinterher, stand auf, fegte sie mit dem Fuß zusammen. Sie sprachen nicht. Der Boiler sprang an, in die Stille hinein. Eric setzte sich wieder, sagte dann aber: *Ich geh besser.* Mona dachte: ja, sagte: *Wohin?*

Eric dachte an den Aufzug der Hochschule, ihre erste Begegnung davor, sein Warten auf Mona in der Mensa. Er dachte an alle die Streitigkeiten, die auf die gute Zeit folgten, an das Gefühl von Enge und daran, dass er Mona sein Fahrrad da lassen wollte. Mona schaute auf Erics Hände, dachte, dass sie sie immer gemocht hatte, schmal und gleichmäßig die Finger. Dieselben Hände, mit denen er sich jetzt über das Gesicht fuhr, es dahinter verbarg. Mona sah nur einen Lattenzaun aus Fingern. Das Gebiet der Stirn abgesperrt, kein Gedanke drang mehr zu ihr vor. Eric zog sich zurück. Er sprach nunmehr wenig. Als hätte er Mona alles gesagt, als seien die Worte aufgebraucht. Vielleicht, dachte Mona, hatte er für jeden Menschen eine bestimmte Anzahl von Worten vorrätig. Waren diese gesagt, blieb nur mehr das Schweigen.

Eric hatte zu Beginn sehr viel gesprochen, die Worte rasten nur so über seine Lippen. Das, was für Jahre vorgesehen war, verspielte er im ersten Sommer. Nun war das Kontingent erschöpft, die Verbindung gekappt. Als säßen sie ohne Dolmetscher da, zwei Vertreter sehr seltener Sprachen auf dem Kongress der Nischenphilologen. Wortlos und bitter. Eric war aufgestanden, ging zum Küchenschrank und sagte, die Kehrschaufel in der Hand: *Das mache ich noch weg.* Der kleine Haufen Tasse zu seinen Füßen sah aus wie ein Miniatur-Gletscher. Die Scherben ragten gleichmäßig in die Luft, eine Anordnung, die man auch gewollt kaum besser hinbekommen hätte, in alle Richtungen stand etwas ab. Mona ging in den Flur. Sie wollte Eric voraus sein, ihm nicht folgen müssen, wenn er ging. Als läge die Entscheidung irgendwo zwischen ihnen, wäre weder seine noch ihre, eher dem Lauf der Dinge zuzuschreiben.

Als die Tür ins Schloss fiel, stand sie am Fenster, sah, wie er aus dem Torbogen ging, und bildete sich ein, es wäre nur für einige Stunden.

Sie ging Eis essen, wie aus Trotz gegenüber dem Wetter im Speziellen und der Lage im Allgemeinen. Pistazie, ein seltsam chemisches Grün. Sie setzte sich zwischen die Regentropfen und schrieb, als sie aufgegessen und die Waffel an einen Vogel mit nassem Gefieder verfüttert hatte, eine SMS an Eric.

Wenig später stand er im Türrahmen, kam durch denselben Flur, durch den er am Morgen verschwunden war, zurück in die Küche, der Schlüssel passte noch. Er legte ihn auf den Tisch. *Vergessen, sorry!* Mona stand wieder am Fenster, drehte sich kaum um.

Bist du mit dem Rad da?

- Ja.

Der Regen wird stärker.

- Ich hör schon.

...

- Vielleicht könnte ich noch eine Nacht hier bleiben.

Es war eine dumme Idee, beide wussten es. Wussten es und ließen sich trotzdem ins Bett fallen. Es war dort wärmer als sonst überall. Das Bett, eingepasst zwischen die Seitenwände des schmalen Zimmers, war wie eine riesige Kiste, ausgefüllt mit Decken und Kissen, etwas, in das man versank. Hinter dem Fenster die verregnete Stadt. Ein gleichmäßiges Pochen auf dem blechernen Fensterbrett. Eric ließ den Kopf nach hinten fallen, dasselbe Kissen. Eine dumme Idee, pochte es in ihm, seine Hände taten etwas anderes. Auch Monas Händen schien die dumme Idee zu gefallen. Sie kannten Eric besser als alle anderen Hände dieser Stadt (Valeries eingeschlossen) und griffen, wo die Worte es nicht mehr taten. Eric hielt Monas Atem kurz für seinen eigenen. Eine plötzliche Gleichmäßigkeit, die Oskar hervorbrachte. Aus der dummen Idee geboren. Keiner ahnte, dass ihr eigenes Ende der Beginn eines Dritten war.

Am nächsten Morgen lag der Schlüssel auf dem Tisch, Mona musste an einen Vogelflügel denken, metallisch und abgetrennt. Sie schaltete das Radio an und dachte, dass sie Eric nun zum letzten Mal gesehen hatte. Eric hatte, als er lautlos aus dem Bett schlüpfte und im Morgengrauen die Straße entlangradelte, unterwegs zu irgendeinem Bäcker, *Hauptsache, Kaffee,* dasselbe gedacht. *Aber denk mal nicht zu früh,* sagte Oskar Jahre später, ein Spruch, den er von seinem Großvater abgekupfert hatte, ebenso wie: *Alles kommt ganz anders.*

Tsarelli sah diese Aussprüche in der eigenen Familiengeschichte bestätigt, vielleicht waren sie überhaupt erst durch all die Wirrungen, die in Oskars Geburt mündeten, in seinen Sprachschatz gelangt. *Ich lerne nah am Leben! Erfahrung eben.* Sagte es und drückte seine Brust stolz nach vorn, dass man unter dem Streifenhemd die Muskeln sehen konnte, wie sie sich spannten.

KNÄUEL

Seit Mittag blickte Dina nun schon auf ihr Telefon, wartete auf eine Nachricht von Tsarelli, der sich nicht meldete, vielleicht hat es Komplikationen gegeben, Dina rechnete mit dem Schlimmsten. Im Flur stand dunkel die Gitarre, ein regloser Körper. Auch das Klavier blieb ruhig, Dina sollte üben und konnte nicht, konnte sich zu nichts durchringen, das einen klaren Kopf forderte. Dina strickte. Ein Tuch für Ruth, etwas, das sie sich überwerfen konnte, wenn sie da rauskäme, wenn alles überstanden war, ein Cape, Superman-Ruth! Langsam wuchs das Dreieck, eine Masche griff in die nächste, eine langwierige Angelegenheit.

Und irgendwo liegt Ruth zwischen Schläuchen, dachte Dina. *Kämpft gegen etwas an, während ich hier stricke, als sei nichts. Irgendwo in dieser Stadt liegt Ruth bewegungslos, Ruth, die immer umhersprang, keine zwei Minuten an einem Ort, Ruth-Schmetterling, immer schon auf zum Nächsten, zwischen den Beeten wie in den Gedanken. Ruth liegt jetzt,* dachte Dina, und es kam ihr unglaublich vor und ungerecht. Eine Ungerechtigkeit, die bewirkte, dass Dina schlecht wurde vor Fassungslosigkeit und Ohnmacht. Alles entglitt ihr, mit der Nadel versuchte sie, die Maschen wieder aufzufangen. Immer noch keine Nachricht von Tsarelli, langsam wurde es dunkel im Wohnzimmer, ein Moment, den Dina fürchtete, weil sich abends die Dinge zuspitzen, das Ungeheuerliche sich verdichtet, das Fieber steigt. Wäre etwas, etwas Schlimmes, würde Tsarelli sich sofort melden, dachte Dina weiter. Wir wären die Ersten, die es erfahren, nach Mona, *Mona-Kind, wo bist du überhaupt?* Dina wendete das Strickstück, strich sich eine Strähne aus der Stirn. Dahinter pochte es. Gedanken wie Maschenanschläge. Immer enger zog sich das Gewebe, eine Frage brachte die nächste hervor.

Was, wenn sie schon dort waren? Alle um Ruths Bett versammelt, unfähig, etwas zu sagen, anzurufen. Ein Haufen Familie, gefangen in der eigenen Trauer. Der Faden verhakte sich. Dina zog daran, ein Knoten bildete sich, an einigen Stellen ließ sich der Faden jetzt nicht mehr durchführen. *Wenn ich es schaffe, das aufzulösen,* dachte Dina in einem plötzlichen Anflug zähen Aufbegehrens, *wird Ruth überleben. Ich muss nur den Faden rückwärts durch alle Schlaufen führen, dann wird sich alles entwirren, Ruth wird aufstehen, ich muss nur …*

Dina zog und weitete, griff von der anderen Seite durch. Anfangs verschlimmerte sich das Gewirr, aus den einzelnen Knoten bildete sich ein dichteres Knäuel, zu fest zog Dina in ihrem Wunsch, dass es schneller gehe, alles sich auflöse in eine einfache, gerade Spur aus Wolle. Sie musste sich mehr Zeit nehmen, dem Faden nachgehen, seinem Auf- und Abtauchen folgen. Hinter ihrer Stirn hämmerte es weiter, draußen wurde es Nacht, das Display blieb weiterhin dunkel.

Kurz vor Schluss, zwei kleine Knoten, alles Weitere schien aufgelöst, zog Dina ein letztes, kräftiges Mal. Der Faden riss. Fassungslos schaute Dina auf das Loch im Gewebe, zwei Fadenenden baumelten herab. Dina dachte an Ruth und dass es ihr leidtat, dass man so etwas nie denken darf mit dem Retten. Zu hoch der Preis und so ein Faden leicht gerissen.

Plötzlich kam es Dina so vor, als hätte sie absichtlich stark gezogen, die Vorgänge beschleunigen wollen, Gewissheit erlangen. Das Warten im Krankenhaus, die unsicheren Tage, das Bangen verkürzen. Aus Ruth-wird-sterben ein Ruth-ist-tot machen. Etwas, mit dem man umgehen konnte, umgehen musste. Kein Zustand des Übergangs, in dem alles möglich schien. Obwohl so wenig möglich war, nüchtern betrachtet und den Worten der Ärzte glaubend. Was, wenn sie sich irrten?

Der Faden in Dinas Händen. Tsarelli am anderen Ende der Stadt. Ein fiepender Ton. Seine Gleichmäßigkeit. Die zurückgeschlagene Bettdecke. Ruths Hände darunter. Sehr weiß, fast milchig, als könne man die Adern hindurchsehen. *Mir ist so heiß.* Tsarelli öffnete ein Fenster. Dina strickte eine Masche. Das Gerät fiepte weiter. Ruths Hand lag schwer. Mona stand am anderen Fenster. Oskar war so klein, dass er, eingeklemmt zwischen den Armlehnen, auf einem Stuhl einschlief. Der lange Flur. Eric antwortete nicht. Tsarelli schloss das Fenster. Er dachte an Ruths Finger. An all das, was sie einst konnten. *Was sagen die Ärzte?* Mona im Türrahmen, im Flur, bei Oskar. Tsarelli im Zimmer. Tagelang, Wochen. Kaum Schlaf und ständig Waschlappen. Auf Ruths Stirn, Waden, ums Handgelenk. Eric kam nicht. Mona verschwand auf der Toilette. *Alles okay?* Tsarelli fürchtete sich plötzlich um jeden. *Ja, was soll sein?* Was alles passieren konnte innerhalb von Sekunden. Tsarelli stockte, es klopfte an der Tür. Die Schwester brachte etwas, das Essen sein sollte, aber anders aussah. Ruth bekam es nicht herunter. Oskar weinte. Die Schwester ging. *Später noch mal versuchen.* Tsarelli brach ein Stückchen vom Brot ab. Er hatte Hunger. *Papa, du musst auch mal schlafen.* Die Angst, etwas zu verpassen. Die Angst, etwas auszulösen, wenn man ging. Ruths Hände. Seltsam verformt. Die eigentliche, frühere Form darin erkennen wollen. Die Umrisse abfahren. Warten. Dass etwas eintritt, von dem man nicht weiß, ob es sich als Vorzug erweist. Tage wie Kaugummis. Ohne Anfang und Ende. Immer wieder Mona, seltsam gefasst und klar in den Fragen, die sie an die Ärzte richtete. Weniger klar die Antworten. *Schwer zu sagen.* Wieder von vorn, jeden Morgen ab acht. Der Stuhl neben dem Bett. Tsarelli kannte seine Maserung mittlerweile auswendig. Wusste um die kleine Kerbe, die sich am rechten Rand der Lehne befand. Dort, wo er seine Hand ablegte, nach vorne beugend sich abstützte. Über Ruth, die atmete, fast unmerklich. Lauter waren die Geräte, waren die Schritte im Flur, war die Angst.

Bis der Faden riss, der Stecker gezogen wurde, das Fiepen plötzlich ein langgezogener Ton. Mona rannte über den Flur, sie trug die Haare offen, hatte das Haargummi noch in der Hand. Die Schwester sagte Worte sehr leise. Tsarelli stand am Fenster, stand neben dem Stuhl, die Hände im Rücken zusammengefaltet, verschränkt, zitternd.

Dina wachte auf, Ruth wachte nicht auf. Nur eine Ahnung. Dina ließ zwei Stücke Zucker in den Kaffee fallen, gleich würde sie Tsarelli treffen, ihm die Gitarre bringen. Über Nacht war keine Nachricht gekommen, alles schien ruhig.

Tsarelli stand bereits in der Tür, sein schiefes Lächeln, verlegen und traurig, er musste es nicht mal sagen, *weißt du, was,* da wusste Dina es schon, hatte es in seinem Gesicht erkannt. *Oh. Nein,* sagte sie, ließ die Gitarre zu Boden sinken, ein dumpfer Ton. *Doch.*

Dina wich zurück, als könne die schlechte Nachricht so nicht zu ihr überschwappen. *Komm doch rein,* sagte Tsarelli, *willst du Tee?*

Alles war wie immer, die rote Jacke im Flur, die dickbäuchige Kanne in der Küche. Nur Ruth fehlte. Hatte sich aus der Wohnung gestohlen und doch alles so liegengelassen, als würde sie zurückkehren. Im Bad sah Dina einen Wattebausch im kleinen Mülleimer, etwas Schminke darauf, verschmiert. Mascara. Ruths Wimpern als Abdruck. Dina fischte danach. Wendete die Watte zwischen den Fingern. In der Küche rückte Tsarelli Tassen zurecht, sie hörte ein leises Klirren. Dina stand, unfähig, sich zu bewegen, starrte auf die weiße Masse zwischen ihren Händen. *Mit Zucker?*, rief es über den Flur. *Hm*, gab Dina zurück, es war mehr ein Seufzen, nach innen gerichtet. Zu keiner Antwort in der Lage, ließ sie den Wattebausch zurückgleiten. Sie konnte Tsarelli jetzt nicht warten lassen, doch der Weg über den Flur schien unendlich. Am anderen Ende lag die Küche, ohne Ruth darin.

Kennst du dich mit Holzarten aus? Tsarelli saß am Tisch, vor sich eine Tasse Tee, aus der er kleine, regelmäßige Schlucke nahm, als sei nichts. Der Schreck kam zeitverzögert, würde eintreffen, wenn nichts mehr zu tun war. Noch ist sie da, dachte Dina, konnte den Gedanken nicht verwerfen. Ruths Wohnung sah auch ohne Ruth nach Ruth aus. Die leicht chaotische Anordnung der Gewürze, zwei Küchentücher hingen über demselben Haken und verstreut über die Wand ihre Notizen. Post-its in grellen Farben. Dina wusste, hatte es Ruth oft genug sagen hören, *die Grünen sind für Tsarelli, den Rest notiere ich für mich.* Zwischen: *Brühwürfel nicht vergessen* und *Mona zurückrufen!* hing dort: *Blutwerte nicht zu ernst nehmen!* Lang starrte Dina auf den Zettel, Tsarelli schob ihr eine Tasse hin, es dampfte. Die Schrift dahinter wurde unscharf. Dina hing ihren Gedanken nach, ja, richtig, die Frage. *Holz, nein, wieso?*

- *Ich dachte, vielleicht weißt du, wie sie aussehen, die unterschiedlichen Arten, von den Klavieren oder so. Ich muss eine aussuchen.* Er schluckte. *Für den Sarg.*

Oh, sagte Dina, *was gibt es denn zur Auswahl?* Im selben Moment kam ihr die Frage seltsam ungeschickt vor, als ginge es um Eissorten, doch sie war ausgesprochen, Dina rührte nur mehr hilflos in ihrem Tee.

Ahorn, Birke, Eiche, Erle, Kiefer, Linde oder Pappel. Ich habe keine Ahnung, was ich nehmen soll.

- Ich auch nicht. Tsarelli, ich habe doch keine Ahnung von diesen Dingen. Sie ist die Erste, die …

Die Erste, die … Tsarelli wiederholte es leise. Es stimmte. Ruth hatte den Weg als Erste angetreten, ließ alle anderen im Unwissen zurück. Wie plante man das jetzt, jetzt, da nichts mehr zu planen war? Eher ein Ausführen. Ohne Zukunft.

Vielleicht Erle.

- Ja, wieso?

Ich glaube, die Blätter haben kleine Zacken, das hätte ihr gefallen.

- Dann Erle. Erle ist gut.

Er nahm einen Schluck.

- Tsarelli, gegen Erle ist nichts einzuwenden.

Kennst du Erlenholz denn?

- Nicht persönlich, aber wenn du sagst, die Blätter seien gezackt, dann reicht das doch als Grund!

Er nickte. *Eigentlich brauche ich ja auch gar keinen Grund. Ich nehme sie einfach. Erle. Aber ein bisschen komisch klingt es schon, oder?*

Tsarelli stellte die Tasse in einer ungewollt heftigen Bewegung zurück auf den Tisch. Hatte Dina es bemerkt? Doch Dina schien mit anderen Dingen beschäftigt, kramte in ihrer Tasche, zog etwas heraus. Ein Wollhaufen. Langsam entfaltete sie ein Dreieck, *ich wollte es unbedingt fertig haben, bevor … jetzt … vielleicht könnte es auch Mona gefallen?*

- Warum nicht. Lass es hier, sie wird gleich kommen.

Was ihm helfen könnte, überlegte Dina, in dieser Situation, sie wusste so wenig von diesem Mann, der die Dinge mit sich ausmachte, sich nie aufregte, höchstens scherzhaft über eine verlorene Schachpartie, *schau, wie dein Mann mich schlägt, ist das noch ehrenhaft?*

Georgi wird gleich kommen, schob sie ein. Eine Art Trost. Die Uhr an der Wand tickte erstaunlich laut. *War die immer schon da?*

- *Ja, Ruth wollte …* Tsarelli blieb hängen, er hat den Namen eine Weile nicht ausgesprochen, sich nicht getraut, jetzt kam er plötzlich wie aus ihm herausgeschossen. Dina nickte dazu wie im Takt. Ruth. Ruth.

Ruth hatte Dina gemocht, immer wieder hatte sie versucht, Tsarelli davon zu überzeugen, dass Dina im Grunde eine angenehme Zeitgenossin sei, nur gelegentlich kämen ihr ihre Launen dazwischen. Das Wort Genossin missfiel Tsarelli, politisch gesehen. Wann immer Dina sich ankündigte, verließ er das Haus. Es war das Beste, persönlich gesehen. Ruth wusste darum, kommentarlos schloss sie die Tür, schaffte er es einmal nicht rechtzeitig hinaus.

Dina saß oft neben Ruth im Garten, legte ihre Beine, deren Umfang unter Blumenkleidern jährlich zunahm, auf einen Hocker und biss in ein Stück Kuchen. *Was für eine Woche! Die Schüler nerven, Georgi auch, das Klavier ist verstimmt, er hat keinen Ehrgeiz mehr, wie soll ich den Klavierstimmer bezahlen, bald landen wir im Dispo, mir wird ganz übel vor Stress, hast du Sahne?* Ruth sprang im Garten herum, zupfte an alten Gräsern, band Stauden hoch. Fand sie die Lösung zwischen den Blättern? Dina kam es manchmal so vor. Ruth musste in Bewegung sein, um zu antworten. Sie war klein und schmal geblieben, fast ein junges Mädchen, wie sie da durch den Garten wehte, als hätte sie keine Beine.

Dina hatte Ruth gemocht. Sie fand immer die richtigen Worte, die zwar an sich nichts änderten, aber machten, dass man sich leichter fühlte. Und Leichtigkeit war das große Manko in Dinas Welt aus schwarz-weißen Tasten. Oft begann sie den Tag mit einem Seufzer in b-Moll, in dieser Tonart verlief er auch, bis er mit einem weiteren Seufzer endete, h-Moll. Auch Georgi war ihr keine Hilfe, Ruth hingegen hatte das mit dem Heimweh verstanden. Sie riet Dina zur Nachsicht mit sich selbst. Eventuell könne sie über eine Heimreise nachdenken oder sich mit Musik ablenken. *Gibt es nicht ein Lied,* fragte Ruth sie, *das alles wiedergutmacht?* Dina wusste nicht, welches das sein sollte. Sie kannte so viele Lieder.

FILZ

Gedämpft. Mona zog die Tür hinter sich zu. Dachte an etwas, das sie einkaufen sollte, von dem sie vergessen hatte, was genau es war. Auf dem Treppenabsatz hielt sie kurz inne. Kein Geräusch. Mona zog auch die Haustür sachte zu, dachte an Ruth, die es hasste, wenn Türen laut ins Schloss fielen. *Die Hand erst vom Türgriff nehmen, wenn du das leichte Klicken der Türfalle hörst. Behutsam!*, hatte Ruth gesagt. Behutsam zog Mona seit frühester Kindheit jede Tür hinter sich zu.

Mona dachte an den Filz, rot und auf der Rückseite mit Klebefolie beschichtet, den ihr Vater zu Ruths Geburtstag in lange, schmale Bahnen geschnitten und in alle Türrahmen der Wohnung geklebt hatte. *Damit die Geräusche nicht durchschlüpfen*, hatte er gesagt und: *Ich weiß schon, behutsam, verstehe ich, Ruth, versuche ich, aber manchmal habe ich so viel Kraft in den Armen, dass der Schwung zu groß ist. Muskeln, Ruth!*

Mona fragte sich, wo Ruth nun war. In ihrem Körper, seltsam aufgebahrt im Krankenhaus – Plastikranken um sie herum und ein weißes Kleid mit hochgeschlossem Kragen –, war sie nicht. *Rüschen*, hatte Mona gedacht, *seltsam*. Ruth trug zu Lebzeiten nie Rüschen.

Mona war kurz zurückgewichen, hatte die Haut nicht so kalt erwartet, hatte Ruth zum Abschied aber einen Kuss geben wollen, schreckte dabei vor der eigenen Mutter zurück und musste sich ein zweites Mal nähern, diesmal vorbereitet. Die Haut würde kalt sein. Es wissen. Kalt auch der Raum, in dem die Ranken etwas vorgaukelten, das Natur gleichen sollte. Doch statt zu trösten, den sterilen Raum aufzuweichen, Erinnerungen an Parks oder Gärten hervorzurufen, Spaziergänge – *wann war sie zuletzt mit Ruth durch Grünes geschlendert?* –, löste die künstliche Plastikoberfläche, die vergeblich Blattadern imitierte, in Mona nur eine noch größere Traurigkeit aus.

Auf den Treppen des Krankenhauses dann der dringende Wunsch, sich unter Leute zu mischen. Mona hatte ihrem Vater auf dem Weg zum Auto vorgeschlagen, einen Kaffee trinken zu gehen, wieder einzutauchen in den Alltag, Tsarelli ließ jedoch die Schultern sinken: *Noch nicht.*

So blieben sie abseits, fuhren von einem Ort zum nächsten, ohne innezuhalten, gingen zur nächsten Aufgabe über. Vieles war zu erledigen. Der Tod schien schwieriger zu organisieren als das Leben. Jene, die zurückblieben, versetzte er in andauernde Bewegung. Als müssten sie die Reglosigkeit des Körpers, der einmal Teil ihrer Familie gewesen war, nun durch ihre eigene Geschäftigkeit abfangen.

Ruths Platz war die Lücke, die sich zwischen ihnen auftat, waren Tsarellis umständlich hinterm Rücken verknotete Hände, war Monas neue Angewohnheit, die Speisekarte zu durchsuchen, nach Gerichten, die Ruth bestellt haben würde.

Alles ging auf seltsame Weise weiter. Monas Schritte zum Supermarkt. Milch. Es war ihr plötzlich wieder eingefallen. Oben saßen die anderen und warteten auf Milch. Georgi war eingetroffen. Sein hilfloses Verweilen auf der Türschwelle, als könne er es noch ein wenig herauszögern, als warte erst im Inneren der Wohnung der Schock. Dort, wo Tsarelli saß. Das müde Gesicht des Freundes. Georgi musste an einen knorrigen Baum denken. Falten tief wie Rindenfurchen. Tsarellis Grinsen täuschte für gewöhnlich über sein Alter hinweg, der linke Mundwinkel leicht spöttisch hochgezogen wie bei einem Jugendlichen, ein Spruch auf den Lippen, selbst als diese geschwollen waren. Ein hartnäckiger Weisheitszahn, Georgi erinnerte sich. Tsarelli mit zwei Wattebäuschen im Mund:

Höchst hinderlich, die Dinger, wer soll damit sprechen können?

- Du sollst ja auch schweigen. Das muss erst heilen.

Zwei Tage, haben die gesagt, irre. Kein Kaffee, kein Tee. Nichts reden. Wollen die mich umbringen?

- Dafür sind Ärzte allgemeinhin bekannt, ja.

Tsarelli hatte grinsen müssen. *Au!*

Der obere Wattebausch geriet ins Rutschen.

Eric saß am Fenster seines Ateliers, sägte Holz in schmale Leisten. Wieder wollte er es probieren. Die Diplom-Konstruktion aufnehmen, nur kleiner diesmal, ein Maßstab, der Transport und Lagerung erleichterte. Der Gedanke dahinter blieb derselbe, alles lehnte aneinander, kein Klebstoff. Nur Gewicht, das stützte, gegenseitig. Eric zählte die Leisten zu seinen Füßen. Vor ihm lag noch viel Arbeit.

Halb verdeckt unter dem Stapel Schleifpapier lag sein Handy, ein vibrierendes Brummen war plötzlich von dort zu hören. Eine Nachricht von Mona. *Ruth ist nicht mehr.* Eric erschrak. Las die vier Worte erneut, als würden sie dadurch in sein Gehirn vordringen. Etwas in ihm sperrte sich gegen die Nachricht. Eric dachte zwischen Holzspänen an Ruth. Dass er sich hätte melden sollen.

Ruths Schal. Wo war er eigentlich? Ein Geschenk zu Oskars Geburt. Ruth hatte drei davon gestrickt. Rot, gelb und blau. *Die Grundfarben,* hatte sie lachend gesagt. Mona bekam den roten, er gelb. Der blaue Schal kratzte Oskar zu stark, er schrie, zerrte daran. *Nur kurz fürs Foto,* hatte Ruth gesagt und abgedrückt.

Ruth. Eric dachte an Zitronenkuchen. An die Laube im

Garten. Den kleinen Ofen, in den die Backform nur leicht angeschrägt passte. *Lawinenkuchen,* hatte Tsarelli gesagt. Der Teig wurde nach unten hin dicker, staute sich am Rand der Form. *Geschmeckt hat es trotzdem,* dachte Eric, der immer das dickste Stück bekommen hatte. *Unser Gast,* hatte Tsarelli gesagt, auch nach Jahren noch. *Da kommt er wieder, unser Gast, es scheint ihm bei uns zu gefallen, Ruth, ich glaube es liegt an deinen Backkünsten,* dann grinste er in Monas Richtung und ging Kaffee kochen.

Auf dem schnellsten Weg zu Mona, zu Oskar. Eric rannte zum Bus. Die Linie Nummer 5. Wie lange er damit nicht mehr gefahren war. Am Ende Ruths und Tsarellis Wohnung. Die beiden im Hochsommer, alle Fenster geöffnet, das erste Treffen in Shorts. Ruths Lächeln im Türspalt. *Eric,* hatte sie gesagt, als würden sie sich lange kennen, *komm rein!*

Mona hatte sich verspätet, die drei waren sich selbst überlassen gewesen. Tsarelli vor dem Tiefkühlfach, zog an einer Eiswürfeltüte, die ihn nicht loslassen wollte, an seinen verschwitzten Fingern klebte, *wenn das Eis mich freigibt, begrüße ich dich!* Eiskaffee! Es war Ruths Idee gewesen. Die Würfel klebten aneinander, Tsarelli machte sich mit einem Hackmesser daran zu schaffen. *Vielleicht wäre Vanilleeis eine Option.*

- *Nein,* sagte Ruth, *dann schmeckt man den Kaffee nicht mehr richtig.*

Tsarelli drehte sich zu Eric, Eiswürfelsplitter flogen durch die Küche, *nun weißt du gleich, wer hier das Sagen hat.*

Plötzlich hatte Mona im Türrahmen gestanden, ein Rock mit sehr kleinen Blüten, noch jetzt konnte Eric sich an das Muster erinnern. Derselbe Türrahmen, wie viele Jahre dazwischen? Eric war sich sicher, dass Mona jetzt bei Tsarelli sein musste, wo sonst?

Mona war auf dem Heimweg, balancierte drei Milchtüten in der rechten Armbeuge. Alles auf Vorrat. Als könnten die Dinge ausgehen, als bliebe es nicht bei den Menschen, die verschwinden. Alles schien in Gefahr, sich aufzulösen. *Nimm gleich drei,* Tsarellis besorgtes Gesicht. Oder dachte er, die Freunde würden eine plötzliche Milcholympiade ausrufen? Ein weißes Wetttrinken? Nichts schien mehr unmöglich. Das Schlimmste war geschehen.

Oh, du? Tsarelli öffnete die Tür. Seine Hände waren schmaler, als Eric sie erinnerte, von Oskar keine Spur. *Mona ist Milch holen, setz dich doch!*

Tsarelli wies auf den Stuhl zwischen Dina und Georgi, die in ihren Tassen rührten, obwohl da nichts war, was verrührt werden konnte. *Außer Zucker vielleicht,* dachte Eric, suchte mit dem Blick danach, blieb an den Post-its hängen. Es waren mehr geworden über die Jahre. Die Wand oberhalb des Küchentisches wies kaum noch leere Stellen auf. Da, Eric erkannte die eigene Schrift: *Dank für Schals und Holz! Wird jetzt warm bei uns. Bis bald im Garten! Gelb, Rot + klein Blau.*

Schräg darüber ein Post-it, die Schrift darauf fast unleserlich, hastig hingekritzelt: *Bin im Stadtpark. Eis essen. Komm nach oder lass es bleiben!*

Eric konnte die Handschrift nicht erkennen, war unfähig zu sagen, zu wem sie gehörte. Etwas grob die Aussage, passte sie weder zu Ruth noch zu Tsarelli.

Ach, Tsarelli, Eric sagte es nicht, dachte es nur: Älter bist du geworden, dein Haar steht wirr ab, türmt sich am Hinterkopf, deine Schultern fallen ein, ziehen dich nach vorn, als würdest du kippen. Aber du kippst nicht, du stehst. Auf diesen alten Küchenfliesen, deren Ränder abplatzen. War das schon immer so, kann mich nur nicht erinnern? Dieses kleine Loch da und dieses. Muss ein schwerer Gegenstand gewesen sein. Fallen hier Dinge, Tsarelli? Entgleitet uns etwas? Der Boden wirkt kühl und frisch gewischt. Darauf stehst du in alten Wollsocken, die an den Hacken dünner werden, wenn du dich streckst, um etwas aus dem Schrank zu nehmen. Der Kaffee dampft noch, wenn du ihn in meine Tasse gießt. Es ist wie gestern, nur abgenutzter. Auch nach Jahren können wir so sitzen und finden selbst Löcher sympathisch.

Dina zog ihren Stuhl nach vorne, das quietschende Geräusch unterbrach Erics Gedanken. *Viel zu schnell*, sagte sie, und Georgi nickte wissend, zitterte fast, griff neben die Tasse, verschüttete ein wenig Kaffee. Eine kleine Lache ergoss sich über die Maserung des Holztisches. Dina sprang auf, griff einen Lappen, wusste, wo sie lagen. Oft war sie hier gewesen, sie kannte den Haushalt der Freundin wie ihren eigenen.

Ein Schlüssel im Schloss, Mona stand im Flur. Hinter drei Milchtüten erschien ihr Gesicht. Eric sah hinein. Mona blickte verwundert zurück, stellte die Milch ab, sagte: *Oskar ist gar nicht hier.*

- Das weiß ich schon. Wollte auch eher nach euch schauen.

Wir sind wie immer, sagte Mona trocken, *nur ohne Ruth*. Dann drehte sie an dem kleinen Plastikdeckel. Es knirschte ein wenig. *Wollt ihr?* Georgi streckte ihr seine Tasse hin. Mona goss, zitterte. Wieder holte Dina den Lappen. Den ganzen Tag konnte es so gehen, dachte Eric. Kaum merkliche Bewegungen, vom Fleck kam keiner. Alles verharrte. Mona zog an ihren Schnürsenkeln. Eric sah, dass sie blau waren, fast königsblau.

Wir werden dann gehen. Dina und Georgi erhoben sich. Gleichzeitig. Wie eingeübt. Zwei fast gleich große Körper.

Tsarelli nickte, brachte die beiden zur Tür. Mona und Eric blieben in der Küche sitzen. Seitlich schien die Sonne herein. Mona schob die Schokoladenkekse zurück in ihre Schachtel. Nur Dina hatte einen genommen. Alle anderen türmte Mona wieder in die kleinen Plastikabteile, schaute nicht auf dabei. Eric versuchte, ihren Blick über die Tischplatte abzufangen, vollzog akrobatische Übungen mit Fingern und Löffeln, nahm die Tasse hinzu. Ein wackeliges Konstrukt, dessen Bestandteile gegeneinanderlehnten. Es fehlte nicht viel, um sie kippen zu lassen. Eric verlagerte das Gewicht. Der Löffel fiel herunter, Mona sah endlich auf. Eric kam der Abstand zwischen ihren Augen kleiner vor als sonst. Er fragte sich, ob es mit ihren Augenbrauen zusammenhing, leicht buschig und weniger gezupft. Oder mit der Strähne, die früher ein Pony gewesen war und jetzt das halbe Gesicht verdeckte. Eine halbe Mona saß vor ihm, dachte Eric. Er musste an ein Haus denken, das langsam zuwächst. Verwildert. Efeu-Mona. Eric wollte das Gesicht freilegen, traute sich aber nicht, Mona zu berühren.

Die Post-its solltest du abfotografieren.

- Hab auch schon daran gedacht. Aber vielleicht bleiben sie einfach hängen. Das wäre das Beste.

Nicht, dass sie ausbleichen!

Glaub ich nicht, es sind schon wirklich alte dabei. Alles noch leserlich. Mona blickte über all die Post-its, *wenn man sich zu schnell bewegt, flattern sie auf.* Wie zum Beweis öffnete sie das Fenster. Ein leichtes Rascheln fuhr durch die Blätter. Die Klebestreifen hielten dem Wind stand, Tsarelli war wieder zurück in der Küche. *Ich glaube, ich geh schlafen.* Er stellte die Tassen in das Waschbecken. *Und schließt das Fenster! Sonst fliegt Ruths Blätterwald auf.*

Mona schaltete das Licht an. Die Küche wurde in ein warmes Gelb getaucht, wirkte klein und gemütlich wie immer. Eric dachte, dass es seltsam war, dass er sie kaum vermisst hatte. Das Gelb der Wände, selbst wenn die Sonne nicht schien. Immer dachte man, es wäre warm. Die Holzmöbel trugen zur Wärme bei, der Tisch mit all den Dellen, angenehm unter den Fingern. Eric streckte den Arm, jetzt doch. Strich Mona die Strähne hinters Ohr. Sie lächelte, packte seine Hand. Die Zeit spulte vor und zurück. Mona auf der Treppe, Eric unter der Kuppel, das Förderband des Sushilokals, Oskar eingewickelt in Ruths Schal, Mona auf dem Fahrrad, Eric daneben, Briefe im Postkasten, eine Pizza, die im Ofen verkohlte.

Ganz schön lang her. Eric zählte nicht nach, nickte, löste seine Hand aus Monas, zog seinen Stuhl auf die andere Seite des Tisches, dorthin, wo Mona saß. Dann legte er seinen Kopf vor ihr auf die Tischplatte, schwer wie eine Melone.

Wo ist Oskar eigentlich? Eric richtete sich auf. Ein plötzlicher Ruck. Mona fuhr aus ihren Gedanken. Blickte auf die Uhr. *Zeit, ihn zu holen.* Sie stand auf. Eric folgte ihr, obwohl er gern sitzen geblieben wäre bei Mona, der Tischplatte und dem Gelb.

Draußen regnete es. Mona zog die Kapuze hoch. Eric blickte auf die Tropfen, die sich auf ihr bildeten, sagte: *Ich komme mit.* Mona begann zu laufen, in Richtung U-Bahn, in Richtung Trockenes. Auf den Stufen hatte Eric sie eingeholt. Er zog an ihrer Kapuze. *Warte mal.* Doch Mona sprang schon in den Wagen. *Oskar wartet.* Die Tür ging zu. Das schrille Geräusch des Warntons. Eric zog seinen Arm zurück. Einen Moment noch hing er in der Luft. Bis Mona im Tunnel verschwand, dann ließ Eric ihn sinken.

BRAUE

Georgi will raus in den Park. Warm ist es dort nicht, dafür gibt es nahe dem Ausgang steinerne Tische mit eingelassenen Schachbrettern. Männer in wattierten Jacken stehen um sie herum, lehnen sich vornüber, betrachten finster den Spielverlauf. *Nicht gerade das höchste Niveau,* findet Georgi, *aber man ist draußen.* Dann fügt er mit einem Seitenblick auf Oskar hinzu: *Könnte dem Blässling auch nicht schaden!* Tsarelli nickt, schlingt seinen Schal in einer dreifachen Schlaufe um den Hals und folgt Georgi die Treppe hinab. Immerhin eine Initiative, mag der Ton auch rau sein und das Gesagte nicht ganz wahr. Tsarelli blickt auf die rötlichen Wangen des Enkels. Ist es die Aufregung? Oskar denkt bei «Park» sicherlich an Wald und Äste, an Holz in sämtlichen Darreichungsformen, kurz: an Baumaterial. Tsarelli weiß, Oskar wird keine zwei Minuten am Schachtisch stehen, wird unauffällig in Richtung Gebüsch verschwinden.

Die Männer tragen dicke Fellhandschuhe, alle Schachbretter sind belegt. Georgi nickt den Spielern wissend zu, dann stellt er sich an den Rand, kommentiert von dort aus das Geschehen, leise, doch gerade laut genug, dass seine Kritik nicht ungehört bleibt. Es gibt zähe Russen unter ihnen, Männer, denen nie kalt ist, die lediglich gewinnen, weil ihr Gegenüber irgendwann nachgibt, um nicht zu erfrieren. *Auch eine Taktik,* zischt Georgi in Tsarellis Richtung, *besonders, wenn man nichts kann.* Oskar blickt auf die Köpfe, ihr gemeinsames Neigen nach vorn. Einer raucht, und es sieht aus, als würden sie es alle tun, als stiege aus ihren Köpfen der Dampf des Nachdenkens in die Feuchtigkeit des Parks. *Ein grübelnder Vielköpfer,* denkt Oskar, und Georgis Plan fällt ihm wieder ein, zahlreiche Hände, verbunden durch ein Musikstück.

Sie waren der Idee nicht mehr nachgegangen, Theos Skepsis hatte gereicht. Oskar mustert Georgi. Er kann seinen Plan doch nicht so schnell vergessen haben, es hängt zu viel daran, für ihn jedenfalls. Oskar denkt an einen Tausendfüßler aus Fingern, der über die Tasten gleitet. Die Idee lässt ihn nicht los. Es ist, als würde man etwas bauen, Einzelteile zusammenfügen. Nur sind es Menschen statt Holz.

Er muss Georgi noch mal darauf ansprechen, wenn der Opa nicht mitmachen will, können sie den Plan auch zu zweit ausführen. Alles ist besser, als die Dinge im Nichts verlaufen zu lassen. Das betrifft seine Kisten genauso wie die Hände. Man muss dranbleiben.

Dass Georgi immer ein Kind wollte, denkt Dina, als sie Theo die Tür öffnet. Dass sie anfangs dagegen war und sie dann den richtigen Zeitpunkt verpasst hatten. Dina wollte üben, acht Stunden am Tag, ein Kind käme ihr da in die Quere. Irgendwann sprach auch Georgi nicht mehr davon. Dina fragt sich dennoch, wie es ausgesehen hätte. Sie stellt sich ein Gesicht vor, eine Mischung aus ihr und Georgis Kinderfotos, Theo steht in der Tür. Ein breites Lächeln unter der Mütze, jetzt muss sie professionell sein. Über den Flur zum Klavier, wie immer. Dina hängt ihren Gedanken nach. Verschlafen sieht sie aus, denkt Theo. *Hatten Sie heute schon Kaffee?* Dina nickt, *na ja, nicht wirklich, nur dieses Pulverzeugs.*

Wenn Janos nicht da ist, vergisst Dina manchmal einzukaufen. Sie isst dann, was sie an Dosen finden kann, wärmt es halbherzig auf. Oft setzt sie sich nicht mal an den Tisch, isst im Stehen, damit ihr Janos' Stuhl nicht weiter auffällt, die Tatsache, dass er leer bleibt.

Oskar wartet, dass der Opa kurz verschwindet, in Richtung Parkausgang und Toiletten aufbricht, damit er ungestört mit Georgi sprechen kann. Doch Tsarelli lässt sich Zeit. Er verfolgt die Spielzüge der Schachspieler, bewundert deren Unbeweglichkeit. Wie man etwas ausfechten kann, ohne sich groß zu rühren. Womöglich, denkt er, findet jegliche Bewegung im Inneren statt, laufen die Gehirnzellen heiß, pumpen Signale durch Hirnareale. Mögliche Züge. Alles wird geprüft, durchdacht. Synapsen leuchten auf und leiten weiter. Am Ende dieses unsichtbaren Parcours hebt sich endlich ein Unterarm, verschiebt eine Figur um wenige Zentimeter und sinkt dann schwer in seine Ausgangslage zurück. Ähnlich steinern die Mienen der Männer. Nichts zuckt. Nur manchmal hebt sich eine Augenbraue in die Höhe, verweilt dort einige Sekunden, ein buschiger Gedankenstrich.

Oskar läuft zwischen den Männern umher, sorgt für Unruhe in dieser Welt aus Gedanken und Stein. Er scheint ungeduldig, nach Ästen sucht er heute nicht. Tsarelli blickt verwundert zu ihm herüber. Oskar reicht ihm seine Trinkflasche. Immer trägt er dieses Ding mit sich rum. Im Hochsommer wie im frostigen Winter. Eine blecherne Flasche mit Dinosaurieraufdruck.

Danke, ich habe keinen Durst.

Oskar verstaut die Flasche enttäuscht wieder in seinem Rucksack, er hatte gehofft, den Vorgang etwas beschleunigen zu können, den Wasserstand in seinem Opa unauffällig zu erhöhen. Doch es dauert noch eine Weile, bis Tsarelli sich endlich entschließt, das Klohäuschen aufzusuchen. Oskar hat seine Frage parat: *Dieses Lied, Georgi, warum hast du gerade das ausgesucht?*

- Welches meinst du, Junge?

Das für Dina, das alle Schüler spielen sollen.

- Oh, das ist ein sehr altes Stück. Dina spielte es bei einem Konzert in der Musikschule. Ich war zum ersten Mal dabei. Sie trug ein grünes Kleid, blickte nicht ein einziges Mal zu mir. Nur in die Noten. Stolz war sie und ernst. Ich dachte, sie würde mich nicht erkennen, wie ich so mitten im Publikum saß, die Musik über mich regnen ließ. Ich verstand nicht viel davon, ehrlich gesagt, aber etwas packte mich, während Dina in die Weite blickte, einen Punkt fixierte, der nicht ich war. Erst am Schluss, als bereits der Applaus einsetzte, schaute sie in meine Richtung und hob ganz leicht die linke Augenbraue. Mehr war nicht möglich, verstehst du? Aber mir hat es gereicht. Ich habe begriffen: Sie meinte mich. Um mich herum saßen nur alte Herren und Omis mit streng geknoteten Halstüchern. Sie meinte mich mit meinem knitterigen Hemd, das wurde mir schlagartig klar. Und im Ohr hatte ich noch dieses Stück. Immer wenn ich es jetzt höre, denke ich an Dinas hochgezogene Braue. Ich wurde damals rot im Gesicht, vor Freude natürlich. Mein rotes Gesicht, Dinas grünes Kleid, das war der Anfang, Oskar!

Georgi wedelt wild mit den Armen, Oskar schweigt und späht zwischen kargen Zweigen hindurch, ob sein Opa sich schon nähert. Noch ist nichts von ihm zu sehen, doch viel Zeit bleibt nicht. Oskar gibt sich einen Ruck:

Wir sollten es noch mal versuchen! Dein Plan, Georgi! Ohne Opa, ich mache das alleine. Ich besorge dir die Adressen.

Georgi schaut erstaunt zu Oskar. Der Junge lässt nicht locker, wenn sich erst mal eine Idee in seinem Hirn eingenistet hat. Georgi zischt verschwörerisch leise in die kühle Luft:

Versuche es wieder dienstags, da hat sie immer viele Schüler. Fünf Adressen wären gut, vielleicht schaffst du sogar acht?

- Abgemacht!

Oskar bleibt gerade noch Zeit zu nicken, da nähert sich Tsarelli mit großen Schritten über die Hauptallee. Georgi lächelt noch eine Weile in sich hinein, beurteilt den restlichen Verlauf der Partien weitaus milder als gewöhnlich.

RAD

Das ganze Wochenende über hat Oskar darauf gewartet, nun ist es endlich Dienstag. Dinas Haustür öffnet sich, ein Quietschen, dann tritt ein Gesicht aus dem dunklen Hauseingang hervor. Die Nase spitz, der erste Schüler des Tages, Oskar folgt ihm, dem schlaksigen Rudern seiner Arme. Der Junge ist älter als er, schneller. Oskar läuft immer wieder an, um ihn nicht aus dem Blick zu verlieren, verlangsamt dann den Schritt, taucht hinter Autos und in Seiteneingängen ab. Keinesfalls verdächtig wirken. Oskar tut, als suche er einen Ball, der ihm davongerollt ist. Der Schüler ist bereits am Ende der Straße, seine hageren Schultern schieben sich zwischen den Menschen hindurch. Ein Radfahrer bremst scharf vor Oskars Füßen, der erschrickt kurz und hastet dann weiter. Ob es überhaupt einer von Dinas Schülern ist?, schießt es ihm plötzlich durch den Kopf. *Du erkennst sie an der richtigen Uhrzeit,* hatte Georgi gesagt. *Immer kurz nach Viertel vor kommen sie raus.* Und als er Oskars skeptisches Gesicht sah, fügte er hinzu: *Sie tragen rechteckige Taschen. Da sind ihre Noten drin.*

Der Schüler biegt in eine Seitenstraße ab, Oskar sieht gerade noch seine grüne Jacke verschwinden, er läuft ihr nach. Als er die Ecke erreicht, ist der Junge nicht mehr zu sehen. Oskar sprintet die Straße hinauf, sucht alles nach ihm ab, rennt an zwei Geschäften vorbei, blickt durch ihre Schaufenster ins Innere. Vom Schüler keine Spur. Wohin kann er so schnell verschwunden sein? Oskar linst auf die Uhr. Eigentlich muss er längst zurück zu Dinas Wohnung, will er den nächsten Schüler nicht verpassen. Da sieht er den Jungen plötzlich aus einer Hauseinfahrt kommen, diesmal mit einem Rad, grinsend fährt er eine Schlaufe um Oskar herum.

Wohnst du hier? Oskar erschrickt über sich selbst, seine unvermittelte Frage, es blieb zu wenig Zeit zum Zögern.

- *Ja, wieso?*

Weil ich einen Freund besuchen will.

- *Dann klingel doch bei dem!*

Ich habe ... Oskar zögert, jetzt ist es schon zu spät, jetzt ist er mittendrin und guter Rat teuer, was soll er so schnell erfinden? Na, einen Versuch ist es wert: *seinen Nachnamen vergessen.*

Aha. Sagt der ältere Junge und schiebt sein Fahrrad fordernd vor und zurück, blickt Oskar direkt ins Gesicht.

Vielleicht weißt du ...?

- *Nee,* fällt ihm der Junge direkt ins Wort, *ich weiß nicht, wen du meinen könntest. Hier wohne nur ich. Alle anderen sind älter.*

Oskar starrt zu Boden. Eigentlich braucht er nur die Hausnummer und den Namen auf dem Briefkasten. Doch der Hinterhof führt zu mehreren Hauseingängen. So schwer hatte er sich das Ganze nicht vorgestellt. Aus Georgis Plan wird nichts, Oskar will plötzlich zurück zu seinen Kisten.

Vielleicht hast du dich im Haus geirrt?, schiebt der ältere Junge zwischen Oskars Gedanken. Es klingt fast versöhnlich, doch Oskar schüttelt nur den Kopf.

- *Hast du eigentlich Klavierunterricht?*

Es war anders abgemacht. Keine direkten Vorstöße, nicht auffällig wirken. Georgi hatte ihn gewarnt. Aber Oskar kommt nicht weiter, zu uneindeutig die Situation. Jetzt muss er konkreter werden.

Ja. Wieso? Der ältere Junge blickt verwundert.

- *Bei Frau Lem?*

Woher weißt du das?

- *Weil ich auch bei ihr bin.*

Das ist ein wenig geflunkert, nicht eine Klavierstunde hat

Oskar bei Dina gehabt. Aber darauf kommt es jetzt nicht an. Ein Ausweg muss gefunden werden. Der ältere Junge wirkt skeptisch, doch Oskar spricht unbeirrt weiter.

Nächste Woche sollen wir alle dasselbe Stück für sie spielen.

- Wer sagt das?

Ich. Sie hat nämlich Geburtstag.

Der ältere Junge winkt abrupt ab, klopft Oskar auf die Schulter.

- Geht leider nicht, ich hab keine Zeit für so was.

Dann tritt er in die Pedale und verschwindet am Ende der Straße.

Kein Glück haben sie mit Georgis Plan, denkt Oskar. Niemand will wirklich mitmachen. Weder Theo noch der Junge. Dabei bräuchten sie nur ein paar Hände, die über die Tasten gleiten. Aber die Hände hängen an Köpfen, und da beginnt das Problem. Zäh ist das Material und widerspenstig. Die Köpfe mischen sich ein. Ein drittes Mal will Oskar es dennoch probieren. Wenn auch das nichts wird, gibt er auf. Er rennt zurück zu Dinas Wohnung, ist ohnehin spät dran.

Die Tür quietscht erneut, ein Mädchen diesmal. Sie trägt eine Brille und lacht. Ziemlich klein, findet Oskar, kann man in dem Alter überhaupt schon Klavier spielen? Das Mädchen bleibt vor Dinas Haus stehen, guckt sich suchend um, Oskar duckt sich hinter die Mülltonnen. Dann sieht er ein Auto näher kommen, eine Hintertür öffnet sich, das Mädchen schlüpft ins Innere. Oskar blickt den Rücklichtern nach, dann beginnt er zu laufen. Vielleicht kann er das Auto an der nächsten Ampel einholen. Zwei Querstraßen weiter kommt es endlich zum Stehen, Oskar klopft an die Scheibe. Das kleine Mädchen winkt, wie man einem Freund winkt. Die Mutter lässt das Beifahrerfenster herunter. Wieder erzählt Oskar vom

Plan, wandelt seine Geschichte leicht ab, lässt den Geburtstag zwar bestehen, fügt jedoch Dinas dringlichen Wunsch hinzu, das Lied an ihrem Ehrentag zu hören. Das kleine Mädchen nickt, hört Oskar mit großen Augen zu, doch die Mutter unterbricht ihn fast harsch:

Das ist eine sehr schöne Idee, aber da kaufen wir lieber etwas für Frau Lem, wenn sie wirklich Geburtstag hat.

Oskar will noch etwas entgegnen, doch die Scheibe gleitet schon wieder hoch. Die Ampel wird grün, das Auto fährt an. Oskar sieht nur mehr das Mädchen winken.

KOLONNE

In jener ersten Zeit, als alles offen schien und undefiniert war, hatte Johannes Mona Sätze geschickt. Kleine Kolonnen, die täglich eintrafen, sie bemerkte sie erst gar nicht. Doch als sie eines verschlafenen Morgens Oskar zur Schule brachte und auf dem Heimweg Kontoauszüge holte, brauchte der Drucker in der Eingangshalle der Bank länger als gewöhnlich. Es ratterte, das Gerät spuckte etliche Papierbögen aus. Mona sah, dass fast täglich Überweisungen von Johannes eingegangen waren, Centbeträge, in deren Verwendungszweck Johannes Kurzbotschaften versteckt hatte. Zusammengenommen ergaben sie einen Brief, der zwischen Haben und Soll weiterwuchs. Mona war lächelnd nach Hause gelaufen. Eine Bank als Übermittler für persönliche Botschaften zu wählen erschien ihr absurd und reizvoll zugleich. Wie kam Johannes bloß darauf? Sie antwortete ihm sofort.

So schrieben sie einige Wochen hin und her. Ein Dialog auf begrenztem Raum, 120 Zeichen standen ihnen zur Verfügung. Mona holte nun täglich die Auszüge, war gespannt auf Johannes' Antworten.

GEDANKEN VERSCHIEDENSTER ART DARUNTER AUCH
DU NATÜRLICH
DER BUCHSTABE M GEFÄLLT MIR TÄGLICH MMMEHR
WAS HÄLTST DU VOM LIED?
HÖRE ES ALS SCHLEIFE AUCH NACHTS
DIE NACHBARN SAGEN NICHTS
KAUFE MILCH MAISKOLBEN UND MOHN IN TÜTEN
DREIMAL M ODER TAUSENDMAL HINTEREINANDER
ZICKZACKNAHT

MÖCHTE EISBRECHER SEIN DUMM NUR: ES IST ZU
WARM IN DEINER HERZKAMMER LÜFTE DOCH BITTE
BIS BALD
ERREICHE DICH NICHT TELEFONISCH
HAST DU ALLES ABGEDREHT?
AUF DEM HERD KOCHT NOCH WAS RIECHE ES BIS
HIERHER
DANN EBEN NICHT HEUTE
GLAUBE DU HAST ETWAS BEI MIR VERGESSEN
ES IST LILA UND ES ZIEPT
DAS KLEINE BESCHEIDENE ANRECHT AUF DEINE
BETTDECKE
ODER IRRE ICH MICH? LIEGT DORT EIN ANDERER?
MACHE GLEICH SCHLUSS FEIERABEND
MUSS ERST DIE WELT EINRENKEN
DANN KOMM ICH ZU DIR
KÖNNTE SPÄTER WERDEN
HABE WIEDER EINIGES AUF DER TISCHPLATTE
ALLES EILT NICHTS EILT NUR DIE FRAGE
WO BIST DU HEUTE ABEND UND DARF ICH AUCH?
HABE ETWAS GESEHEN DAS AUSSIEHT WIE DU
WAR BEI NÄHERER BETRACHTUNG NUR EINE WOLKE
SCHADE
KÖNNTE HEUTE ABEND KOCHEN FÜR DICH
WEISS NUR NICHT WAS
KÜHLSCHRANK LEER KOPF AUCH
KEINE NACHRICHT MAGERE ZEITEN
WEISS JETZT WIE VIELE KILOMETER ZWISCHEN
UNSEREN WOHNUNGEN LIEGEN EINIGE NIMM DIE
BAHN!
WAR HEUTE MORGEN WORTKARG ENTSCHULDIGE!

WAR NOCH ZU DUNKEL FÜR MEIN HIRN
BELEUCHTUNGSFRAGEN
WIE NENNT MAN DAS WENN ALLES EGAL WIRD
DIE WOHNUNG IST LEER UND ALLEINE
STEHE HIER IN DIESEM BANKFOYER UND DU WER
WEISS WO?
WIR STECKEN NICHT DRIN
BIN NOCH MAL HIER HEUTE KONNTE ES MIR NICHT
VERKNEIFEN
ICH GLAUBE SIE GUCKEN SCHON EGAL FÜR DICH!

Johannes besaß eine Verbindlichkeit, die sich in seinen regelmäßig eintreffenden Zeilen bestätigte. Mona verließ sich darauf, wie es bei Eric nie möglich gewesen wäre. Eric war wolkig, diffus in seinen Abmachungen. Als lege er sich ungern fest, fühle sich eingeengt, sobald er etwas einhalten musste. Johannes hingegen sagte *halb sieben,* und meinte es genau so. Mona konnte sicher sein, dass er um halb sieben an der vereinbarten Ecke stehen würde, keine Minute später, das Hemd sorgsam in die Hose gesteckt.

Anfangs hatte sie es geschätzt, auf keine Antwort lange warten zu müssen, sich Johannes' Interesse an ihr gewiss sein zu können. Wenn sie ihm von einem Buch erzählte, das ihr gefiel, brachte er es beim nächsten Treffen mit, legte es wie nebensächlich auf den Tisch zwischen ihnen. Natürlich hatte er es bereits gelesen, Johannes las unglaublich schnell. In seiner Mittagspause schickte er Mona Musikstücke, von denen er annahm, sie könnten zu ihrer derzeitigen Arbeit passen oder womit sie sich sonst gerade beschäftigte.

Johannes' Tag war eng getaktet, ließ nur wenig Freiräume zu, doch wann immer es ging, nutzte er die Pausen, um Mona zu schreiben. Sie hätte die Uhr danach stellen können. Die Vielzahl an Geräten, die er besaß, ließ die Kommunikation nie ganz abbrechen. Johannes war erreichbar wie ein Krake, der mit allen Armen tippte. Anders als Eric, der oftmals sein Handy erst suchen musste, den Laptop tagelang zugeklappt ließ. Etwas war schleichend ausgefranst zwischen ihnen, ihre Sätze hingen wie lose Enden in der Luft. Niemand war bereit, sie wiederaufzunehmen. Gesprochen wurde lange Zeit nur mehr das Nötigste.

Vielleicht musst du jemanden einstellen für Dinas Lied.

Oskar spricht leise ins Telefon, am anderen Ende lauscht Georgi.

- Wie bitte?

Keiner macht freiwillig mit.

- Hast du sie direkt gefragt?

Ich dachte, so geht es schneller.

- Was ist mit den Adressen?

Es bringt nichts, Georgi, die wollen das alle nicht!

- Aber wenn ich einen Brief an sie schicke.

Niemand liest heutzutage mehr Briefe.

Oskar hört Georgi schwer atmen. Er sagt nichts mehr. Seine Enttäuschung wird zum Schnaufen. Oskar weiß nicht, was er darauf erwidern soll. Er möchte Georgi nicht weh tun. Eigentlich ist er gut, sein Plan. Oskar kann sich das Stück genau vorstellen, wie es sich durch den Tag zieht, Dinas kleine Stube füllt, in einer ewigen Wiederholung. Bis zum letzten Schüler. Eine Schleife, die etwas aus Dina herauszieht, mit jedem neuen Schüler mehr zutage treten lässt von der Erinnerung. Dem grünen Kleid und Georgis rotem Gesicht. Dina kann es nicht gänzlich vergessen haben.

Doch die Menschen sind skeptisch. Sie wollen im Vorhinein wissen, worauf es hinausläuft. Georgis Plan birgt das Ungewisse. Die schiere Möglichkeit, dass nichts dabei herauskommt. Dann haben sie umsonst geübt. Und wer macht schon gern etwas umsonst?

Der Kontoauszugsdialog ließ Mona anfangs glauben, dass mit Johannes einiges möglich sei. Doch das Spiel endete nach einiger Zeit, weil Johannes es zu genau nahm, fast ein Regelwerk daraus machte. Die stoische Regelmäßigkeit seiner Antworten verlieh diesen etwas Maschinelles, setzte Mona nach einiger Zeit unter Druck. Zu sehr klammerte sich Johannes an Muster, suchte die ewige Wiederholung des Vertrauten, in wechselnden Schattierungen zwar, doch berechenbar. Vielleicht, so dachte Mona, gab er sich zu schnell zufrieden. Johannes fürchtete sich nicht vor dem Banalen, es bedeutete ihm Alltag, vielleicht sogar Vertrauen. Etwas, an das Mona nicht mehr recht glaubte. Sie hatte es sich eingestehen müssen: Mit ihrem Vertrauen war es nicht mehr weit her, seit Eric daran gerüttelt hatte.

Mona ist jetzt vorsichtig geworden, ein wenig kühl und reserviert. Sie zieht sich zurück, sobald etwas droht enger zu werden, verlässt kaum mehr die eigene Wohnung. Eine Weile geht das gut, dann wird es ihr selbst zu viel. Oder zu wenig. Zu wenig Worte, die sie an einen Erwachsenen richten kann. Mona ist allein mit ihren Gedanken. Oskar ist zu jung, Tsarelli zu vernünftig. Mona kreist, notiert etwas und streicht es gleich wieder durch. Mona sucht Gespräche, wenn es dämmert. Wenn Oskar im Bett liegt und es still wird in der Wohnung. Dann denkt sie wieder an Johannes. An seine ruhigen Sätze, gezogen wie Schwimmbahnen. Keine überstürzte

Bewegung. Eine kühle Ruhe, die guttut. Die Nummer, bei der immer jemand abnimmt, eilig getippt. Eine halbe Stunde später schon sitzen sie zusammen, wenn Mona es will. Johannes' Hemd und die glatte Haut darunter, wenn sie ihre Hand zur Begrüßung unter den Stoff schiebt.

Oder, sagt Oskar, *du probierst es doch allein. Vielleicht ist das besser, Georgi! Die Schüler haben ja nichts mit deiner Geschichte zu tun.*

- Mit wem sprichst du?

Eric steht plötzlich hinter ihm, sieht erstaunt auf sein Handy in Oskars Hand.

- Wo lag das überhaupt?

Oskar winkt ab, will noch weiter sprechen:

Die wirklich wichtigen Dinge muss man alleine lösen. Guck, wie ich mit den Kisten! Schaff ich auch ohne Hilfe.

Am anderen Ende überlegt Georgi, sagt nichts. Vielleicht ist es tatsächlich so. Wenn Georgi darüber nachdenkt, hat er alle wichtigen Entscheidungen in seinem Leben allein getroffen. Zwar sprach er vorher mit Dina darüber, doch sie riet ihm nie zu einem bestimmten Ergebnis. Dina wägte stundenlang ab und ließ die Enden offen.

Nur einmal hatte sie das nicht getan, einmal war sie konkret geworden, vehement in ihrer Aussage: *Nein!* Georgi hatte in der Küche gestanden und diskret darauf hingewiesen, dass ein Kind, er wolle das Thema noch einmal aus der Versenkung holen, ihm Freude bereiten würde, ihr doch vielleicht auch – viel weiter war er nicht gekommen, da fiel ihm Dina direkt ins Wort. Dann kam das Nein, das endgültige. Da war nichts zu machen. So blieb es. Sie sprachen nicht mehr darüber.

Georgi fürchtet plötzlich, eine derartige Ablehnung könne

sich Jahre später wiederholen, Dinas *Nein* könne angesichts der Liedaktion ähnlich scharf wie damals ertönen. Noch einmal möchte er das nicht erleben, so viel ist gewiss.

Mona muss hantieren und abwägen zwischen den eigenen Wünschen, die hin und her schwanken, manchmal mehrmals wöchentlich. Je dichter ihr etwas kommt, desto dringlicher der Wunsch zu verschwinden. In einer von Oskars Kisten vielleicht, den Deckel fein säuberlich über sich zuziehen und ausgestreckt da liegen, in der Stille zwischen den Seitenwänden. Der eigene Puls noch hörbar, dann nichts mehr. Sich aufzulösen, bis niemand mehr etwas von ihr fordert. Nirgends muss sie sein, niemanden abholen. Ein paar Tage später das genaue Gegenteil wollen. Musik, die durch den Körper dringt, im Glas wabert. Bässe. Manchmal vermisst Mona die Bässe, wie sie nur bei großen Boxen hörbar sind. In Clubs. Mona war selten dort. Aber jetzt scheint ihr selbst die Möglichkeit genommen hinzugehen. Alles bedarf einer Absprache, seit Oskar da ist. Mona sieht gefüllte Kneipen und muss nach Hause. Dann ist ihr schlagartig nach einem Bier mit Johannes, weil er nach Draußen riecht, nach Abwechslung.

Mit Johannes sollte man tanzen können, denkt Mona. Aber sie hat es noch nie probiert. Weil der Antrieb fehlt und sie müde wird, wenn es Zeit ist, müde zu werden. Weil sie schlafen muss, um rechtzeitig wieder wach zu sein.

Dennoch sind da diese Abende, selten gestreut, aber doch, an denen es scheint, alles sei wieder möglich und Oskar werde langsam groß genug. Sie folgen auf die Rückzugsabende wie eine Gesetzmäßigkeit, ziehen Mona nach draußen. Wenn sie lange nichts mehr von Johannes gehört hat, meldet sie sich.

Oskar hat aufgelegt, legt Erics Handy dorthin zurück, wo er es gefunden hat. Ganz oben im Wäschekorb. Einige Ideen, denkt er, sind vielleicht nur als Ideen gut. Die Realität ist wie ein Schmirgelpapier, sie schleift an den Träumen und Ideen herum. Und am Ende bleibt nur ein kleiner hölzerner Klotz.

Manchmal freut er sich zum Beispiel so sehr auf ein Eis, dass er sich den Geschmack genau vorstellen kann, die cremige Konsistenz, würde er mit der Zunge über die Kugel fahren. Aber wenn er das Eis dann endlich in der Hand hält, bleibt der Geschmack weit hinter dem tatsächlichen Versprechen zurück, es klebt und schmilzt.

So in etwa ist das mit Georgis Lied. Niemals werden alle Schüler bereit sein, und wenn sich doch einige finden lassen, spielt sicher einer schief. Die wahre Perfektion gibt es nur im Kopf.

LAVENDEL

Mona erinnert sich an Erics erstes Entziehen, den ersten Abend, an dem er nicht zurückkehrte. Die Wohnung lag ruhig da, in den Ecken sammelte sich etwas Finsteres. Es wurde dunkel, ohne Eric. Mona ließ das Licht – eines von Erics Lampenmodellen – ausgeschaltet, bewegte sich kaum über den Radius des Bettes hinaus. Mal griff ein Arm nach einer Tasse, mal zog ein gestrecktes Bein eine entfernte Schublade auf. Dann stand sie minutenlang offen, bis Mona sich aufrichtete, einen Schal ertastete, ihn umlegte. Jede Bewegung zog sich, wie in ihre Einzelteile zerlegt, über den ganzen Abend. Es galt, die Zeit zu dehnen, bis Eric zurückkehrte.

In immer kleiner werdenden Intervallen blickte Mona auf die Uhr, rollte sich unruhig von einer Seite auf die andere, bis sie keine mehr fand, die nicht irgendwie abgelegen war oder taub. Im Fuß kribbelte es, sie hatte ihn vergessen. Er war, zwischen Bettrahmen und Wand eingeklemmt, liegengeblieben. Ein Tritt, der feststeckte.

Eric hastete durch die Stadt, es war später geworden als gedacht. Er hatte in Valeries Gesicht geschaut, die leicht abweichende Augenfarbe bemerkt (jetzt erst), links war es heller (wieso war ihm das nicht früher aufgefallen?), und darüber die Uhrzeit vergessen, sich verhakt in den Wimpern. Keine einfache Sache. Gern hätte er Valerie Mona vorgestellt, die Erweiterung um einen Dritten, den man schätzt und teilt.

Diese Art, das musst du erleben, komm, setz dich dazu! Natürlich war es unmöglich. Die Liebe war wie ein Paket, das sich nicht aufschnüren ließ. Es wurde nur als Ganzes geliefert. Sie gerecht zwischen zwei Personen aufzuteilen war undenkbar.

Eric fragte sich, wieso. Wieso wurde Mona wütend, wenn ihm Valerie gefiel? Es nahm nichts vom Gefühl, das er für sie hatte.

Das Dreieck, dachte Eric, ist eigentlich die viel stabilere Form, will man etwas bauen. Jeder Eckpunkt, und er sah sich als Eckpunkt, wird zu zwei Seiten hin abgestützt, erfährt doppelten Rückhalt. Er wusste, dass etwas an dem Bild nicht ganz stimmte. Nur er war zu zwei Seiten hin verbunden, die beiden anderen hingen wie lose Enden nach unten. Sie berührten einander nicht mal im Entferntesten.

Valerie kam spät zur Konstruktion hinzu, Eric und Mona existierten schon längst. Ein fertiges Haus verband sie, war über all die Jahre gewachsen, wenn auch wacklig. Ein Haus, das es nur in ihren Köpfen gab, in der Art, wie sie sich bewegten, immer im Bezug zum anderen. Es umgab sie etwas, das für Außenstehende wie eine Fassade wirken musste, man drang nicht durch, musste das Wohlwollen beider erlangen, wollte man auch nur mit einem reden. Sie saßen im Hinterzimmer mit Veranda, blickten auf den Garten, so fühlte es sich an. Klingelte man, öffneten sie erst nach einiger Zeit oder überhörten es ganz. Man musste um das Haus laufen, durch das Gras stapfen und unvermittelt vor ihnen stehen, damit sie einen wahrnahmen.

Valerie kam in einem Moment der Unaufmerksamkeit, das Tor stand angelehnt, es machte kein Geräusch. Eric blickte zu ihr herüber und blieb hängen. Später sagte er, die Sonne habe ihn geblendet, er habe die Hand an die Stirn gelegt und mit der Unterkante der Finger Valeries Kopf berührt. Dabei war es anders: eine Tüte riss.

Gerade wollte er in die Bibliothek der Hochschule treten (ein Ort, den er lange nicht mehr aufgesucht hatte, das Diplom lag einige Zeit zurück, immer seltener seine Besuche, doch ein plötzlich einsetzender Regen hatte ihn dazu bewogen, sich in das Gebäude zu flüchten, er zog an der schweren Tür), da fiel ihm Valeries gesammelte Ausleihe vor die Füße. Er griff danach. Hob nacheinander drei DVDs von Filmen auf, die er selber gern geguckt hätte, wie er mit einem Blick feststellte. Er konnte sich nicht gegen den Gedanken wehren: am liebsten mit der Frau, zu der die Tüte gehörte. Sie nahm hastig die DVDs an sich und verschwand. Er sah ihr nach, wie ihr der Regen nichts anhaben konnte. Entschied sich um, ließ die Tür zur Bibliothek wieder zufallen, rannte ihr nach, und erstaunt über sich selbst, fragte er sie, einmal auf ihrer Höhe angekommen, unvermittelt, ob sie eine Badewanne habe. *Das Wetter*, schob er als eine Art Erklärung nach. *Ich habe keine*, setzte er hinterher. Valerie betrachtete ihn, fragte sich, wie verrückt er tatsächlich war oder ob kein bisschen. Vielleicht war es ihm ein aufrichtiges Anliegen, dieses Baden, nur dass er sich damit ausgerechnet an sie wandte, verwunderte sie. *Ich habe zwar eine*, sagte sie, *nur müsstest du Badezusatz besorgen.* Jetzt stand Eric verwundert da, nickte. *Grün oder rot?*, fragte er, mit Badezusätzen kannte er sich nicht aus. *Blau*, sagte Valerie. Es war ganz eindeutig, sie würden gemeinsam ins blaue Bad steigen. Das Wahrscheinliche trat niemals ein, so viel wusste Eric schon.

Valerie verabschiedete sich einige Straßen weiter, zeigte ihm ihr Haus, die Klingel und den Drogerieladen, dann verschwand sie hinter einer schweren Holztür. Als Eric kurze Zeit später die unbekannte Treppe hinaufstieg, in seiner Hand jeweils eine Flasche *Ozeanfreude* und *Tender Lavender*, hörte er bereits das Geräusch des einlaufenden Wassers aus Valeries Wohnung.

Später würde er sagen, es habe ihn erwischt, ein Regenguss, in den man hineingerät, *so etwas Spontanes eben.* Aus dem Spontanen war allmählich, ohne dass sie es selbst bemerkten, etwas gewachsen. Was zwischen Badeschaum begann, unförmig und wabernd, gewann an Struktur, vergrößerte sich, uferte aus, bis es sich nicht mehr verbergen ließ. Anfangs dachte Eric, nichts würde über diesen Wannenabend hinausreichen. Das Gebiet sei abgesteckt, zeitlich wie räumlich. Ein Untertauchen, das am selben Abend endete. Eric zog sich aus der Wanne, nahm sich noch die Zeit, das Handtuch zum Trocknen über die Heizung auszubreiten, so viel Respekt muss sein, dachte er, sagte dann: *Danke!,* und verließ fluchtartig Valeries Wohnung. Im Hausflur ein Blick auf die Uhr, es war halb eins.

Neben Mona ließ er sich ins Bett fallen. Sie schlief schon, wachte kurz auf und sagte, bevor sie sich von ihm abwandte, zur Seite drehte: *Du riechst komisch. Irgendwie nach altem Lavendel.*

Bereits am nächsten Morgen bereute Eric, nicht nach Valeries Telefonnummer gefragt zu haben. Die Schaumblasen waberten durch sein Hirn, alles andere trat in den Hintergrund. Kein Gedanke war klar zu fassen, er versuchte es vergeblich mit mehreren Tassen Kaffee. Mona war früh ins Atelier gegangen, allein saß er in der Wohnung, stierte durchs Fenster, ohne dass es ihm gelang, seinen Blick auf etwas Spezielles zu lenken. Immer wieder schoben sich lila gefärbte Wassermassen ins Bild, tauchte Valeries Gesicht darunter hervor. Ohne irgendeiner Tätigkeit nachzugehen, ließ er den Tag verstreichen, selbst der Abwasch blieb stehen, alles verharrte seltsam unausgeführt. Die einzige Möglichkeit, dachte Eric und nahm erneut einen Schluck Kaffee, kalt diesmal, war, vor Valeries Tür auf sie zu warten. Er fürchtete aber, sie dadurch zu erschrecken, oder schlimmer, sie könne ihn für einen Irren halten, falls sie das nicht längst schon tat.

Als Mona zurückkehrte, fragte er sie, kaum hatte sie die Küche betreten (er selbst saß immer noch dort, hatte sich keinen Zentimeter bewegt): *Was machst du, wenn dir jemand gefällt?* Mona stellte ihre Tasche ab, schaute verwundert hoch, fragte zurück: *Was essen wir heute Abend?* Sie ließ der Frage keinen Raum, dachte Eric, es kam ihr nicht in den Sinn, niemand gefiel ihr, solang es ihn gab. Mona zuckte mit den Schultern. Eric bereute schon, überhaupt die Frage gestellt zu haben, da sagte sie leise, in den geöffneten Kühlschrank hinein: *Ich versuche, es zu vergessen.* Eric griff nach Monas Arm, hinderte sie daran, die Tür zu schließen. *Aber wieso denn? Du könntest es doch geschehen lassen.*

Mona blickte ihn skeptisch an. *Rührei, okay?* Eric nickte, schloss die Kühlschranktür wieder. Sie rührte widerwillig, bis sich das Eigelb untermischte, die Gabel klirrte in regelmäßigen Abständen an den Rand der gläsernen Schale.

Was denn überhaupt geschehen lassen?

- Das Neue.

Eric grinste und fand, es klang nach Abenteuer. Wie er so dastand und den Schnittlauch klein schnitt, zwei ungleiche Socken an den Füßen und die Haare verwuschelt, kam er Mona plötzlich seltsam vor. Die Weite seiner Gedanken passte nicht zu dem Bild, das er abgab. Es fehlte nur die Schürze. *Gibt viel Neues, es bleibt nur nie neu.* Mona ließ Butter in einer Pfanne schmelzen. *Das ist das Problem mit dem Neuen. Es gibt vor, etwas zu sein, was es nicht halten kann, auf lange Sicht.* Eric nickte.

Mona würde bei ihm bleiben. *Ewig und zwei Tage*, so hatte sie es ihm gesagt. Es war für sie keine Frage der Zeit, eher eine Art innerer Haltung. Sie traf ihre Entscheidungen und hielt sich dran, alle Zweifel schienen allein dadurch beseitigt.

Sie sprachen nicht mehr darüber, aßen Rührei und schwiegen, bis es dunkel wurde. Eric schien den Moment abgepasst zu haben, als die Straßenbeleuchtung anging, sagte er in den stillen Raum hinein, er müsse jetzt ins Bett. Mona las noch ein wenig, kam dann aber nach, unter die schwere Decke, die sie teilten. Dort lagen sie, steif ausgestreckt nebeneinander, Eric dachte an die Badewanne, Mona fragte sich, woran Eric dachte. Sie blickte prüfend aus dem Augenwinkel zu ihm. Ihr Profil kam ihm plötzlich knochiger vor, insbesondere die Nase stach hervor, ein Pfeil, der in den Raum ragte. Worauf zeigte er?

Eric fühlte sich fehl am Platz. Mona zog an der Decke, wickelte ihn darin ein, zog ihn näher zu sich, sagte direkt in sein Ohr, aber ohne dass es zischte, fast weich klang es: *Wo warst du gestern wirklich?* Eric blickte an die Decke, fixierte einen Punkt oberhalb eines schmalen Risses, antwortete dann: *In einer Badewanne.* Mona musste auflachen, ein Auflachen, das gleichzeitig begriff, worum es hier ging. Ihr Haus wackelte. Das Bett schien plötzlich bedrohlich eng und unendlich weit zugleich, sie drehte sich zur Seite, drückte ihren Rücken an die kühle Wand. Der Abstand zwischen ihnen gab den Blick auf das zerknüllte Laken frei. Ein Haar lag verlassen auf einem Wellenkamm aus Stoff, Mona wollte es wegschnippen. Es blieb liegen, kräuselte sich nur ein wenig um sich selbst. Beide starrten darauf, wie das kleine Ding sich wehrte. Eric sagte, wie um Mona zu beschwichtigen:

Das heißt eigentlich noch nichts. Ich kenne sie ja kaum.

- *Wie lange schon?* Monas Stimme bekam etwas Raues.

Seit gestern. Er lachte fast, es war nichts, gemessen an der Zeit, die er mit Mona verbracht hatte. Ein Witz. Nicht die Spur einer Bedeutung. Doch Mona ahnte, dass er ihr, und vielleicht auch sich selbst, in diesem Moment etwas vormachte. Ein leichtes Zucken um seine Mundwinkel verriet ihn.

- *Ich glaube dir nicht,* sagte sie, *zum ersten Mal glaube ich dir nicht.* Dann griff sie nach dem Haar, klemmte es zwischen ihre Finger, lief, als hielte sie ein Insekt, durchs Zimmer und öffnete das Fenster. Dort stand sie eine Weile, bis Eric sagte: *Komm doch, das Zimmer wird kalt.* Mehr fiel ihm nicht ein. Mona hatte womöglich recht. Es war keine kurzweilige Verwirrung, Valerie dauerte an. Das Treffen ließ sich nicht ungeschehen machen, es war, als hätte Eric eine Tür aufgestoßen und dahinter käme jetzt eine Wohnung zum Vorschein, ein ganzes System an Gängen, das erforscht werden wollte. Am Fenster stand Mona und fror. Er glaubte, ein leichtes Zittern zu sehen, doch er war unfähig aufzustehen. Mona löste sich vom Fenster, ging zum Schrank, holte ihre Isomatte hervor, den grünen Schlafsack, den Eric ihr vor einer Wanderung geschenkt hatte, und legte sich in den Flur. Aus der Dunkelheit heraus hörte sie es seufzen. Es kam ihr falsch vor, dass Eric es war, der seufzte. Dies, dachte sie, sollte nun ihr vorbehalten sein.

Die folgenden Tage ließen Eric ratlos zurück. Er dachte an Valerie, an ihre Zehen, die aus dem Wasser herausragten, nach ihm griffen, als wären sie Finger. Ein angenehm leichtes Zwicken oberhalb der Leiste. Er dachte an Mona, ihre müden Augen am Morgen, ein Vorwurf darin, der sich von Tag zu Tag vertiefte. Offen wollte sie Erics Abzweiger (so nannte sie es) entgegentreten, so nahm sie es sich vor, doch etwas in ihr ließ es letztendlich nicht zu. Eric hingegen wollte der Sache nachgehen, Valerie weiterhin treffen. Es war, so schien ihm, der einzige Weg, mit den Dingen umzugehen, der plötzlichen Unsicherheit in ihm. Anders als erwartet, genoss er den Zustand des In-der-Schwebe-Seins nicht. Es beunruhigte ihn eher, auch nach tagelangen Überlegungen nicht zu dem vorzudringen, was er eigentlich wollte.

Als der Wannenabend genau eine Woche zurücklag, entschloss er sich, in der Bibliothek nach Valerie zu suchen. Eric lief mehrere Tage in Folge ziellos durch die Regalreihen, immer in der Hoffnung, sie würde plötzlich vor den DVDs stehen, ihn erkennen und zu ihm herüberkommen, ein breites Grinsen auf den Lippen.

Enttäuscht ging er zurück, eine Enttäuschung, die auch Mona nicht verborgen blieb. Die Isomatte stand noch im Flur, aufgerollt und senkrecht. Eine Art Pfeiler. Es stand zwischen ihnen und wurde umgangen. Eric sprach nicht mehr darüber. Mona ging ihrer Arbeit nach. Es wurde dunkel und hell, die Tage vergingen gleichförmig und ohne weitere Aufregung. Bis Eric losfuhr, um Holzleim zu besorgen.

Als er sein Fahrrad vor dem Künstlerzubehör abstellte, stand in der Tür plötzlich Valerie.

Es gab also Menschen, die man immer in ein und derselben Situation traf. Bei Valerie war es das Passieren der Türschwellen. Die Bibliothek war ein Irrtum gewesen, verstand er jetzt, das Auflauern ebenso, er hatte das Muster nur nicht begriffen, es kam auf die Tür an. Ohne sich bewegen zu können, murmelte er seitlich: *Hallo,* als spräche er mit dem Fahrradständer. Valerie blickte kaum auf, erkannte ihn erst nicht, musste ihn wohl wieder für einen Irren halten, auch das inzwischen wiederkehrend. Eric nahm seine Mütze vom Kopf, da lächelte Valerie. *Ah*, sagte sie, *weiß schon, tender lavender!* Kurz war es ihm unangenehm, die Nähe, die sie erwähnte, schien jetzt unendlich fern, als hätte sie kaum noch etwas mit ihnen zu tun, wie sie da in ihren dicken Jacken voreinanderstanden, einen Meter zwischen sich, vielleicht mehr. Unglaublich, dachte er, dass ich diesem Körper nah gewesen sein soll. Nicht, dass er es sich nicht erneut wünschte, aber ihm fiel kein Weg ein, es wieder dazu kommen zu lassen. Eric, dem sonst die Worte locker auf der Zunge lagen, murmelte Silben, die keinen Sinn ergaben, *Holzleim*, sagte er dann, wiederholte das Wort mehrmals, als wäre es die Zusammenfassung, das, worauf er hinauswollte. *Verstehe*, sagte Valerie. *Ich kann hier auf dich warten.* Am liebsten hätte er sie dafür auf der Stelle umarmt. Er stürmte die Stufen zum Geschäft hoch, drehte sich im Eingang zur Vergewisserung noch mal um, hob winkend die Hand, *Holzleim!* Sie nickte. Deutete ihm an, endlich in den Laden zu gehen. Als er zurückkehrte, war sie zu seinem Erstaunen noch immer da.

Sie trafen sich nun regelmäßig. Eric sagte Mona nichts davon, vielleicht dachte sie, er habe Valerie vergessen. Valerie wusste von Mona, wusste, warum Eric abends verschwand, die Tür hinter sich zuzog. Es störte sie nicht. Sie war gern allein. Abends, wenn sich alles um sie herum in Dunkelheit hüllte, schnitt sie ihre Videos, tauchte in den Bildschirm und dachte erst wieder an Eric, wenn eine Nachricht von ihm auf dem Display ihres Telefons aufleuchtete.

Eine Unachtsamkeit ließ Mona entdecken, wo Eric seine Nachmittage verbrachte. Sie glaubte ihn in der Werkstatt, als sie auf dem Weg aus ihrem Atelier auf ihn stieß. Er stand in der Tür zur Bibliothek. (Natürlich war es wieder eine Tür, würde Eric später denken.) Aber er stand nicht allein. Es war keine gute Idee gewesen, sich hier mit Valerie zu verabreden, er hätte es wissen müssen. Mona verließ oft ihr Atelier, ging auf den Gängen spazieren, hoffte, sich dadurch eine Idee zu entlocken. Jetzt stand sie vor ihnen, etwas verschmierte Tusche im Gesicht, ein schwarzer Streifen. Er hob verlegen die Hand, ein wenig lasch.

Bis heute Abend, sagte sie, während die Wut ihren Magen hochkroch, bis zum Hals stieg. Als verstünde der Körper schneller als der Kopf, als wandere das Unfassbare erst durch die Organe, als leichte Säure, die ihr aufstieß, bevor sie es genau begriff. Ein Unbehagen, von dem sie erst dachte, sie könne es abschütteln. Sie lief die Treppen hoch, zurück in Richtung Atelier, als gerieten dadurch die Dinge wieder in Ordnung, als müsse man nur schütteln, und alles käme wieder an seinen Platz oder an jenen, den Mona vorsah.

Valerie aber bewegte sich eigenständig, und nicht wie von Mona vorgesehen, auf Eric zu. Mona sah sie durch die Säulen des Treppenhauses hindurch, wie sie Eric näher kam, einige Worte zu ihm sagte. Eric lachte. An der Art, wie er den Kopf nach hinten warf, erkannte Mona, dass es ihm ernst war. Sie glaubte, dasselbe Lächeln in seinem Gesicht zu erkennen wie damals vor dem Fahrstuhl, bei ihrer ersten Begegnung. Es schmerzte sie, dass er kein anderes gefunden hatte.

Mona blieb im Atelier, zeichnete noch ein wenig – der Versuch, es wenigstens danach aussehen zu lassen. Sie tauchte Pinsel in Flüssigkeiten, ohne auf die Farben zu achten. Zog Kreise über das Papier, unfähig, sie zu schließen. Im letzten Abschnitt knackste das Handgelenk, blockierte. Es blieb eine

Ausbuchtung zurück, die Form der Kreise wurde seltsam verzogen, vielleicht waren sie gar keine mehr?

Mit einer raschen Bewegung sammelte sie die Pinsel ein, sah, wie sich das Wasser im Becken dunkel verfärbte. Am liebsten hätte sie sich hineingelegt, wäre unter der dunkeldämpfenden Oberfläche verschwunden. Nichts drang durch, weder Geräusche noch Licht. Abgeschieden würde sie im warmen Wasser verharren, bis alles vorbei war. Bis Valerie sich auflöste.

GIPS

Eric zieht Gipsstreifen durch eine kleine Wasserschale. Oskar sitzt neben ihm und hält den Arm still, so gut ihm das gelingt. Es soll ein Probedurchgang werden. Wenn alles gut funktioniert, wird Eric die Aktion am Mittwoch vor der Schule wiederholen. Oskar hofft auf warmes Wetter, dann kann er so tun, als schwitze er unglaublich unter dem Gips. Vor dem Spiegel hat er geübt, die Augen zu verdrehen, sich ganz langsam zur Seite sinken zu lassen, bis er auf den Boden fällt. Der Trick besteht darin, sich beim Sturz mit der anderen Hand unmerklich abzustützen, dann tut es nicht so weh. Mona mag nicht, wenn Oskar solche Spiele spielt. Ihre Stimme bebt dann, sie will, dass Oskar vom Boden aufsteht. *Sofort*, sagt sie.

Wieso sollen es eigentlich hundert werden?

Eric streicht die Gipsbahnen um Oskars Arm glatt.

- Weil man ein Ziel braucht.

Ja, aber die Zahl an sich. Hundert oder tausend, das sind Standardzahlen. Hundert machen alle. Ich würde etwas Ausgefalleneres wählen. Neunundfünfzig vielleicht.

- Neunundfünfzig Kisten hab ich doch längst!

Dann bist du ja schon fertig, und wir brauchen keinen Gips! Eric lacht.

Nein, wirklich, Oskar, irgendwas fehlt da noch an deinem Konzept! Du kannst nicht hundert Kisten bauen und dann nicht wissen, wohin damit!

- Das kommt dann schon. Ich muss sie erst mal alle vor mir sehen. Dann plane ich weiter.

Oskar fährt sich mit der Hand durchs Haar. Seine Augen kommen nun zum Vorschein. In seinem Blick liegt eine ruhige Bestimmtheit, die ihn plötzlich älter wirken lässt. Als wäre er über Nacht gealtert oder ausgetauscht worden, denkt Eric. Oskar hat nichts mehr von dem verhuschten, eigenwilligen Kind, das Eric so genau zu kennen meinte. Er wirkt gesetzter, macht mit seinen Worten etwas auf, von dem Eric wünscht, er könne es teilen. Eine plötzliche Gelassenheit. Oder ist nur er selbst unruhiger geworden? In letzter Zeit fehlt ihm der Abstand, packen ihn die Dinge direkter an. Der Streit mit Valerie, Monas Distanziertheit. Einiges sammelt sich an. Kleine Holzscheite, die auf Dauer einen unumgänglichen Haufen ergeben. Eric umschleicht ihn, so gut es geht. Aber seit einigen Wochen geht es eben nicht mehr so gut. Der Haufen verstellt ihm den Weg.

Mona gießt ihre Kakteen. Johannes hat wieder geschrieben, eine längere SMS und dann noch zwei nachgeschoben, um sich zu vergewissern, dass die erste auch angekommen ist. Dabei gehen SMS selten verloren, das weiß auch Johannes.

Mona lässt die Tage verstreichen, bis die Nachricht in den Hintergrund rückt. In Oskars Anwesenheit vergisst sie sie ganz, ist abgelenkt. Nur wenn sie, wie jetzt, allein in der Wohnung ist, muss sie wieder daran denken. An Johannes' Besuch und die Enge, die sie plötzlich im eigenen Zimmer empfand. Etwas an Johannes' Art ist zu durchdringend, lässt ihr keine Schlupflöcher. Nie kann er seinen Blick von ihr wenden, immer will er eine Antwort auf seine Fragen, am besten noch in derselben Minute. Mona wird ein wenig müde bei dem Gedanken, dass sie ihm wieder absagen muss. All das lose Dahingesagte in Frage stellen, sich rechtfertigen. Immer wieder rückt dann Eric ins Bild, obwohl sie es nicht will, schiebt sich sein breites Grinsen zwischen sie und Johannes. Mit Eric verloren die Dinge nie an Leichtigkeit, auch im Streit hatten sie noch lachen müssen, selten zwar, aber doch, selbst zum Ende hin, als längst feststand, dass sie sich trennen würden.

Eric war wie ein erster, naiver und unbekümmerter Entwurf gewesen, an dem sich fortan alles messen musste. Jedes weitere, neue Treffen, selbst mit einer noch unbekannten Person, trug bereits das Wissen um ein mögliches Scheitern in sich.

Der Gips ist ausgehärtet, Oskar klopft mit dem Zeigefinger dagegen, ein dumpfes Geräusch, als wäre sein Arm hohl. Die weiße Oberfläche ist ein wenig uneben, an einigen Stellen sieht man Druckstellen von Erics Fingern. *Nicht ganz professionell,* findet Oskar. Aber von weitem wird es der Lehrerin vielleicht nicht auffallen.

Mittwoch werde ich das perfektionieren. Eric sieht sich herausgefordert durch Oskars skeptischen Blick, angestachelt, die vollkommene Illusion eines Gipses herzustellen. Wie eine Skulptur kommt ihm Oskars Arm nun vor. Wenn sie ihm gelingt, kann der Sohn in Freiheit bauen.

Ich liebe Täuschungen! Eric wäscht sich die Hände und schaut dabei begeistert zu Oskar.

Die Leute werden tatsächlich glauben, du warst beim Arzt. So leicht kann man sie verwirren.

- Du hast doch gesagt, ich brauch erst ein Konzept.

Ja, aber nun gefällt mir der Gedanke, deine Schule hinters Licht zu führen. Viel lernst du da ohnehin nicht, oder?

- Mathe ist ganz okay.

Ja, gut, aber sonst? Was du alles in der Zeit anstellen könntest, in der sie dich da festhalten! Am besten baue ich dir einen Dauergips.

- Es geht nur um die Kisten, Papa. Wenn ich damit fertig bin, gehe ich wieder hin.

Doch Eric winkt nur ab, denkt an all die Momente, in denen er versuchte, es mit Institutionen aufzunehmen, sie zu täuschen, um ihre strengen Regelwerke zu umgehen.

Für Mona hab ich mir auch mal einen Trick ausgedacht.

- Damit sie nicht zur Schule muss?

In dem Alter kannte ich sie doch noch gar nicht. Nein, später, für ihr Diplom. Sie hat heimlich Wörter aus Büchern geschnitten, und ich habe vorne am Tresen gestanden und die Bibliothekare abgelenkt. Seltsame Fragen habe ich ihnen gestellt, nach Büchern, die keiner kennt, nur damit Mona unbemerkt an die Regale kam. Wir hatten sogar ein Codewort, wenn Gefahr drohte.

Oskar ist abgelenkt, die Geschichte kommt ihm weit entfernt vor, aus einer Zeit, in der es ihn noch nicht gab und die Eltern noch zusammen waren. Manchmal macht es ihn traurig, daran zu denken, dass die Eltern sich gerade dann trennten, als er auf die Welt kam. Was für ein blöder Zeitpunkt.

- Der Gips drückt irgendwie.

Was?

- Ich glaube, du hast ihn zu fest gemacht.

Zeig mal. Tatsächlich, war dein kleiner Finger eben schon blau?

- Nein.

Mist, dann muss ich den Gips aufschneiden.

- Tut das weh?

Keine Ahnung, ich glaub, nicht, wenn du stillhältst.

Eric holt ein Cuttermesser. Oskar schluckt und hält still. Irgendwie glorreicher hatte er sich den Gipsbau gedacht. Ein riesiges Theaterstück, so hat er sich das vorgestellt. Der Gips wie eine Verkleidung. Aber wenn der Arm jetzt tatsächlich abgeschnürt wird, ist niemandem geholfen. Oskar will heil aus der Sache herausgehen. Damit er bauen kann. Nun ist das Ziehen im Finger echt, und der Gips bröselt.

KLINGEL

Vor Oskar liegt der Gips in zwei Hälften auf dem Tisch, wie die Schale einer ausgetrockneten Frucht. Er ballt die Hand zur Faust und streckt die Finger, immer wieder im Wechsel, um Blut hineinzupumpen. Damit das Blau verschwindet und der kleine Finger sich endlich wieder warm anfühlt. Eric wischt mit einem feuchten Lappen über den Tisch. Verstreut über die gesamte Fläche liegen feine weiße Brösel wie körnige Schneeflocken. Eric lässt sie wortlos in seiner hohlen Hand verschwinden. Erstaunlich still ist der Vater heute, findet Oskar. Wie um ihn aufzumuntern, sagt er:

Mach dir keine Sorgen, wenn das mit dem Gips nichts wird, mache ich eben Nachtschichten.

- Du kannst nachts nicht einfach mit deiner Säge hantieren, das ist viel zu laut!

Aber ich muss vorankommen.

- Wir werden deinen Gips schon hinbekommen. Dass er beim Eintrocknen schrumpft, muss man bedenken, dann klappt es schon.

Gut, ich bräuchte ihn an drei Tagen im Monat, mindestens!

Valerie steht plötzlich vor Erics Haustür. Weil ihr danach war. Der Lack auf der schweren Holztür ist ein wenig abgesprungen. Valerie erinnert sich an die schadhaften Stellen. Es sind keine neuen hinzugekommen. Der Halbkreis unter dem Schloss, durch unzähliges Aufschließen ins Holz eingraviert. Und tiefer, auf Fußhöhe leichte Einbuchtungen, Spuren von Schuhspitzen.

Valerie steht vor der Klingel und drückt nicht. Sie wartet ein wenig. Dass ein Nachbar sie hineinlässt vielleicht. Oder dass Eric hinauskommt, wie durch Zufall. Sie hat keine Lust gehabt, ihm eine Nachricht zu schreiben, sich anzukündigen.

Unabgesprochen gelingt meist alles besser. Es bleibt keine Zeit, sich Gedanken zu machen. Sich vorzubereiten auf ein mögliches Scheitern im Ganzen oder eines kleinen, nur nebensächlich wirkenden Details, das im weiteren Verlauf die Stimmung zum Kippen bringt. Falls mittlerweile noch von Stimmung die Rede sein kann, denkt Valerie, bei dem Eisigen, das zwischen ihnen steckt.

Zur Verabredung in den Park ist sie nicht gekommen, weil sie keinen Sinn darin sieht, immer wieder Worte zu bemühen, um sich zu vertragen. Die Worte lösen die Situation nicht, machen aus einer Schiefebene keine Gerade. Irgendwie muss es weitergehen, das Alte, Fehlerhafte überschrieben werden. Am besten mit Taten, denkt Valerie, und dass sie deshalb hier steht. Unangekündigt und nass vom Regen, weil sie sich mit ihrem Elan selbst so überrascht hat, dass keine Zeit blieb, einen Schirm einzustecken. Hastig war sie vom Schreibtisch aufgestanden, hatte sich die Jacke übergezogen, der Entschluss war gefasst, schon stand sie auf der Straße, wenige Minuten später vor Erics Haus und klingelt noch immer nicht, obwohl es die logische Konsequenz wäre. Die logische Konsequenz eines überstürzten Aufbruchs, der jetzt, in genau diesem Moment, seiner Vollendung harrt. Sonst verebbt der Schwung, beginnt das Hirn einzugreifen, wodurch es augenblicklich zu spät wäre. Tätigt das Hirn auch nur einen Gedanken, setzt unmittelbar die Lähmung ein. Was dann folgt, muss vermieden werden. Ein Rückzug stünde an, hochgezogene Schultern und dazwischen ein gesenkter Blick, *wieder nichts gewagt*. Dass es gar nicht erst so weit kommen darf, denkt Valerie, und weil das schon ein Gedanke ist, die Gedanken somit anfangen, bedrohlich an Land zu gewinnen, tut Valerie, was sie tun muss: Sie klingelt.

Mona zählt Oskars Kisten, wie um sich zu versichern, dass es noch nicht so schlimm um sie steht, alles noch im Rahmen ist. Aber dann kommt sie doch auf über sechzig Stück, von einem vorübergehenden Hobby kann nicht die Rede sein, sie muss es sich eingestehen, weiteres Holz türmt sich, und in Oskars Zimmer schwebt der Geruch von Klebstoff. Die Produktion ist noch längst nicht abgeschlossen. Einen Abstellraum bräuchte es, ein Außenlager. Oskar benötigt mehr Platz als andere Kinder, *er ist ein sperriger Junge*, so denkt Mona plötzlich und ist selbst ein wenig überrascht über den harschen Ton ihrer Gedanken. Etwas stört sie, schon seit Tagen, Monaten. Vor lauter Oskar kommt sie nicht mehr zu ihren eigenen Dingen. Oskar weitet sich aus und erinnert sie an Eric, die gleiche raumgreifende Maßlosigkeit. Von Oskar springt ihre Wut über zu Eric und zurück, wem gilt sie jetzt eigentlich? Mona hat ein ganzes Paket voller Wut, nur der Adressat bleibt unbekannt. Sicher ist auch ein wenig Valerie dabei, oft hat sie sie nicht gesehen, und wenn, dann nur von weitem. Das Wissen um sie genügt ihr. Valerie ist ein Windhauch hinter der Gardine, ein schattenhafter Umriss. Immer verschwindet sie, sobald man nach ihr greifen will, löst sich auf. Oskar erzählt manchmal von ihr, Mona hört dann weg. Valerie läuft nebenher wie ein Sender im Radio, den man versehentlich anstellt. Ein paar Takte nur, dann bemerkt man es und schaltet gedankenverloren ab. Doch das Lied, die wenigen Töne, aus denen es zusammengesetzt ist, haben ihren Weg ins Ohr gefunden. Stunden später noch sirrt es dort, bis man sich selbst dabei ertappt, die unliebsame Melodie vor sich hin zu pfeifen.

Jetzt ist grad schlecht, sagt Eric und meint es nicht so und irgendwie auch doch. Nur so drastisch wollte er es nicht ausdrücken, damit Valerie nicht dastehen muss, wie sie jetzt eben doch dasteht, in einer Mischung aus Angespanntheit und Wut, die Arme vor dem Brustkorb verschränkt.

Ich bin extra zu dir gekommen.

- Ich weiß. Es ist ja auch nicht gegen dich, nur ... Oskar ist grad da.

Oskar ist irgendwie immer grad da.

- Aber doch nicht so wie heute.

Wir machen mir grad einen Gips!

- Oskar, lass uns mal kurz reden.

Dann komme ich eben später wieder.

- Na, jetzt, wo du schon da bist ...

Eric, ich möchte nicht immer eingeschoben werden.

Valerie geht die Stufen wieder hinunter. Sehr viel Zeit lässt sie sich zwischen ihren Schritten. Eric könnte noch etwas sagen, sie zurückrufen. Doch es erscheint nur Oskars Kopf über dem Geländer:

Nächste Woche können wir ins Kino, wenn du willst. Heute können wir nicht, aber es ist nur, weil der Gips ... wirklich!

Die Haustür fällt ins Schloss. Valerie steht wieder draußen. Es hat aufgehört zu regnen. In der Nähe gibt es einen Park, etliche Jogger laufen um diese Tageszeit ihre Runden, kurz vor der Dämmerung. Valerie mag das Geräusch knisternder Trainingsjacken. Vielleicht setzt sie sich auf eine Bank und lässt die Jogger an sich vorbeiziehen, bis es dunkel wird.

Mona öffnet die Wohnungstür. Oskar steht im Flur.

Hast du keinen Schlüssel?

- Doch.

Wieso klingelst du dann?

- Papa wollte mit dir reden.

Eric kommt hinter der Tür zum Vorschein. Den Kopf hält

er schief. Mona hat das Gefühl, sie müsse etwas geraderücken.

Oskar, geh mal kurz in dein Zimmer!

- Hatte ich vor.

Oskar verschwindet, und sie stehen sich gegenüber, wie lange nicht mehr. Zwischen ihnen nur die Türschwelle, ein wenig erhöht und aus altem Holz. *Komm doch rein!* Eric folgt Mona in die Küche. *Einen Kaffee?*, fragt er, und sie muss grinsen. Eric weiß, wo das Kaffeepulver steht. Er streckt den Arm wie gewohnt in den Schrank, während er Mona weiter ansieht, mit verrenkter Schulter spricht: *Ich brauche deinen Rat wegen Oskar. Diese Gipsgeschichte, was hältst du eigentlich davon?*

Mona setzt sich auf einen Stuhl. Lang hat sie Erics Gesicht nicht mehr so betrachtet, ein paar Falten sind darin, die sie noch nicht kennt.

Früher hatte sie Oskar noch begleitet, jetzt ist er groß genug, geht allein zu Eric und zurück.

Es war Mona immer etwas unangenehm gewesen, bei Eric aufzukreuzen. Sie fürchtete, Valerie dort anzutreffen. Gleichzeitig hatte sie genau wissen wollen, ob Valerie gerade bei Eric war, hoffte insgeheim, ihr im Treppenhaus zu begegnen oder ein Geräusch aus der Wohnung zu vernehmen, das eindeutig auf ihre Anwesenheit schließen ließ. Wie um zu bestätigen, was sie längst wusste. Valerie hat jetzt hier ihren Platz.

Also, wie denkst du darüber? Soll ich ihm einen Gips anlegen?

Eric schraubt die Espressokanne zu und fragt sich, was Mona jeden Morgen mit der überflüssigen Menge Kaffee macht. Die Kanne ist für mindestens zwei Personen gedacht, eigentlich für vier. So viel Kaffee kann Mona niemals allein trinken.

Das Ganze ist ohnehin nicht ideal. Mona blickt nachdenklich. *Viel zu viel Zeit verbringt er mit diesen Kisten, trifft sich kaum mit anderen Kindern.*

- Was ist denn mit diesem Jungen vom Fußball?

Theo? Den mag er, aber verabreden will er sich trotzdem nicht mit ihm.

- Vielleicht sollten wir mehr mit ihm rausgehen. Ins Freibad im Sommer, Schlittschuh fahren im Winter. Er muss unter Leute!

Mona lacht. *Er hat mir erzählt, dass er sich im Sommer eine große Kiste bauen und damit in den Wald ziehen will.*

- Was? Bald dreht er durch. Wir lassen das besser mit dem Gips.

Vielleicht ist er einfach zu viel unterwegs.

- Wie meinst du das?

Mal bei mir, mal bei dir.

- Das macht er doch schon, seit er klein ist.

Das heißt ja nicht, dass es ihm gefällt.

- Hat er sich mal bei dir beschwert?

Sprichst du gar nicht mit ihm über solche Dinge?

- Über welche Dinge?

Wie es ihm dabei geht, zwischen uns hin- und hergeschoben zu werden.

- Er hat doch noch deinen Vater.

Etwas fehlt ihm, deshalb die Kisten.

- Hat er sich nun bei dir beschwert oder nicht?

Nein. Nur indirekt.

- Mona, wir sollten diese Kisten nicht zu ernst nehmen. Das vergeht auch wieder.

So wie alles in deinem Leben?

Ein wenig bitter ist Monas Unterton, sie erschrickt selbst. Immer wieder gerät sie in die Rolle der Anklägerin, schleudert Eric Sätze an den Kopf. Seine gespielte Leichtigkeit provoziert sie. Alles scheint mühelos, wenn man Eric glaubt. Manchmal wünscht sie, ein Stock würde ihm in die Speichen geraten. Nicht, damit er fällt oder sich verletzt, sondern damit er Kenntnis nimmt von den Hindernissen, ihrer Existenz, seinen Worten zum Trotz.

Valerie zählt die vorbeilaufenden Jogger, sieht in verschwitzte Gesichter. Sie denkt an ihr neues Video, an die Sequenzen, die noch zu schneiden sind. Ohnehin besser, dass Eric keine Zeit hat. Bis Ende der Woche muss sie fertig werden. Sie möchte vorankommen, im Allgemeinen. Nicht mehr abends im Theater stehen und Karten abreißen, um zu Monatsende noch genug Geld auf dem Konto zu haben. Valerie möchte von ihrer Kunst leben, auf irgendeinen Zettel hat sie das notiert, weil man sich dann besser daran hält. Weil dann die Buchstaben immer wieder vor ihr auftauchen, auch wenn sie den Zettel selbst nicht mehr wiederfindet. Ins Auge hat sich der Schriftzug eingebrannt, sie braucht nur die Lider zu schließen.

SCHNEE

Theo lässt die Finger über die Tasten gleiten. Immer wieder hakt der linke Ringfinger, kommt nicht schnell genug nach. Das Stück, das Oskar ihm genannt hat, ist kein wirklich schweres. Er hat die Noten zu Hause liegen gehabt, Frau Lem hat zu Beginn des Jahres den Eltern eine Liste geschickt. Das Stück stand drauf. Theo wundert sich, woher Frau Lems Mann – oder besser derjenige, der ihr Mann gewesen war – das wusste.

Er schweift ab, das Stück hat eine Sogwirkung. Es beginnt langsam, fast beiläufig, einige aufsteigende Töne, ehe die eigentliche Melodie einsetzt. Theo muss an einen Schneesturm denken, der dichter wird, als würden die Flocken um einen Punkt kreisen, immer schneller werden und schließlich durch die Beschleunigung aus der Bahn geworfen. Das Stück scheint sich selbst zu überholen. Ein Stolpern, ein nachgezogenes Bein. Theo denkt kurz an eine Wendeltreppe, etwas, das sich hinaufschraubt und gleichzeitig enger wird.

Übermorgen wird er es unangekündigt vorspielen, dabei leicht zu Frau Lem schielen, ob ihr Gesicht etwas verrät.

Johannes sitzt in seiner Wohnung. Alle mobilen Endgeräte liegen um ihn versammelt. Er mag das Wort nicht besonders. Als würde die Kommunikation dort, wie in einer Sackgasse, enden. Und wirklich: Die Geräte schweigen. Vielleicht, weil heute Sonntag ist. Nur der Newsticker schickt Meldungen. Johannes beachtet sie nicht einmal. Er blickt nach draußen, vor dem Himmel treiben etliche Schneeflocken. Erstaunlich spät dieses Jahr und so hektisch, als gelänge es ihnen nicht, zu Boden zu fallen, als hielte sie irgendein Gebläse davon ab, wirble sie wieder nach oben.

Dass Mona seine Fragen nicht beantwortet, stört ihn weniger als die Tatsache, keine Zeit mit ihr verbringen zu können. Johannes schweigt gern, ganze Tage kann er das tun. Wenn er von der Arbeit nach Hause kommt, genießt er die Stille, lauscht nach Geräuschen, die er anderenorts nicht hört, weil sie überlagert werden. In der Redaktion läuft das Radio dauerhaft.

Doch dieses Lauschen geht nur eine Weile lang allein gut, dann braucht es einen anderen Menschen, eine vertraute Schulter, Haut, über die er mit den Fingern fahren kann, behutsam und geräuschlos. Eine Person, die die Stille mit ihm teilt, sie durch ihre bloße Anwesenheit verstärkt. Als lägen sie zu zweit in einem Vakuum, nahezu bewegungslos. Aber Mona ist nicht da. Was er unter der Handfläche spürt, ist der raue Stoffbezug des Sofas.

Frau Lem scheint nichts zu bemerken. Theo hat die Noten schnell aus seiner Tasche geholt, als sie ins Bad ging, um ein Taschentuch zu holen. Sie ist erkältet, doch nicht weniger streng als sonst. Er spielt die ersten Töne, Frau Lem kommt zurück, sie muss es bereits im Flur gehört haben:

Dieses Stück habe ich dir aber nicht aufgegeben.

- Gefällt es Ihnen nicht?

Doch, ich wundere mich nur, dass du es allein ausgesucht hast.

- Erinnert es Sie nicht an etwas?

Jedes Stück erinnert mich an etwas, sonst könnte ich nicht spielen.

Theo zweifelt, hat Oskar ihm den falschen Titel genannt? Wieso löst das Stück nichts in Frau Lem aus? Sie sitzt aufrecht wie immer neben ihm, während er spielt, nervös wird, aus dem Takt gerät.

Das machen wir besser nächste Woche, ich sage dir, worauf es beim Üben ankommt.

- Sehen Sie nichts, wenn ich das spiele?

Ich sehe nur, dass du noch viel üben musst. Frau Lem lacht.

- Ja, aber. Wenn Sie die Augen schließen, sehen Sie da nicht …?

Junge, ich weiß nicht, worauf du hinauswillst. Natürlich kenne ich dieses Stück. Und wenn du mich schon fragst, sehe ich dabei den Busbahnhof meines Heimatortes. Ich musste zum Klavierunterricht immer in die nächstgrößere Stadt fahren. Dienstags und freitags. Ich sehe Schnee, der schmilzt, und Stiefel, die nicht dicht sind. Mein großer Zeh fror regelmäßig ein.

- Aber das gilt doch für jedes Stück aus Ihrer Kindheit.

Nicht ganz. Bei diesem sind mir einmal die Noten in den Schnee gefallen. Ich hatte vergessen, sie einzupacken, rannte zurück nach Hause, steckte die losen Blätter nur eilig in die Manteltasche, rannte wieder zum Bus, erwischte ihn grad so, ließ mich auf den Sitz fallen, hörte das Kunstleder knatschen, wollte nach den Noten greifen. Sie waren nicht mehr da, müssen herausgefallen sein, ohne dass es mir aufgefallen war. Die ganze Fahrt über zerbrach ich mir den Kopf, was zu tun sei.

- Haben Sie Ärger von Ihrer Lehrerin bekommen?

Theo stellt sich Frau Lem als junges Mädchen vor. Rote Wangen und Sommersprossen. Ob sie damals schon so seltsame Tierhausschuhe getragen hat?

Ärger nicht. Aber ich musste das Stück auswendig spielen.

- Ganz ohne Noten?

Ja. Aber es ging gut. Ich habe alle Töne erinnert. Erstaunlich, oder? Meine Finger haben sich wie von selbst bewegt. Ich durfte nur nicht nachdenken, musste meinen Fingern vertrauen. Sie wussten, was als Nächstes kam. Es gibt also Dinge, dachte ich damals, die man kann, obwohl man nichts davon weiß. Und wenn das so ist, dachte ich damals weiter, was kann ich dann noch alles, ohne davon zu wissen?

Theo muss schmunzeln, Oskar fällt ihm ein.

Ich habe einen Freund, der baut nur Kisten, den ganzen Tag lang. Er sagt, er kann nichts anderes. Vielleicht stimmt das gar nicht.

- Er wird es dir nicht sagen können. Was wir können, wissen immer nur die anderen.

TULPE

Johannes wartet bereits vor dem Museum, lächelt schief, wie jemand, der zu lang in der Kälte war. Mona nähert sich langsam. Als sie vor ihm steht, wirkt sein Gesicht knochig, als sei es über Nacht dünner geworden. Mona schiebt es auf das schräg einfallende Licht. *Gehen wir rein?* Er folgt ihr langsam, sie meint, Unruhe zu spüren. Beim Bezahlen fallen ihm zwei Münzen aus der Hand. Sie rollen über den glatten Boden des Foyers. Er bückt sich danach, verstohlen schaut er dabei zu ihr, als wäre es ihm unangenehm. Mona sieht schnell weg, tut, als würde sie im Faltblatt lesen. Johannes' Mantel streift ihren Arm. Es ist nicht unangenehm, aber doch etwas nah.

Die Bilder hängen in kräftigen Tönen von den Ausstellungswänden. Etwas Heiteres geht von ihnen aus, das auf Mona überspringt. Sie eilt durch die Räume, will sehen, wie weit sich die Arbeiten erstrecken. Johannes folgt ihr in einigem Abstand, immer spürt sie ihn wie einen Schatten hinter sich. Ein Schatten, der sie in ihrem Drang, nach vorn zu preschen, alles zu entdecken, bremst. Mona kann sich kaum auf die Bilder konzentrieren, sie glaubt, ein Gespräch aufrechterhalten zu müssen, was sie gleichzeitig anstrengt.

Sie denkt an Eric, die Art, wie sie gemeinsam durch Ausstellungen schlenderten, jeder in seinem Tempo, und doch kreuzten sich ihre Wege immer wieder ungeplant. Dann sprachen sie kurz, tauschten aus, was ihnen aufgefallen war, und gingen nach kurzer Zeit, jeder für sich, weiter. Bevor sie aufbrachen, tranken sie noch ein Getränk im Museumscafé, es hatte sich als Gewohnheit eingeschlichen. Zwei kleine Biere; egal, um welche Uhrzeit, sie saßen vor ihren Gläsern und sprachen. Nie war ihr eine Frage zu viel gewesen, nie Erics Neugier zu groß. Sie konnte nicht einmal sagen, dass er dezenter gewesen wäre oder seine Fragen wohlüberlegter gestellt hätte als Johannes. Vielleicht war sie mittlerweile erschöpfter, wollte nicht alles von vorne erzählen. Es kam ihr vor, als sei ein Teil ihres Elans unwiederbringlich verschwunden, die Lust, etwas neu beginnen zu lassen.

Johannes ist auf die Toilette gegangen. Er blickt in den Spiegel, ein blasses Gesicht mit bläulichen Augenringen starrt zurück. Er hat noch nichts gegessen. Mit der flachen Hand klatscht er sich kaltes Wasser in sein Gesicht, die Haut färbt sich rötlich, immerhin sieht er jetzt lebendiger aus. Mona hat heute auch etwas Müdes an sich, findet er, trotz der Eile, mit der sie durch das Museum sprintet. Fast gehetzt wirkt sie. Ihre schwarze, enge Jeans ist ihm sofort aufgefallen, dazu die Lederjacke, so kennt er sie nur von älteren Fotos. Er hat sich nicht getraut, ihr ein Kompliment zu machen, wollte nicht aufdringlich wirken. In letzter Zeit entzieht Mona sich ein wenig, erst wollte er es nicht wahrhaben, doch jetzt spürt er es genau. Die Sache mit Eric ist noch nicht ausgestanden. Johannes beschließt, sich zurückzunehmen, er wird nichts weiter vorschlagen, wird nach Hause gehen und seine Enttäuschung hinter seinem dicken Schal verbergen.

Vor dem Museum stehen sie in der Kälte, Mona sagt, wie sehr ihr die Bilder gefallen haben, und blickt dabei durch ihn hindurch, jedenfalls kommt es Johannes so vor. Sie spricht schneller als sonst, die Konsonanten knacken wie Eiswürfel zwischen ihren Zähnen.

Heute mach ich nicht mehr viel, vielleicht nehme ich später ein Bad.

Er nickt und fühlt sich ausgeschlossen, wird nicht teilhaben können an ihrem Wochenende. Sicherlich kommt auch Oskar bald nach Hause, alles ist im Voraus ausgemacht, und für ihn bleibt dabei kaum Platz. Wie in jeder Familie gibt es Abläufe, die in mühsamer Kleinarbeit über Jahre hinweg abgestimmt und niemals angezweifelt wurden. Ein Territorium, zu dem ihm der Zutritt verwehrt wird. Die Badewanne ist dabei nur einer der Nebenschauplätze. Immer wieder gibt es Schranken, unsichtbare Hindernisse, die Johannes zurückhalten. Er ist nicht Teil des Geflechts, ist nur lose mit Mona verbunden.

Vor lauter Begeisterung über die Bilder hat Mona vergessen, ihren Mantel zuzuknöpfen. Sie spricht in die Kälte hinein, es dampft aus ihren Lippen heraus, die sich allmählich bläulich färben. Johannes starrt auf die Knöpfe, sie haben kleine, hellere Einsprengsel. Plötzlich greift Mona nach seinem Arm, sie scheint etwas gesagt zu haben, das nach Abschied klingt. Jetzt nähert sie sich, sieht ihm die Verwunderung an, küsst ihn dennoch schnell auf den Hals. Er weicht zurück, obwohl er es nicht will.

Mona geht die Straßen entlang. Sie fühlt sich erleichtert. Vor den anderen wird sie zu Hause sein und noch ein wenig Zeit haben, Dinge zu tun, zu denen sie sonst nie kommt. Der Kuss ist ihr rausgerutscht, Johannes hatte unerwartet etwas sehr Hübsches an sich, wie er so in der Kälte stand, mit abwesendem Blick. Vielleicht war es auch, weil er nicht sprach, sie nicht mit Fragen gelöchert hat. Selbst die Badewanne ließ er unkommentiert stehen und mit ihr die Tatsache, dass sie den Abend nicht zusammen verbringen würden. Mona hatte einen Einwand erwartet, eine verstimmte Miene, doch beides blieb aus. Zum ersten Mal gewährt Johannes ihr einen Freiraum, fordert nichts.

Auf dem Heimweg kauft Mona einen riesigen Berg Tulpen.

Gegen den Winter. Gegen das Grau hinter der Fensterscheibe und übelgelaunte Morgengesichter in der U-Bahn. Sie hält die Blumen wie einen Schild vor die Brust. Die Blicke der Passanten, grimmig wie der Tag, prallen daran ab, verfangen sich im braunen Umschlagpapier.

Mona muss an den sonnigen Tag im August denken, als ihr die Idee zu ihrem Diplom kam. Sie war in die dunkle Bibliothek gegangen, wollte etwas nachschlagen, doch ihre Augen, vom grellen Tageslicht kommend, brauchten einen Moment, bis sie sich an den schattigen Raum gewöhnt hatten. Sie hatte an all die Worte gedacht, die hier im Verborgen lauerten, nur dann ans Licht kamen, wenn jemand sie freilegte, die Seite aufschlug, auf der sie standen. Kurz überkam sie der Impuls, die Bücher hinauszutragen, sie in der Sonne aufzuschlagen, dann musste sie über sich selber lachen.

Abends hatte sie Eric davon erzählt, er nickte. Sie hörte es am Knistern der Bettwäsche. Eric ließ seine Rollos immer herunter, bis das Schlafzimmer gänzlich in Schwarz getaucht war. Er behauptete, sonst nicht schlafen zu können. In die Dunkelheit hinein sagte er:

Es muss ja nicht das ganze Buch sein, vielleicht reichen ein paar Wörter.

Die Idee hatte ihr gefallen. Sie hatte lange wach gelegen, bis ihr – Eric schlief längst – der Einfall gekommen war: Sie würde die Wörter herausschneiden.

Letztendlich war es nur ein Wort geworden, herausgeschnitten mit einem feinen Skalpell. Immer dasselbe Wort, aus allen Büchern, die sie finden konnte, ohne dass sie dabei jemand erwischte. Sie legte als Schutz ein Stück Pappe unter die Seite, die es zu schneiden galt, setzte eine klare Kante um das Wort und trennte es heraus. Es entstand ein winziges Fenster im Text, das den Blick auf die darunterliegende Seite freigab. Sonst blieb das Buch unversehrt, sie klappte es zu, stellte es zurück ins Regal und ging mit dem kleinen Wort in der Faust versteckt hinaus.

Es war nicht irgendein Wort. Sie hatte lange überlegt. Es war das Wort *Wald* geworden, weil dort alles begonnen hatte: die Gespräche mit Eric. Das Zeichenpapier. Der Tannengeruch. Der Bau der Kuppel. Alles hatte im Wald seinen Ausgangspunkt. Über ein halbes Jahr hinweg sammelte sie in allen Bibliotheken der Stadt die Wälder aus den Büchern. Selbst ein Exemplar in Sütterlin fand sie noch. Sie trug alle zusammen, montierte sie mit Pinnnadeln an einer großen, weißen Wand. Wie Schmetterlinge steckten sie dort in Reihen, zahlreiche Wälder. Einige Buchseiten waren schon vergilbt gewesen, man sah es im Vergleich.

Von weitem ergab sich eine unruhige Fläche in unterschiedlichsten Weißschattierungen, es wirkte wie ein gemaltes Bild. Nur wenn man näher trat, erkannte man die Schriftzüge. Mona hatte eine Liste ausgelegt, auf der die Fundorte verzeichnet waren. Es ließ sich zurückverfolgen, welcher Schnipsel aus welcher Bibliothek stammte. Der Begriff Fundort passte vielleicht nicht ganz. Der Vorwurf des Diebstahls kreiste bei der Diplombegehung kurz im Raum, er kam von einem Keramikprofessor, der zwar Teil der Jury war, doch von seinen Kollegen aufgrund seines überkommenen Kunstbegriffs häufiger belächelt wurde. Seine Kritik wurde daher nicht weiter beachtet, im Gegenteil, so hieß es, sei in dieser Handlung der Mut der jungen Künstlerin zu erkennen, der Wille, Konventionen zu durchbrechen.

SOLE

Georgi treibt auf dem Wasser, neben ihm Tsarelli. Sie haben sich für einen Gang ins Solebad verabredet. *Nicht immer nur Schach!* Georgi hat eingewilligt, musste erst seine Badehose finden: *All die Jahre in der Schublade. Schlimmer als ich.*

Tsarelli schwimmt, so gut es geht, zur anderen Seite des Pools. Ein wenig schwerfällig fühlt es sich an, trotz tragender Flüssigkeit. Um ihn herum liegen Körper auf der Wasseroberfläche, die Entspannung ist ihnen derart anzusehen, dass man nicht genau weiß, ob sie sich jemals wieder aus ihr lösen können. Schlaff treiben Arme und Beine. Die meisten Augen sind geschlossen oder starren apathisch auf einen Punkt an der Decke.

Hier treiben sie wie tot.

- Sie werden schon wieder rauskommen.

Ach, sollen sie nur im Wasser bleiben, schlafend sind sie mir lieber!

- Was hast du denn heute?

Ich weiß nicht. Irgendwie stören sie mich. Haben das ganze Leben vor sich und hängen hier bewegungslos rum.

- Tun wir doch auch!

Wir haben doch wohl etwas aus unserem Leben gemacht!

- Ich sehe nur eine Diskusscheibe und ein Schachbrett, mehr wird nicht übrig bleiben von uns.

Ja, aber der Weg dorthin, Georgi, der Weg!

- Was soll damit sein?

Wir haben die Abzweigungen gewählt! Nicht die Hauptwege, die Prachtparaden, nein! Tsarelli dreht sich auf den Bauch, kommt im Becken zu stehen, wirbelt das Wasser auf, so wild rudert er mit seinen Armen. Selbst ganz angetan von seiner improvisierten Rede.

Wir wissen, wie es ist, den Hintereingang zu nehmen. Wir kennen uns aus mit Schleichpfaden!

Georgi starrt an die Decke, das Fensterkreuz der Glaskuppel zeichnet sich über ihm ab. Schwarze Linien, denen er mit den Augen folgt. Hinter ihnen, fast farblos: der Himmel. Er taucht ab. Die Worte des Freundes werden unter Wasser zum Blubbern, das in seinen Ohren kitzelt. Georgi kommt wieder an die Oberfläche, holt tief Luft.

Vielleicht hast du recht. Der große Wurf kommt womöglich erst ganz zum Schluss.

- Der große Wurf, darum geht es doch gar nicht! Gradlinigkeit in den Umwegen, das ist, was uns auszeichnet! Wir folgen unserem ganz eigenen Kurs.

- Ist dir plötzlich nach Philosophie am Beckenrand, oder wie?

Georgi steigt kopfschüttelnd aus dem Wasser, steuert auf eine der weißen Plastikliegen zu. Tsarelli folgt ihm, ruft so laut, dass es an den Kacheln abprallt, das ganze Bad ausfüllt:

Mit meinen Muskeln werde ich zwar keinen Weltrekord mehr aufstellen, aber was das Leben angeht, weiß ich weitaus mehr als so mancher hier! Ich kenne die Rückseite der Medaille.

LAMPE

Eric ist seit langem unzufrieden mit dem Lampengeschäft. Er sieht keinen Sinn darin, Objekte zu entwerfen, die andere sich über den Esstisch hängen. Womöglich verzieht sich das Holz fern seiner Einflussnahme, nimmt Essensgerüche auf.

Eric sieht Kochtöpfe unter seiner Lampe dampfen, darin stillose Eintöpfe mit dicken Wurstscheiben, die im Lichtkegel vor sich hin wabern und in einem letzten Aufbegehren Blasen werfen, bevor sie gänzlich auskühlen. Dazu Menschen, ermüdet, genervt, unfähig, Worte aneinanderzureihen, aber mit Sinn für Design, wollte man dem Preis glauben, den sie bezahlt hatten, für dieses Gerippe aus Holz, das sie kaum noch wahrnehmen, einmal schön gefunden hatten, als noch Zeit blieb, durch die Stadt zu streifen. An einem Sonntag, durch die Schaufensterscheibe erspäht, *gleich Montag gehe ich hin, gleich Montag frage ich nach dem Preis.* Als man montags noch hingehen konnte, wohin man wollte, als die Termine nicht so dicht gedrängt waren, als es noch keinen Kalender gab, sie einzutragen, so spärlich waren sie gesät.

Die Erinnerung daran bringt ein müdes Lächeln hervor, dann zurück zum Linseneintopf, zum Ablauf, Zähneputzen, ab ins Bett! *Und die Geschichte?* Ja, die Geschichte. Da war was. *Na gut, aber nur drei Seiten, ich muss noch …* Plötzlich wieder den Laden vor Augen. Ihren gelben Schal, ihr freudiges Gesicht dahinter, oder seines, was spielt das für eine Rolle, unendlich weit weg, dieser Sonntag und die Lampe aus dünnen Spalten. Vielleicht die erste gemeinsame Anschaffung überhaupt. Etwas Eigenes, nicht die Möbel der Eltern, Tanten, ausrangierte Jugendzimmer, vom Dachboden hervorgekramt, *so eine Kommode findest du heute gar nicht mehr, massives Holz, sag ich dir!*

Das erste Eigene, zusammengespart, wirkte in der ersten kleinen Wohnung seltsam überdimensioniert. Aber dann war ja alles anders gekommen, *zum Glück!*

Ein Glück, das Eric nicht teilen kann, nicht teilen will. Eric bekommt Angst in großen Wohnungen, die man ein Leben lang behalten soll, sich darin einrichten, ihn überkommt ein Schauer, wie soll das gehen, wie soll man dann noch verreisen, abwesend sein? Diese Wohnungen fordern, dass man in ihnen bleibt, sich ständig an ihnen erfreut, sie pflegt, sie unterhält, Gegenstände harmonisch in sie einfügt, Gäste einlädt, die die Symmetrie bestaunen kommen. Selbst in Abwesenheit spricht ein Raum von seinen Besitzern, zeugt von ihrem Geschmack, dem, was sie umtreibt, ein Buch, wie beiläufig abgelegt, aber eben doch im 45-Grad-Winkel zur Tischkante.

Das ist doch inszeniert, hatte Eric zu Mona gesagt, *lass uns das nie so machen!*

- Wer macht das denn so?

Viele! Du glaubst gar nicht, in was für Wohnungen ich war. Alles super, aber dann keine Leiter, um das Ding zu installieren. Wie kann man ohne Leiter leben? Wahnsinn! Aber die ganze Wand voller Bücher, farblich geordnet. Da wird nicht viel bewegt, das sage ich dir. Für die sind das Farbfelder. Die gehen über den Flohmarkt und brauchen noch einen halben Meter grün, Titel sind da egal.

- Eric, reg dich nicht so auf, du kannst es ja anders machen.

Ja, mach ich auch, zwei Leitern und ein Tritt, das ist das wahre Design! Aber etwas in ihm sagte, dass Mona recht hatte.

Woher diese Aufregung, wiederkehrend seit Jahren? Ist das eigentliche Problem nicht ein anderes? Es sind nicht die Wohnungen, die Menschen darin, die ihn stören, es ist vielmehr die Tatsache, seine Lampe über ihnen zu wissen. Eine Ungerechtigkeit, die er nicht genau benennen kann, die Unruhe in ihm auslöst, ein Gefühl der Machtlosigkeit, das über mehrere Tage ansteigt, ihn fahrig und ungenau werden lässt, um sich schließlich in einem aufgekratzten Redeschwall zu entladen.

Nachdem Eric die Hochschule beendet hatte, wusste er lange Zeit nicht weiter. Er hatte ein kleines Kind und Mona, die dahinter stand wie ein Vorwurf ohne Worte. Er hatte Valerie und hatte Valerie nicht, denn Valerie hatte jetzt vor allem ihre Videos und das Schnittstudio. Alles wackelt, dachte Eric. Seine abstrakten Konstruktionen waren ausgereizt. Alles, was er subversiv wollte, was er als Aneignung des Raumes dachte, wurde jetzt vom Markt eingenommen, als Design verkauft. Als er gefragt wurde, ob er die Kuppel als Lampenschirm nachbauen könne, *etwas kleiner also und mit Licht darin, die Latten vielleicht anthrazit lackiert,* stand er kurz davor, alles hinzuschmeißen. Dann dachte er ans Geld. Dass man es womöglich braucht.

Eric findet den Einstieg nicht mehr. Steht hilflos vor der eigenen Arbeit. Er hat es mit Zeichnungen probiert, schwarz und viel Tinte. Das Papier wellt sich. *Zu dünn,* sagt Valerie und: *Sind das Raben?* Aber Eric will es nicht hören. Valerie, die vorankommt, deren Videos immer ausgefeilter werden, nervt ihn. Valeries Arbeit gewinnt an Tiefe, Erics Arbeit dünnt aus.

Sie haben sich bei Eric getroffen. Endlich, findet Valerie. Seit dem Gipsbau ist einige Zeit vergangen. Kaum Nachrichten, und plötzlich zeichnet Eric wieder. Jahrelang hat er das nicht getan. Sie steht ein wenig verwundert vor seinen Blättern. Eigentlich ist Mona die Zeichnerin.

Das rote Lämpchen der Kamera leuchtet. Aufnahmemodus. Eric bemerkt es erst nach einiger Zeit.

Schalt das Ding aus! Eine etwas harsche Bewegung seinerseits.

- Spinnst du? Du hast sie mir fast aus der Hand geschlagen.

Und du? Filmst hier einfach meine Wohnung, ohne mich zu fragen.

- Eric, es fehlen nur noch ein paar Aufnahmen … ich muss doch das Video fertig kriegen.

Wir treffen uns, und dir fällt nichts Besseres ein, als zu filmen?

- Keine Sorge, man wird nichts erkennen. Ich gehe so nah dran, dass sich alles auflöst.

Manchmal frage ich mich echt, ob es dir überhaupt um die Menschen geht?

- Was? Worum denn dann?

Ich weiß es nicht, ist nur so ein Gefühl. Du bist dir wahrscheinlich selbst am wichtigsten.

- Ach und du? Du kreist doch auch nur um dich selbst! Um dich und deine bekloppte Kleinfamilie, die längst auseinanderfällt.

Eric blickt nur zur Decke und schweigt. Der Satz sitzt, ein gezielter Schlag. Sein Schweigen reizt Valerie umso mehr, sie läuft im Zimmer auf und ab, gerät in Fahrt:

Nicht mal spontan treffen können wir uns, weil du immer alles absprechen musst! Erst kommen immer Oskar und Mona dran. Ich werde nur eingeschoben, wenn dir Zeit bleibt. Ich habe keine Lust, ewig auf dich zu warten, Eric, wirklich nicht!

Valerie rennt die Stufen hinab, denkt ein wenig traurig, dass sie Oskar eigentlich mag, ihn gern dabeihat, wenn sie sich mit Eric trifft. Sie mag die seltenen Sätze, die aus seinem Mund kommen. Einige hatte sie notiert und in ihren Videos verwendet. Dort sprach sie eine Männerstimme, weil sie so wirkten, als kämen sie aus dem Kopf eines Erwachsenen.

Eric blickt auf die Straße, sieht Valerie verschwinden. Ein so kurzes Treffen. Er kehrt zurück zu seinen Zeichnungen, Valerie hat recht. Etwas stimmt nicht mit ihnen. Er knüllt sie zusammen, schmeißt sie in den Müllkorb, muss wieder an seine Lampen denken. Daran, dass er sie sich im Geschäft nicht leisten könnte. Der Gedanke gefällt ihm in seiner Absurdität.

TOMATE

Johannes kommt zum Frühstück. So ist es abgemacht. Mit sechs Brötchen in der Tüte.

Abgezählt, denkt Oskar. Umständlich legt Johannes sie in den Brotkorb. Oskar denkt, dass Eric sie einfach aus der Tüte purzeln lässt, dass manchmal eines danebenfällt oder zu Boden geht. Dass sie lachen müssen. Johannes lacht nicht. Er macht Kaffee. Mona steht am Fenster, tut, als würde sie Tomaten schneiden. Sie essen nie Tomaten zum Frühstück, nur wenn Johannes kommt. *Tomatenfresser … soso,* hatte Eric gesagt und sich im nächsten Moment gefragt, ob er damit zu weit ging. Johannes war ihm nur aus Beschreibungen bekannt, überliefert durch Oskar. In seinem Kopf zeichnete sich das Bild eines vierzigjährigen Mannes, hager und nervös, ständig bereit, etwas zu notieren. Hätte er Johannes getroffen, wäre ihm sofort der Ring an dessen rechter Hand aufgefallen, ein stilisierter Totenkopf. Stößt Johannes damit gegen einen Gegenstand, klirrt es leise. Das Klirren mischt sich unter seine Sätze, teilt sie in kleine Blöcke.

Oskar muss lachen, in die Stille hinein. Und plötzlich lacht auch Mona, steht weiterhin am Fenster und lacht. Und weil Johannes nicht weiß, warum sie lachen, weil sich etwas überträgt, ohne ihn zu erreichen, setzt er sich. Er fährt mit dem Finger über das Display, um nachzusehen, was es in der Welt Neues gibt. Mona schaut über seine Schulter, sie ist näher gekommen, ohne dass er es bemerkt hat. Beide starren auf den Bildschirm und lesen. Das Weltgeschehen zieht unter Johannes' Finger weiter. Oskar fragt sich, wann diese ganzen Dinge geschehen. Ob sie auch da wären, wenn keiner sie notierte. Jeden Tag ist das Display aufs Neue voll davon. Er beißt in sein Käsebrötchen, die Erwachsenen beachten ihn nicht mehr. Er beißt in die Stille hinein. Beim fünften Bissen kocht der Kaffee über, Johannes springt auf, der Totenkopf klirrt, Mona liest weiter. Johannes stellt den Kaffee auf den Tisch und fragt sich, ob Mona einfach keine weiteren Menschen um sich braucht, höchstens ihren Sohn. Heute hat sie genau neun Worte an ihn gerichtet, er hat mitgezählt.

Johannes steht vor Monas Zeichnungen und weiß nicht genau, was er dazu sagen soll. Vor zwei Wochen hielt er eine falsch herum in der Hand, Oskar hat ihn angestupst, kurz darauf riss Mona sie ihm aus der Hand. Dann schwiegen sie den halben Nachmittag.

Es schwingt immer ein Unverständnis mit, wenn er Mona besucht, und immer ist er bemüht, dieses aufzulösen, nachzufragen. Es interessiert ihn, was sie macht, auch wenn er es nicht versteht. Er starrt auf Pinselstriche, die Flächen ergeben. Die Flächen ergeben Gebäude, die Gebäude Städte usw. Da ist ein System, das spürt er schon, das muss Mona ihm nicht sagen, aber was fängt man damit an? Johannes weiß es nicht genau, er streift sich durchs Haar. An den Schläfen wird es grau, denkt Mona, ein unregelmäßiges Grau.

Es klingt wie ein Vorwurf. Johannes lehnt am Kühlschrank, aus dem er eben noch etwas nehmen wollte, auf den Tisch stellen. Aber jetzt ist da nur diese Frage, die keine wirkliche ist, ihn dennoch beschäftigt, fast flüstert er: *Ich kenne deine Geschichte gar nicht.* Er lässt die Kühlschranktür zufallen, hat nichts in den Händen, mustert Mona, die schräg an ihm vorbeischaut. *Deine Geschichte.* Sie muss schmunzeln. Als gäbe es nur eine, allgemeingültige. Ihr Vater würde sie sicher ganz anders beginnen als sie selbst. Und Oskar? Einzelteile, aus unterschiedlichen Ecken zusammengetragen und auf vielerlei mögliche Weisen zusammensetzbar. Selbst sie könnte sich nicht auf eine Sicht festlegen, müsste springen. Vom Tag hängt es ab, was ihr in den Sinn kommt. Am nächsten könnte sie es schon vergessen haben. Etwas stört sie an der Frage. Wieder kommt es ihr so vor, als richte Johannes eine Lupe auf sie. Als müsse sie stillhalten, damit er sie inspizieren könne. Wieso sieht Johannes nicht, worauf es ankommt, erschließt es sich einfach, indem er beobachtet? Die Tage, die sie zusammen verbringen, müssen genügen. Mona spricht gern, aber nicht über sich, umgeht sich selbst im Gesagten wie ein Lawinengebiet. Etwas, das man besser nicht betritt.

Oskar schnappt seine Brötchenhälfte und verlässt die Küche, nicht ohne Mona einen vielsagenden Blick zuzuwerfen. *Viel Spaß bei deiner Geschichte!*

Johannes blickt ernst, Mona antwortet nicht. Er muss ihr etwas sagen, von dem er denkt, dass es nicht bis morgen warten kann. *Da!* Johannes zeigt auf sein Handy, zeigt Mona ihre letzte Nachricht, über eine Woche ist das jetzt her, er tippt auf das Datum. Das Display leuchtet heller als die Küchenlampe. Mona beugt sich drüber. Sie kann sich noch an die Worte erinnern, es müssen ihre sein. *Wie schnell das manchmal geht, mit der Zeit,* sagt sie, und es ist nicht die Antwort, auf die Johannes gehofft hatte. *Im Ernst, Mona, das muss jetzt mal besprochen werden, was aus uns wird.* Mona bleibt abrupt stehen, wieder muss etwas besprochen werden. Sicher wird es dabei auch um sie gehen und um ihre Sicht. Mona schiebt ihren Teller zur Seite. Ihr ist nicht mehr nach Tomaten. Nach Tomaten mit Johannes schon gar nicht.

Anfangs hatte ihr Johannes gefallen. Anfangs hatte sie gedacht, es ist gut, dass es jemand ist, der etwas anderes macht. Jemand, der mit Worten hantiert, der daraus seinen Beruf gemacht hat, Menschen zu befragen und das Gesagte in Schrift zu verwandeln. Jemand, der den Dingen auf den Grund geht. Jetzt störte sie genau das. Dieses Stochern, bis nichts mehr zusammenhält. Unwiederbringlich zerlegt.

KIESEL

Valerie tritt auf den Balkon. Das kalte Metall des Türgriffs bleibt in ihrer Hand, bis sie sich über die Stirn streicht und die Kühle abgibt. An etwas dahinter, das hämmert, das sie mitten in der Nacht aus dem Schlaf zog.

Barfuß tritt sie auf die Steinplatten, rückt den kleinen Holzhocker, auf dem im Sommer die Avocadopflanze stand, näher ans Geländer heran. Die Stadt liegt im Dunkeln vor ihr. Die Unterarme auf das Geländer gestützt, blickt sie auf den stillen Platz vor ihrem Haus. Eine Bierdose rollt über den mittleren Weg, der Wind scheint sie voranzutreiben. Ein leises, klickendes Geräusch, wenn sie im Rollen an Kiesel stößt.

Oskar war im Sommer ihres ersten Treffens mal dort unten gestolpert und auf einen dieser Kiesel gefallen, hatte sich das Knie aufgeschlagen, aber nicht geweint. Sie hatten auf dem kleinen Platz zu dritt Eis gegessen. *Wir holen dich zu Hause ab,* hatte Eric gesagt und: *Wird Zeit, dass ihr euch kennenlernt.* Valerie hatte auf dem Balkon gestanden und auf sie gewartet. Sie verspäteten sich, wie Menschen mit Kindern es so oft tun. Valerie kannte keinen, dem es gelang, pünktlich zu sein. Irgendetwas kam immer dazwischen. Sie beschloss, sich einen Kaffee zu machen, nicht länger zu warten. Da sah sie Eric vom anderen Ende des Platzes winken, neben ihm wankte ein Kind. Als Valerie genauer hinsah, entdeckte sie, dass Oskar Flip-Flops trug, die kleinen Füße rutschten darin, ohne wirklich Halt zu finden. Valerie stieg die Treppen herab, lief ihnen entgegen. In der kurzen Entfernung, die sie trennte, dachte sie, dass Eric plötzlich fremd wirkte, ständig zur Seite gebeugt. An seinem Arm hing, wie der Fortsatz seines eigenen Körpers, eine kleine Verdickung auf zwei Beinen. So dachte Valerie, ohne es böse zu meinen.

Sie bewegte sich langsam auf die beiden zu. Immer wieder entdeckte Oskar etwas am Boden, hob es auf, als wolle er Zeit gewinnen, wolle die Begegnung hinausschieben. Erst als sie unmittelbar vor Valerie standen, hob er den Kopf. Eric lächelte im Hintergrund. Valerie schaute weiter zu Oskar, der den Blick nicht von ihr abwandte, weiter starrte, ihr Gesicht mit den Augen abfuhr, jedes Detail darin, so kam es ihr vor.

Valerie denkt an Oskar in klein und muss lächeln, mitten in die Nacht hinein. Die gegenseitige Vorsicht zu Beginn, die langsame Annäherung. Sie waren umeinandergestrichen wie wilde Tiere, nicht ohne Interesse für den anderen, doch gänzlich außerstande, aufeinander zuzugehen. Eric hatte gelächelt, ohne einzugreifen. Manchmal verschwand er für kurze Zeit, ließ die beiden allein zurück. Valerie dachte dann, es wäre ein Test. Sie richtete Worte an Oskar, sah aber auch stets Mona in ihm. Wie etwas, das sich zwischen sie schob.

Immer wieder geschieht es, dass Valerie nachts aus dem Bett steigt, für einige Zeit verschwindet. Manchmal reicht der Balkon, manchmal muss es die Straße sein. Valerie rennt um den Platz. Turnschuhe und Pyjama, im Winter ein Schal. Eigentlich geht es aber genau um die Kälte. Das Durchdringende an ihr. Sie bricht sich an Valeries Stirn, bremst die Gedanken darin. Valerie atmet und zieht die kalte Luft ein wie Zigarettenrauch. Die anderen schlafen, Eric in seinem Bett, die Nachbarn, der Eisladenbesitzer, alle. Der Platz liegt düster vor ihr. Valerie ist wach.

Einmal hatte Eric vorgeschlagen, sie könnten sich zu dritt treffen. Valerie, Mona und er. *Warum denn nicht?* Niemand war auf seinen Vorschlag eingegangen. Mona aus Stolz, Valerie aus Vorsicht. *Das wäre doch schön.* Und wieder begann Eric, es sich vorzustellen. Stellte Worte in den Raum. Links würde Mona sitzen. In ihrem blauen Pullover mit dem hellblauen Kreis darauf. Wolle, Mona fror leicht. In ihren Händen ein Haargummi, das sie zwischen zwei Fingern spannte, um mit dem Zeigefinger der anderen Hand darunterzugreifen. Ein Dreieck, darauf kam es Eric an, würde sich so ergeben. *Niemals,* erwiderte Mona scharf, und es blieb unklar, ob sie damit diese Konstruktion oder ein Treffen an sich meinte.

Valerie säße rechts daneben. Ihre rote Bluse mit den kleinen weißen Punkten darauf, Eric würde immer wieder versuchen, sie zu zählen, immer wieder innehalten, von vorne beginnen, unterbrochen vom Gespräch, das sich zwischen ihnen entsponn.

Die Bluse hab ich gar nicht mehr, sagte Valerie nur trocken.

Sie wollten beide nicht, konnten Erics Vorstellung nichts abgewinnen, hätten das Café, das er vorschlug, ohnehin nicht betreten, einen Vorwand gefunden, in letzter Minute oder von vorneherein. Selbst in der Hochschule waren sie voreinander ausgewichen. Valerie in ihrer freundlichen, verträumten Art suchte mit dem Blick das Weite, wann immer Mona sich vor ihre Linse schob. Mona hob, in einer Mischung aus Kränkung und Stolz, die Augenbrauen, kniff dann die Lider zusammen, als könne sie Valerie in dem schmalen Spalt, der übrig blieb, auflösen.

Eric fand keinen Weg, die beiden zusammenzuführen.

So blieb seine Vorstellung eines gemeinsamen Nachmittags wie ein zusammengefaltetes Blatt Papier im Inneren seiner Jackentasche, über Jahre hinweg.

Oskar hatte Heidelbeereis gewählt, damals auf dem Platz, Valerie erinnert sich, wie verwundert sie war. Die Bestimmtheit, mit der er sagte, den Finger in Richtung des Eisfachs richtete: *Das Lilane! – Sicher?*, hatte auch Eric gefragt und, als Oskar nachdrücklich nickte, hinzugefügt: *Das Lilane heißt Heidelbeere.*

Sie setzten sich auf eine Bank. Oskar ließ die Beine baumeln, die Flip-Flops fielen zu Boden. Eric schwieg. Valerie starrte zu Boden, entdeckte die Krokodile auf den Gummisohlen. *Die hat ihm sein Großvater gekauft. Am Strand da unten tragen sie das alle. Für die Stadt sind die natürlich nichts, aber erklär ihm das mal, wenn Krokodile darauf sind.* Oskar blickte auf, das Heidelbeereis kippte bedrohlich, als er sich zu Valerie wandte: *Krokodile wollen auch spazieren. Nicht immer zu Hause sein.* Sie hatten lachen müssen. Ein erleichtertes Lachen, das sie aufstehen ließ, durch die Straßen trieb. Oskar hatte nach Valeries Hand gegriffen, wie selbstverständlich schoben sich seine kleinen, klebrigen Finger zwischen ihre. An der anderen Seite hing Eric, lächelte zu Valerie herüber. Als Kette gingen sie durch die Straßen, durch die Valerie tagtäglich ging, verfingen sich. Es dauerte diesmal unendlich länger, immer wieder entdeckte Oskar etwas. Einen umgefahrenen Poller, an dessen Fuß der Beton aufgerissen war, ein Stück Rasen, auf dem zwei Pusteblumen wuchsen. Dinge, die Valerie alleine nicht aufgefallen wären. Sie ging durch Straßen, um an Ziele zu gelangen.

Der Nachmittag mit Eric und Oskar schlängelte sich wie ein Pfad, schlug unbestimmte Haken, schien nicht enden zu wollen. Oskar bekam Durst, sie setzten sich auf die Terrasse eines Cafés. Dicht gedrängt saßen Menschen. Valerie stellte sich in die Schlange, sah zu Eric, der mit Oskar sprach, und fragte sich, wann Eric seine Worte wieder an sie richten würde. Erwachsenenworte.

Irgendwann wurde es dunkel. Die Krokodile müssten jetzt nach Hause, sagte Eric und an Valerie gewandt: *Kommst du mit?* Valerie schüttelte den Kopf. Sie war müde. Das Umherlaufen, die Gesprächsfetzen, immer wieder aufgenommen, erneut fallengelassen, Erics abwesende Fragen, seine Hand, die Oskar durch die Menschenmenge lenkte, Oskars Hand, die an ihrer zog, sie tat einen Schritt zur Seite. *Für heute reicht es.* Sie lächelte und setzte ihren Rucksack auf. Eric bemerkte, dass darauf Buchstaben gestickt waren. Er wollte sie gerade lesen, da drehte Valerie sich zu Oskar: *Bis bald! Ich muss los.* Sie wirkte müde oder enttäuscht, Eric konnte es nicht genau sagen. Er zog sie zu sich, ließ Oskars Hand los, merkte, wie Valerie leicht zurückwich, *nächstes Mal*, sagte und noch etwas, das er nicht verstand, sie flüsterte fast. Er nickte, sie klopfte ihm zum Abschied auf die Schulter, fast freundschaftlich, er stutzte, sah sie gehen, die Distanz zwischen ihnen vergrößern. *Komm*, sagte er zu Oskar, *es wird kalt.*

Das eigentliche Problem hat keinen Namen. Wie ein Stück Filz legt es sich zwischen Valerie und die Welt, dämpft einiges. Alles sickert nur mehr sehr langsam durch. Valerie empfindet plötzlich gar nichts, mögen die anderen noch so sehr sagen, sie sei ein fröhlicher Mensch, eine, die die Sonne in der Hosentasche trägt, oder was ihnen sonst so an schiefen Bildern einfällt, mit Valeries Innerem hat das nichts zu tun. Valerie friert.

An den Filztagen zieht sie sich zurück, muss alleine sein. Auf der Tischplatte aus abgenutztem Holz steht ihr Rechner. Valerie lässt Videos ohne Ton ablaufen, sitzt davor, betrachtet die ablaufenden Bilder. Ihr liebstes ist ein Loop, die immer gleiche Bewegung: Ihre Oma stand im Garten, grub ein Stück

Erde um. Der Spaten stach an die immer gleiche Stelle, die Handlung löste sich im Nichts auf, begann immer wieder von vorn. Die Oma, in Shorts, hatte geschwitzt und gelächelt. *Was filmste denn da, wie ich arbeite? Hilf mir lieber!*

Die Filztage dauern nie lange an, Valerie jedoch kommen sie unendlich vor. Ihrem plötzlichen Eintreffen steht sie machtlos gegenüber. Es überkommt sie. Valerie bleibt nur die Flucht nach vorn. An Orte, an denen man sie nicht kennt. Weil diejenigen, die nichts von ihr wissen, ihr mit größtem Wohlwollen begegnen. Ihr einen Platz frei machen, ein Getränk herüberschieben und zuhören. Valerie durchstreift die Nacht. Immer wieder der Flughafen. Dort läuft sie zwischen den Ebenen umher, trinkt mit Geschäftsleuten an den überteuerten Ständen, bis deren Maschine geht. Spricht über Dinge, die sie nicht kennt. Was macht es schon? Alles lässt sich besprechen, es kommt letztendlich auf das Gegenüber an.

Eric ahnt etwas von ihren nächtlichen Touren, spricht sie aber nie direkt darauf an.

REGAL

Johannes hat Oskar eingeladen, eine dieser Ideen, die ihn überkommt, während er kleine Stapel auf seinem Schreibtisch bildet, die Stifte zurechtrückt. Als ließe sich auch Oskar verschieben, in eine Ordnung hinein, die Johannes allabendlich nachjustiert, während er sich über seinen Schreibtisch beugt. Er hat die Schreibtischplatte in Bereiche unterteilt, rechts oben befindet sich die Region *Dringlichkeit.* Dort liegt, neben Rechnungen, auch der Brief an Mona, den Johannes seit Wochen abschicken will. Ein Haufen schwarze Zeilen, die das Papier überziehen, die in verschiedenen Formulierungen immer wieder einen Gedanken aufnehmen, ihn umkreisen. Bisher konnte Johannes sich zu keinem Abschluss durchringen. Alles eine Frage der Zeit. Und Zeit haben sie ja, eigentlich, denkt Johannes weiter und wartet. Wartet, an all den Tagen, an denen Mona nicht bei ihm ist. Wartet nun schon seit einiger Zeit, hat Ausflüge vorgeschlagen, Routen herausgesucht, einen Wanderrucksack gekauft, Nusskuchen gebacken und tiefgekühlt und dabei immer gewartet. Als er Mona schließlich darauf ansprach, sagte sie nur knapp:

Im Frühling dann.

Johannes nimmt den Wanderrucksack jetzt zum Einkaufen. Manchmal erwischt er sich dabei, die Tage bis zum Frühlingsbeginn zu zählen, dann taut er sich ein Stückchen Nusskuchen auf, tunkt es in schwarzen Tee und schaut aus dem Fenster. Draußen ist es grau.

Heute zählt Johannes keine Tage, heute ist Oskar zu Besuch. Im Flur hängt er seine Jacke auf, entdeckt den Rucksack, der unter der Garderobe steht: *Gehst du wandern?*

Mal sehen, sagt Johannes, *wenn es wärmer wird, vielleicht.* Er geht in die Küche, Oskar folgt ihm, er kennt die Wohnung nicht. *Es hat sich nicht ergeben,* würde Mona sagen, wie bei allem, das Johannes betrifft. Oskar fragt sich, wie es funktioniert, dieses *Sich-Ergeben.* Wenn niemand etwas dafür tut, wie geschieht es dann überhaupt?

Oskar stellt sich einen Wirbelsturm vor, der ihn in Johannes' Wohnung drückt. Der Wind hebt ihn von der Straße. Regen peitscht gegen seine Jacke wie Gischt. Liegt der Bürgersteig am Meer? Eine riesige Welle ergreift ihn, Oskar glaubt, einen Fisch vorbeischwimmen zu sehen. Die Schuppen türkis und glänzend, taucht er kurz auf, dann ist er wieder verschwunden, in die Weiten des Wassers gerissen. Ein Sog, der auch Oskar erfasst, ihn an der Fassade des Hauses entlang nach oben drückt. Er sieht in Fenster hinein. Menschen sitzen in ihren Wohnungen, als sei nichts. Einige sehen fern. Das Fernsehen scheint noch nichts vom Wirbelsturm zu wissen, es sendet unbeirrt andere Katastrophen. Die Wassermassen drücken Oskar hoch bis in den dritten Stock, dort steht Johannes am Fenster. Erschrocken weicht er zurück. Ein riesiges Meeresmaul spuckt Oskar auf den Küchenboden, er landet vor dem Geschirrspüler, der gerade das Spülprogramm beendet hat, so klingt es. Oskar hört Pumpgeräusche, doch dann sieht er Johannes mit einem riesigen Staubsauger, der Wasser schluckt statt Staub. Johannes richtet ihn auf Oskars Lunge, zieht das Wasser direkt aus ihr heraus. Oskar atmet tief ein und speit einen kleinen Fisch vor Johannes' Füße. Johannes fängt ihn mit der bloßen Hand, wickelt ihn in Alupapier. Sie essen ihn zum Abendbrot.

So in etwa, denkt Oskar, *wäre es, wenn etwas sich ergibt, aber da müsste schon einiges zusammenkommen.*

In Wirklichkeit hat Johannes ihn abgeholt, hat zu Mona gesagt: *Heute Abend bring ich ihn zurück. Wir gehen Wildschweine füttern. Mal gucken, was der Wald sonst noch zu bieten hat. Vielleicht ist auch der Frühling dabei.*

Mona hat müde gelächelt, *viel Spaß euch, Mütze nicht vergessen,* dann fiel die Tür ins Schloss.

Jetzt steht Oskar bei Johannes in der Küche. Alles sehr geordnet, findet er. Das sieht man auf den ersten Blick. Regale und Schubladen überall. Oskar fragt sich, was drin sein könnte. Johannes steht am Fenster und schneidet Obst in kleine Stücke. Der Totenkopfring klirrt. *Ich habe auch Nusskuchen,* sagt er, *muss ich nur auftauen.* Oskar nimmt die Hand von einem Schubladengriff, fast kommt er sich ertappt vor, kurz davor, sie rauszuziehen. *Nee, danke,* murmelt er, *bin allergisch.*

Johannes greift in das Regal über sich, streut Zimt auf Apfelhälften. Es staubt ein wenig, er muss husten. Die Gewürzgläser stehen in exakten Abständen zueinander, die Etiketten sorgsam nach vorne gedreht. Oskar muss lächeln.

Was trinkt so ein Kind?, denkt Johannes. Sicherheitshalber hat er Saft besorgt. Vier verschiedene Sorten, eine wird schon dabei sein, die Oskar schmeckt. Oskar schaut auf die Tetra Paks im Kühlschrank, dann fragt er: *Hast du nicht auch Kaffee?*

Johannes blickt erstaunt, *doch, klar, hab ich.* Dann schaut er Oskar prüfend an, kneift dabei ein Auge zu, *bei Mona darfst du das nicht.*

Oskar schließt die Kühlschranktür, *was ist dann mit dem Abenteuer?*

Johannes muss grinsen, *wusste nicht, dass Expeditionen mit Kaffee beginnen.*

- *Doch, jede,* sagt Oskar, streift eine Strähne aus der Stirn.

Seine Augen blicken entschlossen. Johannes sieht zum ersten Mal, dass sie grün sind. Ein Grün, das abweicht von Monas, es ist mehr Braun darin. Vielleicht Erics Anteil, denkt Johannes. Er hat Eric nie getroffen. Kennt ihn nur von einem Foto in Monas Küche. Dort lächelt er jeden Morgen von der Wand, sobald man die Küche betritt, das Gesicht halb versteckt hinter einem riesigen Schal. *Den hat Ruth noch gestrickt,* sagt Mona. Mehr sagt sie dazu nicht, da kann Johannes noch so subtil fragen. Es ist dieses Frühstücksgrinsen, das sich Johannes eingeprägt hat. Schmale Augenbrauen, herausfordernd nach oben gezogen. *Das ist Eric,* so dachte Johannes. Im Hintergrund eine grüne Fläche, womöglich Wald. *Insgesamt sympathisch,* dachte Johannes weiter. Ohne weitere Angaben, mit nichts als Grundlage außer einer Fotografie und einem Jungen, der dessen Sohn war, ging Johannes davon aus, dass er sich mit Eric verstehen würde, sollten sie sich jemals treffen.

Oskar blickt weiter in Johannes' Gesicht, er lässt nicht locker. *Wie immer, wenn er sich in etwas verbeißt,* denkt Johannes, *heute Kisten, morgen Kaffee.* Also lässt er ein wenig Kaffee in Oskars Tasse laufen, bedeckt ihn mit reichlich Milchschaum. Oskar sticht mit dem Löffel hinein, dringt bis zum Kaffee vor. *Bitter,* sagt er und ist sich nicht sicher, ob es ihm schmeckt. Er schiebt eine Traube nach. Der Obstsalat steht zwischen ihnen. Eine riesige Schale. Johannes greift nach seinem Tablet, zeigt auf das Foto einer Landschaft: *Da könnten wir hin.* Die Landschaft ist flach und sieht aus Oskars schrägem Blickwinkel seltsam verfärbt aus. Er zögert. *Willst du wirklich Wildschweine füttern gehen?* Johannes schiebt mit dem Zeigefinger die Landschaft an, eine weitere erscheint, in ihr scheint die Sonne. Oskar schaut aus dem Fenster, gleicht das Wetter mit dem des Fotos ab. *Draußen sieht's anders aus,* sagt er. Johannes erwischt sich dabei, ungeduldig zu werden. Die ganze Familie, Monas Familie, erscheint ihm plötzlich als eine einzige Ansammlung von Widerspenstigen. Ständig laufen sie gegen Hindernisse an, die sie sich selbst in den Weg stellen. Johannes tippt nervös mit dem Ring gegen seine Tasse, im Takt eines Liedes, das er häufig im Radio hört. Oskar hat nur die Trauben aus dem Salat gepickt. Noch so eine Sache, die Johannes aufregt. Johannes, der Kiwi aufgeschnitten hat, Banane und Mango. Der bereit ist, Kaffee unter Milchbergen zu verstecken, als würde er vor sich selbst verbergen müssen, dass er Oskars Willen nachgibt, immer nachgibt, sobald es um diese Familie geht.

Angespannt geht Johannes ans Fenster, öffnet den rechten Flügel. Frostige Luft strömt herein. Der Kaffee ist kalt, Oskar hat Durst, sagt aber nichts mehr, zu dunkel kommt ihm der Blick vor, den Johannes ihm zuwirft. Oskar fällt der Ring an seiner rechten Hand auf. Obwohl er ihn des Öfteren gesehen hat, entdeckt er erst jetzt die Augen im Schädel, kleine, eingelassene hellblaue Steine, die funkeln, sobald Johannes den Ringfinger nur leicht bewegt. Oskar möchte wissen, was Johannes so aufregt. Er hat den Kaffee ja nicht mal ausgetrunken, und Mona wird er nichts davon erzählen. Eigentlich könnten sie jetzt losgehen, diese seltsamen Wildschweine beobachten, bis es Abend wird, und dann einen Kakao trinken. *Gehen wir,* sagt Oskar; und obwohl es mehr wie eine Frage klingt, meint Johannes, eine Art Befehl herauszuhören. Ein Befehl, dem er etwas entgegensetzen muss, will er sich nicht ganz von diesem Jungen einnehmen lassen. Er überlegt. Es könnte ein gewöhnlicher Ausflug werden. Durch den Wald schlendern und auf dem Rückweg ein Kakao oder Ähnliches. Zu Hause angekommen, wird Mona fragen, wie es war, und Oskar wird nicken. Johannes wird im Türrahmen stehen und lächeln, dieses leise, unaufdringliche Lächeln, bis er beschließt zu gehen, den ersten Treppenabsatz hinunter, dann wird er sich noch mal umdrehen, wie jedes Mal.

Wie ein Filmausschnitt erscheint die Szene in Johannes' Vorstellung. Ein Film, in dem er mitspielt, ohne sich selbständig bewegen zu können. Johannes wird durch Räume geschoben, Mona und Oskar geben ihm die Wegrichtung vor. Er sträubt sich gegen das Bild des Treppenabsatzes, die eigene Unfähigkeit weiterzugehen, den absurden Wunsch umzukehren. Er muss etwas ändern, am besten fängt er gleich damit an. *Wald wird heute nichts,* sagt er trocken zu Oskar. Der nickt, murmelt dann noch: *okay,* weil er nicht sicher ist, dass Johannes ihn sieht, ihn aus den Augenwinkeln überhaupt wahrnimmt. Johannes' Rücken steht steif vor dem Fensterkreuz. Keine Regung.

Oskar denkt, dass er manchmal genauso dasteht, wenn ihm die Welt und die Sachen darin zu viel werden. Dass er dann die Stirn an das kalte Fensterglas drückt und sich vorstellt, die Gedanken dahinter würden platt gewalzt. Ob das ginge?

Johannes schließt das Fenster: *Ich mache jetzt Ordnung, willst du nach Hause?*

Oskar denkt an Schubladeninhalte und Regalböden, seine Antwort kommt unerwartet schnell: *Ich bleibe.*

ROLLE

Theo kommt zu Besuch. Oskar war erst zögerlich, doch dann sagte Mona etwas von Erdbeerroulade. *Komm, die backen wir selbst!* Oskar denkt an die Schlagsahne, weiße Berge, die aus der Schüssel quellen. Zu beobachten, wie aus Flüssigem Festes wird, dafür kann man Theo schon einen Nachmittag lang ertragen. Manchmal redet er zu viel, denkt Oskar, sagt Dinge, die längst klar sind. Den anderen gefällt das seltsamerweise. *Mit Theo ist immer was los,* sagen sie.

Der Teig ist ein Rechteck im Ofen, eine Platte, die aussieht, als könne man sie auf einem Gehweg verlegen, findet Oskar. Mona hat Eric angerufen, sich erkundigt, wie genau der Biskuitteig zuzubereiten ist.

Seit wann backst du? Die Verwunderung in seiner Stimme. Mona mochte nichts sonderlich, was mit Anrühren zusammenhing, dieses Vermischen glitschiger Zutaten. Es war immer Eric gewesen, der die Eier aufschlug. Eine stille Vereinbarung, wortlos hatte Mona ihm die Eierschachtel zugeschoben. Diese seltsame Aufteilung, die für jeden der beiden bestimmte Bereiche vorsah und andere ausließ, hatte sich fast unmerklich eingeschlichen und über die Jahre verfestigt. Der andere war da, bereit einzuspringen, auszugleichen. Teil des eigenen Körpers fast. Nach der Trennung mussten sie sich erst daran gewöhnen, wieder alles selbst zu lösen.

Wir bekommen Besuch, sagt Mona, es klingt fast ein wenig stolz.

- Soll ich vorbeikommen und die Eier aufschlagen?

Mona lacht, *nee, lass nur, das schaffen wir schon.*

Theo läuft durch die Straßen. Noch nie war er bei Oskar, verwundert hat er dessen Einladung angenommen: *Hast du Geburtstag?*

- Nein, es gibt Erdbeerroulade, magst du?

Ja, okay, ich komme, sagt Theo und denkt: Hoffentlich geht alles gut. Oskar macht nie, was man denkt, manchmal läuft er einfach vom Feld, obwohl das Spiel noch nicht zu Ende ist. Theo folgt ihm dann in die Umkleide. Nachsehen, ob alles okay ist, während die anderen nur rufen: *Der kriegt sich schon wieder ein.* Aber Theo sieht lieber selber nach. Oft ist tatsächlich nichts. Oskar sitzt auf der Holzbank, hat die Hände um die Vorderkante gelegt. Schuhe und Socken liegen vor ihm, barfuß sitzt er da und bewegt die Zehen.

Kommst du nicht zurück?

- Nein, für heute reicht es.

Ab welchem Punkt es Oskar genau reicht, konnte Theo noch nicht feststellen. Während des Spiels hat er immer auch Oskar im Blick, selbst wenn der Ball ganz woanders ist. Er möchte herausfinden, woran es genau liegt, den Auslöser vorhersehen und ihm zuvorkommen. Neben den Toren verfolgt Theo auf dem Spielfeld ein zweites, heimliches Ziel: verhindern, dass Oskar geht.

Eric denkt an Monas kleine Küche, den Balkon, der von ihr abgeht. Jemand hatte den Boden gekachelt, der Balkon sah aus wie ein kleiner Pool, nachträglich an die Fassade gehängt. Graue Kacheln mit bunten Einsprengseln, die selbst im Sommer unter den nackten Fußsohlen kühl blieben. Etliche Abende hat er dort mit Mona verbracht. Ein bisschen war es wie Urlaub. Sie hatten bis in die Nacht hinein gesprochen und sich gefragt, ob jemand all ihre Gespräche belauschte. Jemand, dem sie am nächsten Tag im Treppenhaus begegnen würden. Mona verdächtigte den älteren Herrn aus dem zweiten Stock, der immer einen Bleistift bei sich trug. Nur die Mine ragte aus der Brusttasche seines Hemdes hervor, schwarz und spitz, bereit zu notieren. Vielleicht sei es auch eine Kamera, nahm Eric den Gedanken auf. Ein Niesen genügte, um sie auszulösen. Und der Nachbar nieste auffällig oft, besonders im Treppenhaus. Mona lachte, *vielleicht hat er auch einfach eine Pollenallergie.*

Letztes Jahr haben Mona und Oskar sich einen Tritt für den Balkon angeschafft, *eine Wolkenleiter.* Was die beiden genau damit vorhatten, blieb ihm verborgen. Meist stand das Ding zusammengeklappt in der Ecke und nahm Platz weg, manchmal holten sie es hervor, stellten eine Pflanze darauf, die den Sommer kaum überlebte. Die schwarzen Metallstufen heizten sich zu sehr auf, ließen die Wurzeln von unten her verbrennen. Es schien ihnen dennoch wichtig zu sein, immer wieder sprachen sie mit bedeutungsvollen Mienen von *dem Aufstieg,* ließen Erics Fragen unbeantwortet, kicherten. *Du musst nur zählen,* sagte Oskar dann.

Valerie sitzt und schneidet an einem Video. Sie überlegt, Eric anzurufen. Mehrere Wochen haben sie nun schon nicht miteinander gesprochen. Seltsam verfahren, die Situation.

Anfangs genoss sie die Stille, die der Streit nach sich zog, das tagelange Arbeiten ohne Unterbrechung. Immer tiefer tauchte sie in die Bilder, schnitt über Stunden. Das Telefon lag unter Decken, rutschte hinter das Bett. Sie suchte nicht danach, war erleichtert. Unerreichbar, das wollte sie immer schon mal sein. *Ich habe mein Handy verlegt.*

Nach einiger Zeit aber wurden ihr die Tage lang. Gern hätte sie Eric auf ein Bier getroffen, auswärts in einer nahegelegenen Kneipe, die ihr die Möglichkeit ließ, allein nach Hause zu gehen, sollte ihr danach sein. Dieser kurze Austausch reichte ihr manchmal, ein schnelles Durchwirbeln der eigenen Gedanken, ein, zwei Stunden, zwei, drei Gläser. Es brauchte nicht viel, und ihr war wieder ein neuer Einfall gekommen, etwas, das sie sofort umsetzen wollte. Ihr Gegenüber blieb meist erstaunt zurück, Eric jedoch hatte sich daran gewöhnt. Er lächelte, wenn sie ruckartig aufstand, nach ihrer Tasche griff. *Geh ruhig, ich zahl dann.* Sie war ohnehin nicht mehr aufzuhalten.

Die Erdbeeren sind noch nicht ganz aufgetaut, da klingelt es. Zweimal kurz. Oskar stellt sich vor, wie Theo in der Wohnungstür steht, die Jacke schon in der Hand, im Treppenhaus ausgezogen, einer, der vorausschaut. In der Umkleidekabine ist er immer einer der Ersten.

Und tatsächlich, Theo steht im Türrahmen und wartet, dass man ihn hereinbittet. Oskar sagt: *Du kannst die Schuhe anlassen, aber ich hätte auch Hausschuhe für dich.* Theo kommt herein, zieht an seinen Schnürsenkeln. Er stößt dabei an etwas Hölzernes, dreht sich um, ein Stapel Kisten steht in seinem Rücken. Keine ist wie die andere, das fällt ihm sofort auf. Sie wirken selbstgebaut.

Das war ich. Stolz stellt sich Oskar daneben.

- *Und was machst du damit?*

Sammeln.

Theo will einen Deckel hochklappen, die Sammlung betrachten, aber da ist nichts. Die oberste Kiste ist leer.

Was ist in den anderen?

- *Dasselbe wie in der.*

Aber da ist nichts drin.

- *Doch, Luft!*

Mona ruft, dass es bald Kuchen gibt. Jemand müsse noch

die Erdbeeren schneiden. *Oh, hallo, Theo!* Fast hätte sie die Begrüßung vergessen. Verlegen streift sie sich eine Strähne aus dem Gesicht, lacht und sagt, dass sie wie immer spät dran sind. *Wie immer, wenn Gäste kommen,* fügt sie hinzu und geht in die Küche zurück. Im Vorbeigehen hat sie Oskars Blick bemerkt. Sie kann lesen, was er denkt, dieses Erstaunen, in dem ein Vorwurf mitschwingt: *Wie du lügst.*

Oskar wartet, bis Theo die Hausschuhe angezogen hat, dann führt er ihn in die Küche. Sie ist, denkt Theo, angenehm vollgestellt mit Dingen. Theo denkt an die aufgeräumte Küche zu Hause. An die glatten, glänzenden Chromoberflächen, in denen er sich spiegeln kann, wenn er den Kopf weit genug nach vorne beugt. Theo denkt an all die Lappen und dass er sich nie merken kann, welchen man nun wofür verwenden soll.

Oskar nimmt ein Messer aus der Lade, schneidet die Erdbeeren in gleichmäßige Würfel. Dass die Mutter fähig ist, Dinge zu behaupten, die offensichtlich nicht stimmen, beschäftigt ihn weiterhin. *Es kommen keine Gäste, außer Opa,* will er richtigstellen, *und der ist Familie.* Aber Oskar schweigt. Von einer Erwachsenen hätte er das nicht erwartet.

Valerie tippt auf das Feld mit Erics Nummer. Kontakt anrufen. Dann drückt sie schnell wieder auf das kleine Symbol, das einen aufgelegten Hörer zeigt. Erics Stimme unvermittelt zu hören, nach all dem angespannten Schweigen, sie zögert … vielleicht wäre eine SMS angebrachter. Ein wenig Abstand wahren.

Der Teigboden liegt in der Mitte des Tisches, ein Gemisch aus Erdbeeren und Sahne bedeckt ihn. Wie einen Teppich rollt Mona ihn auf. *Kurz ziehen lassen, dann haben wir es.*

Weil in der Küche nicht viel Platz ist, gehen sie auf den Balkon. Ein paar Kräuter wachsen aus Töpfen, in der hinteren Ecke sind ein paar Kisten gegen die Balustrade gelehnt.

Auch hier?, fragt Theo erstaunt.

- *Das sind die nicht so Guten*, antwortet Oskar. *Die mit den kleinen Fehlern.*

Zeig!

- *Hier zum Beispiel habe ich mich versägt. Der Deckel müsste breiter sein.*

Warum wirfst du sie dann nicht weg?

- *Weil man aus Fehlern lernt.* Er grinst. *Ich behalte sie, damit ich mich daran erinnere, was schieflief.*

Theo ist sich nicht sicher, ob es so gut ist, sich an alle Fehler erinnern zu wollen.

Und wann bist du fertig?

- *Wie fertig?* Oskar versteht nicht ganz. *Für mich ist das hier eine Lebensaufgabe!*

Hinter der angelehnten Glastür steht Mona und prustet los: *Lang lebe Oskar, Meister der Kisten!* Dann legt sie ihm einen Arm um die Schulter. Oskar schüttelt ihn ab, es klebt noch Mehl dran. Auch Theo muss grinsen.

Es klingelt erneut, verwundert schauen sie sich an. *Hast du noch jemanden eingeladen?* Mona schüttelt den Kopf, meint einen stichelnden Unterton in Oskars Stimme zu hören, oder bildet sie es sich nur ein? Johannes' Gesicht schiebt sich für den Bruchteil einer Sekunde vor ihre Augen. Sie rennt zur Gegensprechanlage, lauscht, drückt den Summer. *Es ist Eric.*

Eric ist unvermittelt nach Biskuitteig gewesen, nach Oskar und Mona auf dem Balkon. Vielleicht fällt noch Sonne drauf. Dieses kleine Lichtdreieck, dem er mit dem Klappstuhl hinterhergerückt war, so viele Nachmittage lang.

Eigentlich ist ihm aber egal, wo die Sonne gerade steht: Was zählt, ist der plötzliche Impuls, selbst zur Überraschung zu werden. Sich vor die Tür zu stellen und zu klingeln.

Ist heute Mittwoch? Eric kann keine Freude in Oskars Blick erkennen, eher Verunsicherung, dass die Dinge durcheinandergeraten könnten.

- *Nein, heute ist spontan.* Er streicht Oskar über den Kopf, der schlüpft unter der Hand hindurch. *Mein Vater,* sagt er zu Theo, zeigt in Richtung Eric und fügt hinzu: *manchmal.* Theo grinst, er holt einen vierten Teller aus dem Schrank, er hat sich gemerkt, wo sie stehen. Im Flur stehen Mona und Eric, ein wenig starr. Meist gehen sie aneinander vorbei, geben sich die Klinke in die Hand. Ein paar kurze Sätze, um den Alltag abzugleichen. *Komm doch rein,* sagt Mona, als wäre Eric ein Gast, den man umsorgt. Eric geht voran, sieht das Licht durch die Balkontür lange Schatten an die Wand zeichnen. Ihm fällt ein, wie sie ein Laken davorspannten, Oskar war noch recht klein.

Es war abends gewesen, längst Zeit, schlafen zu gehen. Auf dem Balkon stand eine riesige Bürolampe, daneben Mona und Eric, versteckt hinter dem Laken. Auf der anderen Seite saß Oskar im Schneidersitz, den Kopf nach oben gereckt. Das weiße Rechteck, das sich zu den Ecken hin spannte, war wie eine Kinoleinwand, hatten die Eltern ihm gesagt. Er hörte sie flüstern. Dann drückte Eric auf den Knopf des Kassettenrecorders. Musik ertönte, Schattenfiguren erschienen, zusammengesetzt aus Plastikbechern, Händen und Stoff. Eine kleine Geschichte, ein Diebstahl, der aufgeklärt werden musste, Eric erinnert sich, wie Oskar aufstand, in das Laken hineingriff, den Dieb fangen wollte. *Setz dich, es ist noch nicht vorbei!* Mona hatte es mit verstellter Stimme so bestimmt gesagt, dass Oskar eingeschüchtert zurückwich und sich sofort wieder setzte. Eric hatte daraufhin laut lachen müssen, verfing sich im Laken. Seine Figuren flogen durch die Luft, rollten unter dem Laken hindurch. Oskar sah, wie sie zusammengesetzt waren. *Das ist gar kein Räuber, das ist ein Kanister!* Der Fall kam zu einem überstürzten Ende, Mona spielte sechs Figuren gleichzeitig, sprach immer schneller. Der Dieb erhielt eine gerechte Strafe, dann aßen sie Waffeln, weil das, laut Mona, zu jedem Kasperletheater dazugehöre. Oskar schlug mit der flachen Hand gegen den Zuckerstreuer, ließ kleine Puderzuckerwolken aufsteigen. Um den Kanister machte er fortan einen Bogen, sagte: *Das ist ein Böser.*

Immer wieder hatten sie an diesen Abend denken müssen, erzählten jedem davon. Unvergessen Monas Satz: *Setz dich, es ist noch nicht vorbei,* den Eric ihr zu jeder Gelegenheit lachend wieder auftischte.

An jenem Abend, so sagten Mona und Eric, auch Jahre später noch, unabhängig voneinander, war der Punkt des absoluten Einvernehmens erreicht. Obwohl sie zu diesem Zeitpunkt gar nicht mehr zusammen waren, blieb Eric über Nacht. Sie seien alle drei glücklich eingeschlafen. Oskar habe das Laken unbedingt als Bettdecke nutzen wollen, damit die Figuren auch im Traum zu ihm kämen. Nie wieder habe sich ein solcher Moment eingestellt.

Jetzt sitzt ein fremder Junge auf dem Balkon. Eric grüßt, erleichtert und enttäuscht zugleich. Erleichtert, dass der Besuch ein Kind ist, offensichtlich ein Freund von Oskar, kurz hatte er befürchtet, Mona würde etwas vor ihm verbergen, jemand Neues ginge hier unangekündigt ein und aus. Enttäuscht, dass jemand Unbekanntes da ist, der durch seine bloße Präsenz die

Erinnerung stört. Der Junge wirkt plötzlich wie ein Eindringling. Er sagt zu Oskar: *Bei euch ist vieles anders, aber es gefällt mir.* Oskar nickt, weiß um die leichte Verschiebung zwischen sich und der Welt.

Willst du Kaffee? Mona trinkt nachmittags sonst immer Tee. Eine weitere Abweichung. Eric fühlt sich angegriffen, ohne genau benennen zu können, wovon. Vielleicht, weil sich etwas bewegt. Er möchte die Dinge zurechtrücken, an ihren gewohnten Ort stellen. Den Jungen vom Balkon und Oskar in seine Arme.

Valerie wartet auf eine Antwort. Sie sitzt vor dem Rechner, ohne wirklich etwas zu tun, klickt Fenster auf und zu. Der Nachmittag hat etwas Zähes. Minütlich schaut sie in ihren Posteingang, wartet, dass die Null umspringt zur Eins.

Der Kaffee kocht in die nachmittägliche Stille hinein, nur Oskar und Theo sind zu hören, ihr Lachen vom Balkon her. Mona sagt, dass sie sich auf den Sommer freut, gern wegfahren würde. Eric sieht Mona in fernen Städten über unebene Pflastersteinstraßen hüpfen, sie trägt einen Rock, was sie sonst selten tut, geometrische Muster sind darauf zu sehen. Wenig später steht sie unter dem Dach einer Bushaltestelle, im Gesicht ein Lächeln trotz Regenschauer, weil das zum Verreisen gehört, dieses eingebrannte Lächeln, wie ein Sonnenbrand, der die Haut überzieht.

Wie lange?, fragt er.

Die Jungen haben die Erdbeerroulade aufgegessen. Oskar will Theo die Wohnung zeigen, beim Balkon fängt er an. Er präsentiert den Tritt wie ein seltenes Möbelstück: *Hier gehen wir hoch, wenn wir in den Himmel wollen.*

Erics Telefon klingelt. In die Stille hinein. Etwas, das die neugewonnene Vertrautheit stört. Mona bleibt ungerührt, sie nimmt den Kaffee vom Herd, während Eric in seiner Tasche kramt, das Handy weiter klingelt, lauter wird. Dass nun Valeries Foto auf dem Display erscheint, beunruhigt ihn. Ihr Gesicht wirkt plötzlich fremd. Valeries kurzes Auftauchen, als er Oskar den Gips anlegte, der schnelle Streit – seitdem nichts. Das Display ist kühl, berührt seine Wange, *ja?* Er läuft ins Badezimmer, nimmt Valeries Stimme mit zu den blauen Kacheln, setzt sich auf den Badewannenrand. Am anderen Ende ist Ungeduld zu hören, zu lange hat Valerie gewartet, es platzt aus ihr heraus, hallt wider im Bad. *Am liebsten gleich.* Eric blickt in den Spiegel über dem Waschbecken. Ihm ist, als würde er leicht den Kopf schütteln. Etwas sagt *nein.* Der Geruch des Kaffees zieht ins Bad. *Das schaffe ich nicht.* Eric fühlt sich eingeengt, möchte bleiben, spürt durch das Schweigen am anderen Ende hindurch, dass Valerie Gründe erwartet. Gründe, die er nicht nennen kann. *Der Kaffee ist grad fertig,* sagt er, *ich rufe dich zurück.*

Mona sitzt auf dem Balkon, streckt die Beine in die Sonne. Sie wirkt, als hätten die Sommerferien gerade begonnen, wie sie sorglos mit der Gabel in die rosa Masse sticht. Eric wundert sich, dass sie ihm nicht häufiger fehlt. Ihre Art, den Kopf in den Nacken zu legen, die Augen zu schließen und dennoch alles mitzukriegen.

Dein Stück steht im Kühlschrank. Er nimmt sich einen Stuhl, setzt sich zu ihr. Wie zurückgezogen sie lebt, letztendlich, fernab der Blicke, auf diesem Balkon zum Hinterhof. *Wann warst du das letzte Mal tanzen?* Seine Frage kommt unvermittelt, Mona nimmt einen Schluck, überlegt.

- *Sicher ein paar Jahre her.* Sie lacht, und er weiß nicht zu sagen, ob es ihr wirklich nichts ausmacht oder sie nur so tut, als würde ihr all das hier reichen. Oskar, die Kisten, ihre Bücher und Stifte, der Balkon, manchmal Tsarelli. Eine überschaubare Welt.

Oskar zeigt stolz sein Zimmer, das Hochbett, den Kistenwald. *Es sind jetzt 76,* sagt er, und Theo nickt bewundernd. In unterschiedlichen Größen stehen sie da, einige Kisten sind schmal, als könne man nur einen Billardstock in ihnen aufbewahren oder allerhöchstens eine Klarinette. Zwei, breit und wuchtig, stehen im Raum wie Schränke, deren Türen in eine andere Welt führen. Viele kleine lehnen übereinandergestapelt an der Wand, bilden eine Mauer in den unterschiedlichsten Holztönen. Davor vereinzelte Inseln, Ballungen, in denen einige Kisten zusammenstehen, die mittelgroßen bevölkern weite Teile des Zimmers, bilden Korridore, durch die man sich durchschlängeln muss. Noch nie hat Theo etwas Derartiges gesehen. Es riecht nach frischem Holz und Sägespänen. *Du könntest Eintritt dafür nehmen.* Oskar grinst stolz.

Valerie hat aufgelegt. Wütend verlässt sie ihre Wohnung, das Telefon schweigt. Sie wirft es in ihren Briefkasten, will es nicht dabeihaben, wenn sie sich in ein Café setzt, diese stumme Erinnerung an Eric, dem sie vergeblich etwas abringen wollte.

Theo wird ein wenig müde bei dem Gedanken, bald nach Hause zu müssen. Lieber würde er hierbleiben. In der Höhle aus Kistenwäldern übernachten.

Valerie bestellt einen zweiten Espresso, das Licht blendet sie, verrät, wie lange sie nicht draußen war. Die Menschen kommen ihr seltsam aufgescheucht vor, vielleicht, weil sie an diesem ersten warmen Tag im Jahr wild durcheinanderlaufen, Terrassen bevölkern. Dazwischen sie, an einem kleinen, runden Tisch, einen Block in der Hand, ein gespitzter Bleistift in die Höhe gestreckt. Sollte ein Gedanke kommen, ein Einfall zu ihrem neuen Video. Die Arbeit daran dauert an, zieht sich über Wochen, ist, so denkt sie, ungefähr so alt wie ihr Streit.

Woran arbeitest du gerade? Monas Frage trifft Eric unvermittelt. Er lässt den Löffel in seiner Kaffeetasse kreisen, blickt in den schwarzen Wirbel. Er kommt nicht weiter, die Kuppel im Miniaturformat, seit Jahren sitzt er dran, etwas stimmt nicht mit ihr. Zwar hält sie jetzt, doch optisch macht sie nichts her, steht eher dekorartig auf dem Tisch. Erinnert ihn auf schmerzliche Weise an einen Briefbeschwerer. Seine Arbeit schrumpft. Bald werden die Leisten nicht größer sein als Streichhölzer. Seitdem er die Werkstatt aufgegeben hat, nimmt Eric sich immer mehr zurück, fordert keinen Raum mehr. Er dachte, auch zu Hause arbeiten zu können. Gelungen ist es ihm nicht.

Er geht gleich. Oskar steht plötzlich in der Balkontür, zeigt auf Theo, der im Flur wartet. Sie stehen auf, fast gleichzeitig. Die Klappstühle fallen in sich zusammen, Eric lehnt sie gegen die Wand. Theo verabschiedet sich schnell, die Uhrzeit ist mit seiner Mutter ausgemacht, weiter wird er den Aufbruch nicht aufschieben können. Im Vorbeigehen streicht er mit der Hand über eine Kiste, ihre Maserung ist ein wenig rau.

Der hat doch das Zeug zur Freundschaft!, sagt Mona, kaum ist Theo im Treppenhaus verschwunden. Oskar nickt, verschwindet in sein Zimmer. Durch die halb geöffnete Tür hört Mona ihn rufen: *Reden und Gewinnen, das sind seine Stärken.*

NASE

Johannes wartet auf eine Nachricht von Mona. Heute Abend sind sie verabredet, aber so lose, so dahingesagt vor Tagen, dass er fürchtet, sie könne wieder absagen. Er muss etwas tun, sich ablenken. Johannes steht auf, steckt das Handy in die Hosentasche und verlässt die Wohnung.

Wieder die Kneipe an der Ecke. Das Bierglas ist kühl, wird beiläufig vor ihm abgestellt. Ewig musste er warten. Immer ging die Kellnerin an ihm vorbei, nahm Kurs auf andere Tische. Als wäre er nicht da.

Der Anruf kommt, als er das dritte Bier gerade ausgetrunken hat. Ein bläuliches Aufleuchten, die Absage. Weil Oskar krank sei, heißt es. Und irgendetwas wird schon dran sein an dieser Krankheit, auch Mona niest am Telefon, aber dass deshalb gleich alles lahmgelegt sein muss, versteht Johannes nicht. Er bleibt kurz angebunden, schiebt fast nur Silben heraus. Seine Enttäuschung ist den Pausen dazwischen zu entnehmen.

Vielleicht später die Woche, hört er Mona sagen. Es klingt so vage, wie sie es meint. Johannes versteht, hört die vorweggenommene Absage heraus, bleibt ruhig, obwohl er eine Wut in sich hochsteigen spürt.

Ein halbes Jahr kennen sie sich nun, vielleicht etwas länger, und die Dinge entwickeln sich nicht weiter. Er weiß nicht, was zu tun ist. Je mehr er sich bemüht, desto abweisender wird Mona, verschwindet in ihrer Wohnung, zwischen Zeichnungen, wer weiß, wo, ist über Tage nicht erreichbar. Dann ist da der Junge, nicht wirklich ein Hindernis, aber auch kein Türöffner. Skeptisch steht er da, beäugt vom Rand aus die Besucher seiner Mutter. Manchmal nennt Johannes ihn, scherzhaft und für sich, *das Auge.*

Wann immer es Mona zu viel wird, wird *das Auge* vorgeschoben. Es hat wahlweise Zahnweh, ist erkältet oder hat sich beim Sägen in den Finger geschnitten.

Johannes hat aufgelegt. Mona hält das Handy noch kurz in der Hand, als müsse sie eine Nachricht hinterherschicken, etwas Versöhnliches. Doch es fällt ihr nichts ein. Sie legt es zurück, zwischen die Pflanzen auf dem Bücherregal.

Etwas Schweres haftet Johannes an. Etwas bedrückend Schleichendes, das Mona erst nicht aufgefallen ist, das mit der Zeit aber immer stärker durchsickert und dem sie sich jetzt zu entziehen versucht. Und sei es durch Oskars Erkältung.

Weit entfernt liegt die Begeisterung des ersten Treffens auf dem Dach. Nach Aufbruch hatte es gerochen, Mona erinnert sich an das frühmorgendliche Licht, die leeren Straßen. An Johannes' Schritte neben ihren. Dass sie dachte, unendlich könne man erzählen und laufen. Bis an den Rand der Stadt. Darüber hinaus. Doch sie waren an der Kreuzung stehengeblieben, hatten sich verabschiedet. Mona war in ihre Welt zurückgekehrt, ohne sich umzudrehen, hatte Oskar geweckt und Frühstück vorbereitet. Wie man aus einem Traum erwacht. Der Abend auf dem Dach schien, als sie am nächsten Morgen nach der Butter im Kühlschrank griff, unwirklich und weit weg.

Jetzt etwas anderes, Johannes muss sich ablenken. Jetzt ein Kaffee, unüblich, bestellt in die aufziehende Nacht hinein. Johannes wird fortan abweichen, etwas Neues tun, er nimmt es sich vor. Zuerst der Kaffee, dann vielleicht etwas umstellen, die Möbel im Flur. Oder streichen, eine neue Farbe. Ob es reicht? Und eine neue Handschrift, wie schnell, wie leicht lässt sie sich umsetzen? Einen neuen Stift wird er sich kaufen. Gleich morgen. Nein, morgen ist Sonntag. Der Espresso steigt ihm zu Kopf. Stärker als Bier oder direkter. Hinter der Bar leuchtet eine Neonröhre. Etwas kreist in seinem Kopf, das Herz pumpt schneller. Die Espressomaschine rauscht auf, auch sie unter Druck.

Johannes steigert sich in seine Gedanken. Seine Wut wächst angesichts Monas vorgeschobener Gründe, die er sich immer wieder aufzählt, durchgeht. Letztendlich sind sie dazu da, ihn fernzuhalten. Etwas muss raus, er möchte auf etwas eintreten, nur ist da im Moment nichts, das sich eignen würde. Denn zerstören möchte er eigentlich nichts. Und alles im Umfeld Greifbare wirkt zerbrechlich oder zumindest so, dass es einem gezielten Tritt nicht standhielte.

Keine einfache Sache, das mit der Wut. *Hast du sie, wirst du sie so schnell nicht mehr los,* denkt Johannes. Ein Ventil braucht es. Sein Blick schweift durch das Café. Schmählicher Samstagabend. Die eigene Hilflosigkeit abstellen wie ein Glas, nach allen Seiten hin einsehbar. Im letzten Moment fasst sich Johannes. Er wird alleine zurechtkommen.

Mona schmunzelt, Oskar ist eingeschlafen, er liegt seitlich unter den Kissen. Ein leises Schnarchen ist zu hören. Seine Nase, die hervorragt, ist eine kleine Version von Erics.

Mona denkt an die Verlorenheit der ersten Jahre ohne ihn, etwas Bitteres und Erleichterndes zugleich. Eric war auf eine ähnliche Weise ausgezogen, wie er dachte. Etliche Kartons und Taschen türmten sich im Flur. Er transportierte einiges mit der U-Bahn, kam am nächsten Tag wieder, um eine neue Ladung zu holen. Das Kistengebirge schien kaum zu schrumpfen, obwohl er täglich Schichten davon abtrug. Nach zwei Wochen verlor Mona die Geduld, rief ein Lastentaxi. Eric lächelte erleichtert.

Mona hatte irgendwann aufgehört, Eric in seine abgelegenen Gedanken zu folgen. Erics Hirn war unergründlich wie ein Rohrsystem, ständig taten sich neue Abzweigungen auf. Je weiter man vordrang, desto mehr Fragen kamen auf. Fragen, die Eric stellte, als müsse er es erst selbst erforschen, sein Hirn. Als bräuchte es dafür jemanden von außen. Eine Rückversicherung, ein Seil, um ihn rechtzeitig wieder herauszuziehen. Anfangs hatte Mona diese Irrwege genossen, war eingetaucht in Erics Denken. Sie hatten sich auf dem Boden im Atelier ausgestreckt, inmitten der Farben, des Terpentingeruchs, gelegen und gesprochen. Doch irgendwann stellte Mona fest, dass sie ihr eigenes Denken vernachlässigte, fast nur mehr an Erics Pläne dachte. Hatte er eine Rechnung noch nicht beglichen, wachte sie nachts auf. Verhielt sich ein Material anders als angenommen, recherchierte sie, welcher Klebstoff besser geeignet war. Mona kannte Erics Geheimnummern, die Geburtstage seiner Großmütter, seine Ängste. Eric wirkte immer unbefangener, während Mona sich zunehmend sorgte. Das Ungleichgewicht zwischen ihnen wuchs schleichend, sie bemerkten es zu spät.

SPLITTER

In Sonntagshose und grauem Sweatshirt steht Tsarelli im Garten, er räumt um. Stapelt Dinge, von denen er sich trennen will. Die Herdplatte, wie lange er darauf nichts mehr gekocht hat. Er kann sich erinnern, letzten Winter, als Oskar plötzlich Kakao verlangte, hat er ein wenig Milch auf ihr erhitzt. Seitdem nichts. Der Wasserkocher genügt ihm. Seine Tees stehen in kleinen Blechdosen, so wie Ruth sie noch aufgestellt hatte. Irgendwann, denkt er, werden auch sie weggeräumt werden. Irgendwann bleibt nichts mehr von den Sommern, die sie hier teilten, dem Gartenschlauch als Dusche und dem Klappbett mit dem grünen Blumenmotiv.

Als Mona noch klein war, hatten sie mehrere Sommer hier verbracht. Ihre Wohnung, aufgeheizt zwischen dem grauen Beton der Stadt, blieb auch nachts unerträglich heiß. Sie wichen aus, zogen in den *grünen Fleck,* wie Tsarelli den Garten nannte. Mona wollte zwischen den Stauden schlafen, um die Sterne besser zu sehen. Sie zog ihre Decke über die Gehwegplatten. *Lass sie doch!*

- Sind dort nicht lauter Mücken?

Es raschelte, dann war sie verschwunden. Nur ein roter Pyjamaarm ragte ausgestreckt zwischen den Ästen hervor. Aus der Staude heraus zählte es. Mona hatte sich vorgenommen, nicht eher einzuschlafen, bis alle Sterne gezählt waren. Als es dunkelte, trug Tsarelli sie rein. Ruth lachte, *ich frage mich, wie weit sie gekommen ist.*

Sie versuchten, die Gartenliegen möglichst leise in die Waagerechte zu biegen. Die Lehnen federten nach, quietschten. Endlich lagen sie nebeneinander, starrten nun selbst in den

Himmel. Tsarelli gab vor, sich verzählt zu haben, ließ Ruth allein weitermachen und kam wenig später mit einer Weinflasche zurück. Der Wein war nicht wirklich gut, doch er schmeckte nach Kirschen und färbte die Lippen bläulich.

Sie mochten dieses Refugium, das sie aus ihrem Alltag hob. Der Sommer setzte sie in dieses abgelegene, schattige Grün, das nicht viel mehr beinhaltete als sie selbst. Ein paar klapprige Möbel teilten sich den neuen Alltag mit ihnen. Wie sie den Tag verbrachten, wusste keiner genau, er verging eben. Plötzlich war Abend.

Einmal sagte Tsarelli, es klang fast wie eine Hymne:

Wie hier nichts passiert, alles sich in ruhigen Kreisen dreht, von Neuem beginnt oder gar nicht erst geendet hat. Wenn Arme von Lehnen hängen und die matte Müdigkeit des Nachmittags sich über uns legt, brauchen wir nichts zu sagen. Ein sich hebender und senkender Brustkorb ist Bewegung genug.

Dass auf etwas ein anderes folgen muss, ist ein Irrtum, manchmal leistet sich die Welt eine Pause.

57! Mona war aufgewacht, hatte die Anzahl der Sterne nicht vergessen, rief sie aus der Laube heraus. Tsarelli musste lachen, stellte sein Weinglas ab.

- Zähl weiter, ich bin sicher, du warst noch nicht fertig.

Die Nacht schien unendlich lang. Ruth und er wippten in ihren Liegen leicht auf und ab, erzählten sich, was sie noch nicht voneinander wussten. Außerhalb der Wohnung nahmen ihre Gespräche eine neue Form an, dehnten sich oder gingen in die Tiefe. Es gab hier abends nichts mehr zu tun, die Geschäftigkeit der Welt, so schien es ihnen, endete am Gartenzaun. Umso größer der Raum, der ihnen blieb, den sie mit Worten auslegten, bis sie einschliefen, bis es hell wurde oder Mona nach dem Frühstück verlangte.

Unschlüssig steht Tsarelli vor dem Regal an der Rückwand der Laube. Darin Ruths Pinsel und Farben. Soll er sie aufbewahren, sind sie noch zu gebrauchen? Hier kennt er sich nicht aus, hier endet sein Gebiet. Er wird Mona fragen. Seltsam, denkt er, dass nach all den Jahren Ruths Fähigkeiten nicht auf ihn übergesprungen sind, dass er immer nur danebenstand, ein aufmerksamer Betrachter, der bis heute nichts davon versteht, was seine Frau da genau machte. Es ist zu spät, sie zu fragen. Sie hätte vermutlich den Kopf in den Nacken geworfen, ein tiefes Lachen wäre aus ihr gekommen, sie hätte gesagt: *Schau halt hin!*

Auch sie hatte letztendlich wenig von seinen Klimmzügen verstanden, von den Hanteln, den Würfen. Doch es gab in ihrem Blick etwas bedingungslos Unterstützendes. *Was machen die Muskeln?*, sagte es und verschwand zu ihren Farben.

Oskars Nase zwischen den Latten des Zaunes: *Ziehste weg, Opa?*

Gleich dahinter Mona: *Was sind das für Haufen, Papa?*

Ich, Tsarelli lässt sich das Wort auf der Zunge zergehen: *entmiste.*

Wieso denn? Und was ist mit Mamas Sachen?

- Dazu wollte ich dich gerade befragen.

Wir behalten alles!

- Das können wir nicht. Wir brauchen Platz!

Platz, wofür denn?

- Für das, was kommt.

Weißt du, wie teuer eine einzige Farbtube ist?

- Teuer ist mir nur die Freiheit.

Tsarelli geht zum Wasserkocher, der Satz wird zum Lied, er singt ihn vor sich her. *Jetzt dreht er bald durch.* Mona blickt halb besorgt, halb belustigt zu Oskar. Der sagt: *Opas Lied gefällt mir.*

Mona folgt Tsarelli in die Laube, gerät ins Fluchen, Staub hat sich abgelagert, alles ist von einer dünnen Schicht überzogen. *Ein Pelz,* sagt Oskar.

Da könnt ihr mal sehen, wie lang ihr nicht da wart, sagt Tsarelli.

- Wie schön es eigentlich hier ist, sagt Mona, *und ruhig.*

Ich werde den Garten verkaufen.

- Wieso das denn?

Es lohnt sich nicht, keiner kommt.

- Wir kommen doch, sagt Oskar.

Die Male zähle ich an einer Hand ab.

- Du kannst doch nicht unseren Sommer verkaufen! Den grünen Fleck. Mamas Beete. Und was ist mit dem Zaun? Den hast du doch selber gebaut!

Du kannst ihn mitnehmen, wenn du willst!

- Was soll ich mit einem Zaun?

Siehst du!

- Ich würde den Zaun gern mitnehmen, Opa!

Das hab ich mir gedacht.

- Nichts da!

Jetzt trinken wir erst mal Tee.

Tsarelli nimmt einen Schluck, verzieht das Gesicht, zu lang waren die Blätter im Wasser, jetzt schmeckt er bitter. *Wollt ihr doch lieber Kakao?*

Mona setzt sich in einer Ecke des Gartens auf eine Liege, die, einseitig belastet, fast zu kippen droht, und schüttelt den Kopf. Sie lässt den Blick immer wieder über den Garten schweifen, bleibt an Details hängen. Die abgesprungene Bodenplatte, das kleine Eck, das fast unmerklich fehlte. Wenn man es wusste, wenn man die Geschichte dazu kannte, liebte man diese fehlende Ecke über alles.

Tsarelli hatte im Garten trainieren wollen, hob die Diskusscheibe auf Schulterhöhe. *Was ist mit den Fenstern?*, fragte Ruth.

- *Was soll mit ihnen sein? Sie gehören zum Haus.*

Wär gut, wenn sie heil blieben.

- *Natürlich, Ruth, ich bin ein Profi!*

Ein Profi mit zu viel Kraft, ja! Sie lachte und verschwand im hinteren Garten. Dort baute Mona gerade eine Vogeltränke aus Steinen. Tsarelli, angestachelt, seit Tagen ohne Sport und unausgeglichen, wollte es allen beweisen. Bis in die hinterste Gartenreihe sollten sie sehen, wozu er in der Lage war. Der tadellose Wurf. Er spannte den rechten Arm nach hinten, das Metall der Scheibe blitzte in der Sonne auf. Tsarelli setzte sich in Bewegung, zwirbelte um sich selbst, ein Derwisch der Kleingärten, bereit, eine historische Wurfweite hinzulegen, da flog ihm ein Vogel schräg in die angepeilte Achse. Tsarelli bremste abrupt, die Scheibe flog zu Boden, traf die Bodenplatte, deren Ecke unter der Wucht nachgab und zersplitterte. Es klang, als würde ein Gebäude gesprengt, besorgte Köpfe regten sich hinter der benachbarten Hecke.

Es ist nichts!, rief Ruth, *Tsarelli treibt nur Sport!*

- *Verfluchte Vögel,* Tsarelli zog sich in die Laube zurück, warf Mona im Vorbeigehen zu: *Musstest du unbedingt dieses Ding hier bauen?*

Wo ist die eigentlich?

- *Wer?*

Meine Vogeltränke.

- *Ich glaube, wir haben sie verschenkt.*

Mona blickt fassungslos zu Tsarelli. Oskar stellt sich eine kunstfertige Schale mit drei zierlichen, gedrechselten Füßen vor.

War sie aus Gold?

- *Sie war aus Splittern,* antwortet Mona trocken. *Aber gerade das machte sie aus.*

WESPE

Das Wichtigste. Was es wohl sein könnte. Georgi hatte versucht aufzuzählen, was ihm wichtig war, eine Art innerer Liste. Er kam auf einige Gegenstände (fünf) und Menschen (zwei), ebenso fiel ihm das Geräusch der Balkontür ein, er wusste nicht, warum, es erinnerte ihn an Ferien (dieser langgezogene Ton, halb Quietschen, halb Beben), vielleicht, weil der Sommer dahinter lag.

Den Sommer mochte Georgi, ebenso den Aufbruch, das Kofferpacken. Dinas Kleider, die über den Rand quollen, sie setzte sich auf ihren Koffer, es waren immer zu viele, jedes Jahr, Dina wollte alle mitnehmen, nichts zurücklassen, Georgi machte sich an den Schnallen zu schaffen, drückte, *nimm das Bein zur Seite*, klick, *Hilfe, ich kippe*, klack, *ach was, das Ding hält selbst Elefanten aus, komm, steh auf!* Der Koffer stand bereit, ein dickes Tier mit ausladendem Bauch, während sie noch eine Zigarette rauchten. Vom Balkon aus blickten sie ein letztes Mal auf ihre Straße. *Tschüs, Dächer, tschüs, Balkonkästen, tschüs, Einbahnstraßenschild!* Sagte Dina jedes Mal, und jedes Mal lachte Georgi: *Es sind doch nur sechs Wochen.* Der Himmel war hell, und die Sonne hielt bis in den späten Abend, schob die Nacht hinaus. Ihr Zug ging erst spät, immer von Gleis 14. Das Abteil war mit Stoff ausgekleidet, Bezüge aus altem Cord und eine Lehne, die man kippen konnte, sodass sie zur Liege wurde.

Georgi kaufte noch zwei Brötchen in der Bahnhofshalle, Gouda mit Tomatenscheiben, jedes Jahr war es das Gleiche, jedes Jahr wühlte er umständlich nach dem Kleingeld in seiner Tasche. Aufgeregt lief er zurück und erwischte den Zug kurz vor dessen Abfahrt.

Im Abteil wartete Dina, hatte alles vorbereitet, die Koffer

verstaut, das Tischchen ausgeklappt. Eine ausgefaltete Serviette, bereit für die Brötchen, aus der Thermoskanne dampfte Tee. *Zeitreise* nannte sie es, und tatsächlich kam es ihnen so vor, als fielen sie in der Zeit zurück, würden nicht nur das Land wechseln, sondern auch die Jahrzehnte. Nur ihre Kleidung erinnerte sie daran, aus welcher Zeit sie eigentlich stammten. Manchmal schauten sie an sich herunter, um sich zu vergewissern.

Die Heimat schien stehengeblieben, unendlich alt der Zug, den sie schickte. Auf den kleinen Metallschildern las Georgi jedes Jahr von Neuem die immer gleichen Anweisungen. Er hielt sich dran und kippte nicht aus dem Fenster. Sie gingen ohnehin schwer auf.

Wo auf der Welt gibt es noch diese Kurbeln? Dina lachte.

- *Im Museum und hier*, antwortete Georgi.

Was früher ihre Heimat gewesen war, kam ihnen jetzt vor wie ein Ausstellungsstück in einer Vitrine. Sie drückten sich die Nasen daran platt, unfähig, nach dem Inhalt zu greifen. Zwischen ihnen und der Welt, die sie einst zurückgelassen hatten, blieb dünnes Glas. Manchmal sagte Dina abends: *Ich weiß nicht, für wen es anstrengender ist, für sie oder für uns.* Dann legte sie den Kopf schief, schob mit einem Ausdruck leichter Verwunderung hinterher: *Als müssten wir uns erst wieder gewöhnen …*

Georgi zählt die Jahre, die ihn von der letzten gemeinsamen Reise trennen. Vom Sommer mit den Rissen im Asphalt und der Wespe, die ihn stach, einfach so und ohne Vorwarnung. *Sicher sieben*, denkt er, *vielleicht acht*. Seine Hand schwoll und womöglich hätte er schon damals etwas ahnen können. An Dinas Art, genervt nach Eiswürfeln zu laufen. Fast ruckartig ließ sie den Beutel auf seine Hand fallen, notdürftig eingewickelt in ein Küchentuch. Es tropfte. Das Ende war nah. Georgi sah es nicht kommen, krempelte den Ärmel hoch. *Im Nachhinein sind wir immer schlauer,* sagte er zu Tsarelli, *dann, wenn es zu spät ist.*

Dina war zum Strand gegangen, winkte zum Abschied mit dem großen Badetuch, für Worte war es zu heiß. Georgi blieb im Schatten und kühlte. Die Stunden zogen vorüber, gern hätte er etwas getrunken. Er dachte an die Limonade in der Küche. Jeder Schritt schien zu viel, in der Hand pochte es, er würde warten, bis Dina wiederkam.

Als Dina zurückkehrte, war er eingeschlafen. Er bemerkte nicht, wie sie sich ins Haus stahl, blieb die Nacht über unter seinem Baum. Sie rief nicht nach ihm. Dina genoss das breite Bett für sich allein und hatte, als sie morgens auf die Terrasse trat, ihre Entscheidung getroffen.

Georgi war alleine gereist, in all den Jahren danach. Der gleiche Zug zu Beginn des Sommers, Gleis 14. Dina ließ sich entschuldigen, sie fahre nach Dänemark. Er solle die anderen grüßen. Georgi sagte ja und tat es nicht, vor Ort mied er jede Gelegenheit, Dinas Freunde oder gar ihre Familie zu treffen, hielt sich abseits der Promenaden und verdächtigen Cafés.

Fährst du dieses Jahr wieder hin? Tsarellis Frage durchschneidet die Stille. Sie sitzen im Garten, der langsam verwildert. Seit Ruth nicht mehr da ist, entzieht er sich einer Struktur, legt Äste in den Weg, zeigt sich störrisch. Als hätte nur sie ihn bändigen können, ein paar geübte Handgriffe, hier eine Schnur oder ein Stäbchen, das stützte. Wie nebenbei die Wildnis geordnet. Ruth Wirbelwind zwischen den Zweigen.

Erst jetzt zeigte sich, wozu die Natur imstande war, wenn man sie tatsächlich sich selbst überließ.

Georgi zögert. *So richtig weiß ich nicht mehr, was ich da unten soll.*

Tsarelli nickt. *Ich dachte, ich fahre mit Oskar. Vielleicht gefällt es ihm … das Meer sehen?*

- *Nehmt ihr die Kisten mit?*

Spinnst du? Meinst du, ich kann sie dort verkaufen, oder wie? Darauf haben die grad gewartet. Topaktuell: Holztruhen, made in Germany.

- *Ohne die Dinger wird der Junge niemals fahren! Vielleicht hast du Glück, und er lässt sich auf eine Auswahl ein. Eine kleine Delegation der hölzernen Kisten, sozusagen …*

Tsarelli rückt seinen Stuhl zurecht, ein Klappstuhl, dessen Beine vom Rost angefressen sind. Manchmal denkt Georgi, das Ding könnte zusammenkrachen, Tsarelli mit sich reißen. Das Gesicht des Freundes auf den Bodenplatten, *willst du nicht den Korbstuhl nehmen, der ist stabiler!*

- *Ach, stabil,* Tsarelli lächelt, *da verlasse ich mich doch nicht auf einen Stuhl, stabil bin ich selbst!* Er steht auf. Wie zwei Säulen stehen seine Beine inmitten der Grashalme. *Ein Elefant im Ruhestand,* Georgi denkt es nur, sagt es nicht laut. Der Enkel ist Sorge genug, er sieht es an Tsarellis Stirnfalten. Da nimmt Tsarelli plötzlich den Stuhl an der Lehne und holt aus, gekonnt schmettert er ihn mehrere Meter bis ins Hintere des Gartens, Georgi duckt sich, es klirrt metallisch, der Stuhl saust in eine Hecke, beendet dort seine Flugbahn. *Der macht's nicht mehr.* Tsarelli setzt sich direkt ins Gras, trotz der noch frühlingshaften Temperaturen. Im Schneidersitz doziert er weiter: *Eigentlich müsste ich da nur eine Stange austauschen, aber darauf habe ich jetzt keine Lust. Ich kaufe einen aus Plastik, Punkt.*

- *Wie du meinst,* sagt Georgi.

Eine Art Zugeständnis war der Wurf ohnehin. Tsarelli fürchtet selbst einzukrachen. Direkt zugeben würde er es nicht, aber jetzt sitzt er doch lieber sicher, mit nichts mehr unter sich als dem Boden.

Vielleicht verkaufe ich den Garten, Mona kommt ohnehin nur selten. Er lässt den Satz wie einen Angelhaken zwischen ihnen stehen, wartet, ob Georgi anbeißt. Georgi aber schaut nach oben, schaut in den Himmel. Wolken ziehen auf, sie werden bald ins Haus gehen müssen. *Dina,* sagt er, *war immer gern hier.*

Es stimmte, mehrmals die Woche war Dina zu Besuch gekommen, hatte unvermittelt am Zaun gestanden, machte sich auf der Liege breit, lachte, dass das Gartenhaus bebte. Doch seit Ruth nicht mehr lebte, war der Kontakt spärlich geworden, auch Mona hörte nichts mehr von ihr.

Einmal war Dina nach Ruths Verschwinden noch hier gewesen, hatte hilflos zwischen den Stauden gestanden, eilig eine Träne weggewischt und gesagt: *Tsarelli, ohne Ruth ist der Garten nur ein Garten.*

Tsarelli war eilig Kaffee kochen gegangen. Dann saßen sie mit ihren Tassen und starrten wortlos aneinander vorbei ins Grüne. Irgendwann stand Dina auf, sagte *danke* und *das nächste Mal bringe ich Eis mit.* Dann klappte das Gartentor, Dina war nie wieder gekommen.

Das ist die ganze Wahrheit, deine Dina ist nie zurückgekehrt. Ich sitze hier wie Unkraut zwischen den Betonplatten, keiner kommt mich besuchen. Ein neues Zeitalter eben. Wir leben jetzt in Innenräumen. Das Ganze hier war ohnehin ein Haufen Arbeit, allein schaffe ich es nicht. Sag jetzt nichts, auch du kommst äußerst selten. Es ist nicht schade drum. Meinetwegen können wir uns auf dem Mond treffen oder sonst irgendwo. Für mich war das hier immer nur ein Flecken Grün, wenn du weißt, was ich meine.

Es gibt Menschen, denkt Georgi, denkt es über Tsarellis Worte hinweg, *die können eine Tür schließen, und dann bleibt sie zu. Ich gehöre nicht zu ihnen,* stellt er im selben Atemzug fest. Es verwundert ihn nicht weiter, eigentlich hat er es schon länger gewusst, nur tritt es jetzt klarer hervor: *Immer kommt etwas Neues hinzu, eine Erinnerung, etwas vergessen Geglaubtes. Am Ende stehe ich mit mehr da als zuvor.*

Im Wespensommer hatte Dina plötzlich länger in der alten Heimat bleiben wollen, machte aus sechs Wochen acht. *Fahr du, ich bleibe.* Die Zugtür schloss sich, Georgi stand allein im Abteil, hob einen Arm, als wolle er winken. Dinas Gesicht, eingefasst hinter dem Abteilfenster, ein wenig gräulich, die Scheibe war länger nicht geputzt worden. Sie schaute auf ihre Uhr, hob nicht den Arm, blickte ernst und sagte, als Georgi das Fenster nach unten kurbelte, durch den Spalt hindurch: *Grüß mir die Einbahnstraße!* Es klang kühl, der Zug ruckelte an, ließ die Worte kleiner werden, der Fahrtwind nahm zu, Georgi schloss das Fenster wieder, blickte auf die Kurbel, das kleine Messingschild daneben und begriff: Der Wespenstich war nur ein Anfang gewesen.

KERBE

Valerie liegt auf dem hölzernen Steg, lässt das Wasser von sich abtropfen. Es perlt entlang ihrer Beine, über eine leichte Gänsehaut hinweg, trotz Sonne. Das Wasser ist immer noch kühl, erst seit wenigen Tagen ist Sommer. Ihre Haut schimmert weißlich, verstärkt durch die Sonnencreme, eine deckende Konsistenz. *Wie zwei Vampire,* sagt Eric, als er sich eincremt. Zwei Vampire, die kurz baden gehen, am Ufer picknicken, die Salatschüssel mit Couscous leeren und wieder ins Wasser springen. Zwei Vampire, die sich küssen, während das Schilf von rechts nach links schaukelt, ein leichter Wind weht.

Der Steg ist ein wenig morsch, er folgt der Bewegung des Wassers, *heute Abend,* sagt Valerie, *sind wir seekrank.* Sie fischt nach den Aprikosen. *Wie kleine Hintern sehen die aus,* sagt sie und dreht den Spalt in die Mitte. *Als würde ich in einen Miniatur-Po beißen.* Sie dreht die Frucht weiter zwischen ihren Fingern, kann sich nicht mehr entschließen, sie zu essen. Das Bild ist da. Eric nimmt ein Messer, zerschneidet die Frucht in Spalten, die aussehen wie Halbmonde. *Besser?* Valerie nickt.

Sie sind mit dem Rad hinausgefahren. *Ein Tagesausflug,* hatte Eric gesagt. Immer wieder musste er auf seinem Handy nach der Route schauen, Valerie guckte auf ihrem. Manchmal stimmten die Angaben überein, dann fuhren sie den Weg gemeinsam. Wichen sie voneinander ab, so folgte jeder seiner eigenen Route, bis beide sich wieder kreuzten. Woran es genau lag, fragten sie sich, *wer berechnet die Wege für uns?* Valerie schob es auf die unterschiedlichen Kartenhersteller, während Eric die Meinung vertrat, es läge an der Farbe der Geräte. *Doch wirklich, meines führt mich durch die Böschung, weil ich diese grüne*

Hülle habe. Valerie lachte. Das letzte Stück, Kiesel und Sand, fuhren sie nebeneinanderher.

Valerie liegt auf dem Rücken, einen Strohhut über dem Gesicht, seit einiger Zeit sagt sie nichts mehr, vielleicht schläft sie. Eric will den Hut nicht lüften, sie nicht wecken. Er blickt auf den modrigen Steg, grünlich-glibschig die Pfosten, die ins Wasser hinunterragen. Am Ufer, zwischen dem Schilf, schwirren Libellen, ihre Körper glänzen bläulich, sie stehen in der Luft. Ein Blau wie die Karosserie von Oskars Spielzeugauto. Jenes, das Georgi ihm geschenkt hat. Oskar hat es noch, es steht auf seinem Fensterbrett. Letzte Woche hat Eric es dort gesehen.

Oskar wollte mitkommen an den See, suchte seine Badehose, wild entschlossen.

Ich dachte, du hältst nichts vom Baden.

- *Doch, manchmal macht es mir Spaß.*

Monas Lächeln im Türrahmen, fast eine Provokation, findet Eric, wie sie sagte: *Die Dinge ändern sich eben.*

- *Diesmal wird es schwierig. Sonst sofort, Oskar, versprochen, jedes weitere Mal auch, nur heute … heute geht es nicht.* Eric konnte nicht sagen, warum, wollte den Streit mit Valerie nicht erwähnen. Das erste Treffen danach, sie hat den See vorgeschlagen. *Das Wasser wird uns guttun.* Was auch immer sie damit meinte.

- *Dann nicht,* sagte Oskar und pfefferte etwas gegen die Tür. Die Badehose war es nicht. Es klang härter. Sicher hat der Wurf eine Kerbe hinterlassen, denkt Eric. Die Türen sind aus weichem Holz, unlackiert. Vielleicht lässt sich die Kerbe wieder rausbügeln. Nur ein feuchtes Tuch unter das Bügeleisen legen, dann saugt das Holz sich voll, findet in die ursprüngliche Form zurück.

So vieles müsste gebügelt werden, wieder in Form gebracht. Oft geht etwas schief, obwohl Eric es gar nicht will. Seine zwei Leben legen sich übereinander, verdrängen sich gegenseitig. Gern hätte er auch Oskar dabei, auf diesem Steg, von dem nicht sicher zu sagen ist, ob er den nächsten Winter übersteht, die Kälte, das Eis. Erst aber muss er das Gespräch mit Valerie wiederaufnehmen, etwas ins Rollen bringen, das seltsam eingekeilt ist. Valeries schiefer Mund zur Begrüßung. Er hatte nicht gewagt, sie zu küssen.

Ich war so aufgewühlt, so verärgert, dass ich ein Kind auf der Straße hätte wegstoßen können.

- *Was hat das Kind damit zu tun?*

Nichts. Es stand im Weg.

Mit jedem Schwimmzug weicht Valeries Wut langsam. In der Sonne scheinen sich nicht nur die Poren zu weiten, auch ihr Lächeln kommt zurück. Sie beißt in eine Karotte, gibt Eric die Hälfte ab. Er sieht es als Versöhnung. Nun ist nur mehr Oskar beleidigt.

Warum er das mit den Kisten wohl macht?

Valerie döst nicht mehr, Valerie ist hellwach, richtet sich auf.

- *Weil er gern baut.*

Ja, aber warum Kisten? Das steht doch für etwas!

Eric rollt mit den Augen. – *Er ist doch noch ein Kind.*

Die wissen es doch am genausten! Er will uns etwas damit sagen, ich bin sicher.

- *Und was sollte das sein?*

Das müssen wir herausfinden. Valerie lässt sich wieder zurückfallen, blickt in die Wolken. Ihre Gedanken ziehen vorüber.

- *Was will er da nur aufbewahren?*

Nichts, Valerie, es ist Luft drin, nichts weiter!

- Aber genau das steht doch für etwas!

Du hast zu viele Videos geschnitten, jetzt suchst du überall eine Bedeutung, in jedem Bild, jeder Tätigkeit … alles klopfst du daraufhin ab.

- Was sollte ich denn machen, du warst ja nicht da!

Und dann kippt die Stimmung endgültig wie das Wasser des Sees am Ende des Sommers. Die Haut spannt, und jemand wird gestochen, er hüpft am anderen Ende des Ufers auf und ab. Valerie beobachtet ihn, seine ruckartigen Bewegungen. Das Licht ist grell, die Sonne schneidet Gegenbilder aus, die noch einige Sekunden anhalten. Eric würde sie küssen, wenn sich nicht so viel angestaut hätte.

Der Salat ist aufgegessen. Zwei Karottenstrunke liegen jetzt in der Tüte, die vor kurzem noch Proviant enthielt. Das Handtuch wird klamm und klebt an der Haut. Eric denkt, dass er gern mit Oskar ein Wettschwimmen starten würde, hier, sofort. Zum anderen Ufer und zurück zum Steg, *drei, zwei, eins.* Oskar würde sagen, dass es unfair ist, dass er kürzere Arme hat. Mit diesen würde er rudern, wild durch Luft und Wasser fahren, bei seinem Versuch, auf Eric einzureden, ihn zu überzeugen, dass er sich, schon aufgrund seiner geringen Körpergröße, ein Eis verdient hat. *Und außerdem ist es heiß, und Eis hilft gegen Kopfweh.* Wenn gar nichts mehr ging, half das Kopfwehargument.

Valerie schließt die Augen, und Eric denkt, dass sie sie jetzt bitte, bitte öffnen soll. Dass er es nicht aushält, diese Lider, die sich wie Jalousien über die Augäpfel legen, ihm den Einblick verwehren. *Nimm eine Sonnenbrille, irgendwas, aber schau!* Valerie dreht den Kopf nur träge zur Seite, greift nach der Wasserflasche. Wie verschlossen. Nichts dringt zu ihr durch, die schmalen Augenbrauen angestrengt in die Höhe gezogen, liegt sie da, als wäre der Steg eine harte Pritsche, als wäre nicht Sommer und ein Versöhnen undenkbar. *War doch deine Idee!*, bricht es aus Eric heraus. Eine plötzliche Ungeduld, die ihn erfasst, vielleicht ist es nur die Hitze, denkt er. Er spürt etwas in sich, das kurz davor ist zu explodieren. Gerade so kann er den Deckel draufhalten, doch es fehlt nur ein Wort.

Am Morgen noch hatte er sich gefreut, Gurken für den Salat in kleine Stücke geschnitten, ein Lied im Radio gehört und dabei gedacht, dass alles wird. Weil immer alles irgendwie wird. Jedenfalls bei ihm. Alles renkt sich ein, auf Schlechtes folgt Gutes, oder das Schlechte stellt sich im Rückblick als gar nicht so Schlechtes heraus. Er muss an Tsarellis Ausspruch denken, Jahre war das her, als Oskar sich auf einer frisch asphaltierten Straße das Knie aufschlug und kleine, schwarze Steine sich ins Fleisch gruben: *Auf jeden Tiefpunkt folgt etwas anderes, das ist das Gesetz der Welt.*

Doch der Morgen liegt jetzt lang zurück, an das Lied kann er sich nicht mehr erinnern. Es nervt ihn, dass Valerie Oskars Verhalten in ein Muster pressen will, etwas erklärlich machen, von dem Eric denkt, dass es wild ist und unberechenbar und gerade dadurch schön.

Er steht auf und macht einen Köpfer in den See, entfernt sich von Valerie, mit jedem Schwimmzug etwas mehr, schweift ab, gedanklich wie räumlich. In der Mitte des Sees denkt er an Mona, die sich Eiswürfel unter die Achseln klemmt, wenn es zu heiß wird. Ein paar Sekunden hält sie es aus, dann lässt sie einen fallen, schiebt den anderen in Richtung Nacken oder Handgelenk weiter, fährt den Puls damit ab.

Plötzlich sieht er die Erinnerung so gestochen scharf vor sich, dass er selbst erschrickt. Die aufgestellten Härchen im Nacken, die leichte Kurve, die auf Höhe der Ohren endet.

Die Ohrläppchen, die fast zugewachsenen Löcher darin. Er meint, selbst die Beschaffenheit der Poren noch zu erinnern, zur Nase hin werden sie etwas gröber. Besonders auf dem rechten Nasenflügel. Er versucht, nicht mehr daran zu denken, schwimmt gegen das Bild an, das die Rückkehr zu Valerie erschwert. Zu sehr fühlt er sich hingezogen zu diesem Ohr, der Erinnerung daran, wie es sich zwischen seinen Fingern anfühlte, weich und biegsam. Wie Knete. *Lass das!*, Mona mochte nicht, wenn er an ihrem Ohr spielte, als sei es von ihr losgelöst, existiere als leblose Masse. Sie verscheuchte seine Hand wie eine Mücke. Er hatte, ein wenig aus Hilflosigkeit, gelacht, gesagt: *Dabei mag ich es doch so gern.*

Er schwimmt schneller, bildet sich ein, so besser gegen das Bild anzukommen. Es hinter sich zu lassen, in der Mitte des Sees. Dort, wo es funkelt und das Wasser nicht durch Algen grünlich verfärbt ist.

Oskar öffnet die Tür langsam. *Ist Eric weg?* Mona nickt, sagt, dass sie auch schwimmen gehen könnten, an einen anderen See natürlich. Oskar zuckt mit den Schultern. Der Missmut ist noch nicht verflogen, hat sich in Oskar eingepflanzt. Die Art, wie er die Füße nachzieht, als wöge jeder von ihnen zwanzig Kilo. Er geht über den Flur. Mona blickt ihm nach, wie er die Balkontür öffnet, sich störrisch auf einen der Klappstühle setzt. Leichter Regen setzt ein. Mona fragt sich, ob es dort, wo Eric ist, auch regnet.

Auf den letzten Metern umschlingen Algen seine Arme, spannen sich von den Pfosten aus quer ins Wasser und versperren ihm den Weg. Er zieht sich am Steg hoch. Eine Wolke verdunkelt die Sonne. Valerie hat begonnen zusammenzupacken.

Wir könnten eine Pizza essen gehen. Der Vorschlag hat etwas so beruhigend Gewöhnliches, dass Eric fast lachen muss. Dann noch ein Bier im Freien, denkt er, und ein Film auf dem viel zu kleinen Bildschirm seines Laptops, zusammengekauert unter der Bettdecke. Wie eine logische Konsequenz. Erst der Streit, dann die Pizza, dann das Gewitter. Erste Tropfen fallen auf den Steg. Sie beeilen sich, alles einzupacken, steigen auf ihre Räder. *Ich nehme Thunfisch,* sagt Eric, und Valerie grinst. Etwas scheint gelöst oder vertagt. Kein Wort mehr darüber. Was im Argen liegt, wird im See versenkt.

Sie bestellen und wissen, dass es ewig dauern wird. Weil es hier immer ewig dauert und die Terrasse bis auf den letzten Stuhl gefüllt ist, trotz Regen. Einige Gäste sitzen sogar auf dem kleinen Mäuerchen, das zur Pizzeria gehört, balancieren ihre Teller auf den Knien. Valeries Hand greift nach seiner. *Wie lange haben wir nicht gesprochen?* Eric hat irgendwann aufgehört zu zählen, als aus den Tagen Wochen wurden. Er hält ihre Finger zwischen seinen wie etwas Zerbrechliches, traut sich nicht zuzugreifen oder will es nicht. Ihre Hände liegen nach oben geöffnet wie zwei Tonschalen auf dem Tisch, bis die Kellnerin endlich mit der Karte kommt. Eric greift nach dem Ledereinband, obwohl er eigentlich längst weiß, was er bestellen will.

Es regnet jetzt stärker. Oskar sitzt immer noch auf dem Balkon. Mona macht ihm Zeichen, doch endlich hereinzukommen. *Sonst wirst du krank, und was willst du essen?* Heute Abend ist ihr nicht nach Kochen, sie möchte raus, nicht immer in dieser Küche hocken. Eric hatte recht mit seiner Frage. Sie geht zu selten raus. Es ist nicht nur das Tanzengehen, generell ist sie kaum unter Leuten, bewegt sich auf engstem Radius um die Wohnung herum. *Ich habe etwas rausgesucht, das dir gefallen wird,* sagt sie zu Oskar und lässt es nach Abenteuer klingen. Wenig später laufen sie durch die Stadt, zwei gelbe Flecken mit Kapuze.

Das Schweigen hat sich erneut eingeschlichen. Bis die Pizza kommt, müssen sie reden, denkt Eric. Weil alle hier reden, an einem Freitagabend, er blickt sich um. Die Geschäftigkeit der Nebentische. Oberkörper, die sich nach vorne beugen, dichter dran sein wollen am Gesagten. Zwischen ihnen aber liegt das Tischtuch, liegt das Schweigen. Valerie hat ihre Hand von den rot-weißen Karos gezogen. Sie bedeckt jetzt ihren Unterarm, als wolle sie den Zugang verwehren. Eine Schranke, auf der Reste der Sonnencreme zu sehen sind.

Eric sucht noch immer nach dem eigentlichen Grund, dem Ausgangspunkt des Streits. Gleichzeitig weiß er, dass dies keine Rolle mehr spielt, jetzt ein Ausweg zu suchen ist. Etwas, das die Situation auflöst. *Schadensbegrenzung,* das Wort fällt ihm ein, doch er hat keine Ahnung, wie dies zu bewerkstelligen ist. *Wir schweigen uns noch ins Aus,* denkt er, als die Kellnerin mit zwei kleinen Salatschüsseln kommt. Jeder andere auf dieser Terrasse, so kommt es ihm vor, wäre leichter in ein Gespräch zu verwickeln. So unbekannt ihm die Menschen an den Nachbartischen auch sein mögen, er würde einen Einstieg finden. Eine simple Frage, etwas Unverfängliches. *Vielleicht,* denkt er und sticht mit der Gabel in ein Salatblatt, *wird es, je genauer man sich kennt, umso schwieriger, die richtigen Worte zu finden.* Die Vertrautheit stellt sich in den Weg. Ihn überfällt das Gefühl, wegrennen zu müssen, dorthin, wo ihn keiner kennt, wo Gespräche unverbraucht beginnen. Valerie beißt auf eine

Tomatenspalte, Eric blickt auf die makellose Zahnreihe, nur ein kleiner Spalt zwischen den beiden Vorderzähnen, sonst glänzt alles gerade und weiß. Besonders diesen Spalt mochte er zu Beginn, er erinnert sich, manchmal verfing sich etwas darin. Valerie versuchte dann unauffällig, es herauszuziehen. Etwas unbeholfen versteckte sie mit der einen Hand die andere, griff zwischen die Zähne. Es war gerade diese Unsicherheit, überspielt durch ihr stolzes Gesicht, die Valerie anfangs so liebenswert für ihn machte. Jetzt jedoch ist die Zahnlücke ein Makel, etwas täglich Gesehenes. Eric glaubt, ein Stück Schnittlauch in ihr zu erkennen. Auch als Valerie einen Schluck aus ihrem Weißweinglas nimmt, wird es nicht weggeschwemmt, bleibt hängen. Valerie trinkt erneut, Eric denkt, dass auch sie sich unwohl fühlt. Dass beide sitzen und die Zeit abwarten, bis endlich die Teller vor ihnen abgestellt werden. Früher störte es sie, wenn die Kellner ihr Gespräch auch nur kurz störten, jetzt sind sie dankbar für jede Unterbrechung ihres Schweigens.

Wie weit denn noch? Oskar folgt Mona durch den Regen. Sie geht mit großen Schritten voran, *gleich!*, biegt um die Ecke, geht zielstrebig auf ein Lokal zu. Oskar bleibt verwundert stehen.

Sind wir verabredet?

- *Mit wem?* Mona dreht sich um.

Von der anderen Seite der Terrasse winkt Eric, fast wirkt er erleichtert. Mona schaut zu Valerie. Ihre Augen versteckt hinter einer Sonnenbrille, trotz des Regens. Typisch Valerie. Eric kommt auf sie zu, breitet die Arme weit aus. *Setzt euch doch dazu.* Mona weicht zurück, Oskar weiß nicht, wohin. Von weitem winkt nun auch Valerie. Ihre blonden Locken wippen.

Lass mal, es gibt keine freien Stühle mehr. Mona blickt zu Oskar. *Wir bestellen einfach und nehmen sie mit nach Hause.*

- *Das kann dauern, setzt euch doch kurz! Ich frage drinnen nach Stühlen.* Eric scheint es wichtig zu sein, Mona nimmt Oskar auf den Schoß. Lang hat er dort nicht mehr gesessen. Ein wenig rausgewachsen kommt er sich vor. Ihnen gegenüber Valerie. Mona bemerkt ihre weißliche Haut, die gleichzeitig etwas Ledernes hat. Valerie nimmt einen Schluck. Der Wein sei zu empfehlen. Mona zwingt sich, ihr ins Gesicht zu schauen, dorthin, wo sie ihre Augen hinter den schwarzen Gläsern vermutet. Oskar wippt mit dem Fuß. *Gibt es mit Schinken?,* fragt er in die Stille hinein, die sich zwischen den beiden Frauen auftut.

- *Schinken gibt es immer, das ist Gesetz.* Eric ist zurück, grinst und hält zwei Hocker in der Hand. Zu viert sitzen sie um den kleinen Tisch, Oskar und Eric etwas tiefer, wie auf einer Zwischenebene, und warten. Eine seltsame Zusammenstellung, denkt Mona und fragt sich, was die Nebentische wohl über sie denken. *Ich hatte mal ein Hochbett,* sagt Valerie, und alle müssen lachen, weil es so herausgerissen klingt, so ohne Zusammenhang daherkommt. Valerie aber spricht ruhig weiter: *Vom Gefühl her war es wie jetzt, man lag über den Dingen, schwebte fast.* Oskar nickt plötzlich, weiß, was sie meint. *Es kommt dir nur so vor, weil wir so tief sitzen. In Wirklichkeit schwebst du nicht.*

- *Mag sein, mag sein, obwohl …* Valerie breitet die Arme aus, tut so, als würde sie fliegen. Oskar grinst, Mona lacht, Eric freut sich, dass der Zufall sie hier vorbeigespült hat. Es wird wieder geredet, Valeries steinerne Miene weicht auf. Mag sie so tun, als sei sie ein Vogel, mögen die anderen Gäste verwundert herüberschauen, sie nicht aus den Augen lassen, etwas hat sich entspannt. Eric lehnt sich zurück.

Irgendwo donnert es plötzlich, irgendwo blitzt es auf, der Wind fegt über die Terrasse. Die Sonnenschirme, die sie gerade noch vor dem Regen schützten, biegen sich beachtlich zur Seite. Valerie springt auf, ihr Weinglas in der Hand, rennt nach drinnen, mit all den anderen, die ebenfalls vor dem Regen flüchten. Dicht gedrängt stehen sie nun hinter der großen Glasscheibe der Pizzeria, die Kellnerin versucht, sich einen Weg zwischen den Menschen hindurchzubahnen, balanciert Teller an ihnen vorbei. Mona und Oskar sitzen mit ihren Regenjacken weiterhin draußen. Eric steht auf, sagt, dass sie doch alle mit zu ihm kommen könnten, weit sei es nicht, jedenfalls näher als zu Mona. Er reiht hastig Sätze aneinander, in dem Versuch, sie zu überzeugen. Mona sagt *meinetwegen,* und Oskar rennt zu Valerie, will ihr Bescheid geben. Er springt durch den Regen. Valerie nickt hinter der Scheibe. Mona sieht, wie sie die Sonnenbrille abnimmt, den Kopf zu Oskar neigt, der weiterspricht. Mit den Händen umklammert sie ihr Weinglas, es ist leer. Eric trägt einen Turm Pizzakartons. *Fehlt nur noch Opa!,* sagt Oskar und läuft voran. Mona denkt kurz an Johannes. Dann fällt ihr ein, dass er keinen Käse mag, keinen geschmolzenen jedenfalls.

Erics Wohnung ist, wie Mona sie in Erinnerung hatte. Kaum etwas hat er umgestellt. In der Ecke neben dem Bett lehnen immer noch Reste seines Diploms, die Leisten sorgsam zusammengebunden. Der kleine Tisch in der Küche ist wie immer vollgestellt. Eric schneidet Dreiecke, rollt mit einem Rädchen über die Pizza, stellt Wein auf den Tisch und Saft für Oskar. So haben sie noch nie gesessen. Valerie spricht wenig und Eric viel. Mona fragt sich, wie sie beide sind, hier in dieser Wohnung, wenn sie alleine sind. Ob Eric auch mit

Valerie immer spät aufsteht, den Augenblick hinauszögert, die Bettdecke höherzieht. Es kommt ihr seltsam vor, dasselbe Bad benutzen zu müssen wie sie. Sie stellt sich vor, wie sie gemeinsam vor dem Spiegel Zähne putzen, die Köpfe dabei aneinanderlehnen, wie sie und Eric es früher gemacht haben. Vielleicht, denkt sie, ist es bei ihnen ganz anders. Vielleicht putzt jeder für sich. Valerie ist kein Mensch, der sich das Waschbecken mit jemandem teilt. Sie muss bei dem Gedanken lächeln und zieht die Klospülung.

Oskar sitzt und kaut. Es scheint ihm zu gefallen, dass alle vereint sind. Seine Wut ist verflogen. Mona setzt sich und denkt, dass sie wieder in einer Wohnung steckt, dass sie nicht hinauskommt, selbst wenn sie will, immer landet sie wieder bei der Familie. Sie gießt sich ein Glas Wein ein. Er schmeckt ein wenig säuerlich. Sie bemerkt, dass Valerie ihn gar nicht trinkt.

Eric schlägt vor, nach dem Essen eine DVD zu schauen. Valerie sagt, dass sie bald gehen muss. Mona blickt auf die Uhr. Spät ist es noch nicht. Aber Valerie scheint müde zu sein, oder besser erschöpft. Die Pizza hat sie kaum angerührt. Etliche Dreiecke liegen noch auf dem Teller, zeigen in ihre Richtung wie Wimpel aus Teig. Oskar greift danach. Valerie schiebt ihm den Teller zu. Sie blickt nur selten in Erics Richtung, richtet kein Wort an ihn. Eric scheint es kaum zu stören, Mona schon. Es stört sie, dass er nicht reagiert, so tut, als sei alles in Ordnung. Diese Art abzuwarten, bis die Konflikte sich einfach auflösen, hat sie schon früher geärgert. Eric glaubt, alles weglächeln zu können. Oftmals gelingt ihm das auch. Doch je besser man ihn kennt, umso mehr weiß man um seine Hilflosigkeit angesichts von Konflikten. Was anfangs charmant unbeholfen wirkt, beginnt mit der Zeit zu nerven.

Man möchte Eric festhalten, zur Rede stellen, doch er entzieht sich, gibt eine Unfähigkeit zu streiten vor, was vielleicht sogar stimmt. *Eric ist ein Ausweicher,* denkt Mona, jetzt, von außen betrachtet, ist es noch offensichtlicher.

Valerie steht auf. Eric folgt ihr in den Flur, küsst sie zum Abschied aufs Haar. Mona blickt durch die halboffene Küchentür, ohne es zu wollen. Sie sieht sich selbst, etliche Jahre zuvor. Sie hört Valeries Schritte im Treppenhaus immer leiser werden. Eric kommt zurück. *Jetzt die DVD?* Mona überlegt kurz, die Vorstellung, dass sie alle drei auf dem Bett sitzen könnten, an die Wand gelehnt, die Arme und Beine übereinandergeschlagen, bis man vergisst, wem welches Bein gehört, gefällt ihr einen Moment lang, doch dann sagt sie zu Oskar: *Du musst ins Bett.*

MAUER

Johannes läuft durch die Straßen, es ist wieder frischer geworden. Ein plötzlicher Temperatursturz. Er schiebt die Hände in die Jackentaschen. Dort ist es weich, ein Taschentuch hat sich ausgebreitet. Johannes knetet es, kneift den Stoff zwischen seinen Fingern, denkt, dass es von außen nicht zu sehen ist, sein Nest aus Händen und Stoff. In der rechten Manteltasche tut sich eine ganze Welt auf, er ertastet eine Münze und einen alten Apfelkern. Im Frühjahr, hatte er gedacht, könne er ihn einpflanzen und dann im Sommer etwas daraus machen. Ihn umtopfen in irgendeinen Garten, Mona hat einmal etwas erzählt von einem Schrebergarten am Rande der Stadt. Vielleicht dort. Johannes zieht den Kern hervor, die Schale ist ein wenig abgestoßen. Er führt ihn zum Mund, will darauf beißen, nur leicht, um zu sehen, wie viel Kraft in dem Kern steckt, ob er überhaupt taugt für sein Pflanzvorhaben, doch unvermittelt schleudert seine Hand den Kern in ein nahegelegenes Gebüsch. Wie eine Zuckung hat es ihn durchfahren, erstaunt bleibt Johannes stehen. Der Kern ist weg. Ebenso die Aussicht auf einen Sommer mit Mona im Garten. Johannes starrt auf die grauen Gehwegplatten. Gleich darauf kommt die Wut. Dass die Dinge sich nie entwickeln können, wie er es wünscht, dass es immer einen Haken geben muss, eine bittere Note. Dass alle Leichtigkeit von vornherein verspielt ist, verspielt sein muss. Keinen Millimeter bewegt sich Mona auf ihn zu, im Gegenteil, in letzter Zeit überkommt ihn das Gefühl, alles liefe rückwärts, nähme Reißaus, Mona verschwinde langsam, auf irgendeinen Punkt am Horizont zu, bis sie dort über die Kante kippen, gänzlich unsichtbar werden würde.

Johannes läuft weiter, durch Nieselregen, der bald Dunkelheit wird. Alles vermischt sich, es ist ohnehin einerlei. Wenn etwas nicht stimmt, ist es auch egal, was. Johannes sucht nicht mehr nach Worten, das Unbehagen zu beschreiben. Es ist nicht zu fassen, es wabert. Es ist groß, und es ist da, sobald er aufsteht.

An der Straßenecke werden die Klapptische einer Bäckerei vor Ladenschluss ins Innere gebracht. Wackelige Gebilde aus Stahl. Wie riesige Käfer, deren rostige Beine man umlegt.

Im Herbst hatte Johannes seine Beine in den Querstreben verknotet. Er erinnert sich an das leichte Quietschen, sobald er sich bewegte. Mona saß ihm gegenüber, trank heiße Schokolade. Sie sprachen nicht viel, weil Mona es so wollte. Er biss von seinem Brötchen ab, Krabbensalat war darauf, eine hellrosa Masse, aus der sich eine Krabbe löste, auf den Teller fiel. Johannes kam es unwirklich vor, dass sie einmal geschwommen sein sollte, das Meer gesehen hatte.

Mona steht an der Ampel vor der Hochschule, lang ist sie nicht mehr in diesem Teil der Stadt gewesen. Das Gebäude ist von einem Gerüst umstellt, es wird umgebaut, der einstige Eingang ist versperrt, von Spanplatten verdeckt. Mona nähert sich, erkennt ein altes Graffiti, einen Schriftzug, der schon zu ihrer Studienzeit an der Wand zu sehen war, links neben dem Eingang.

Im Seitenflügel lässt sich eine Tür öffnen, Mona schlüpft in das Gebäude. Die Treppe, breit, wie sie sie in Erinnerung hatte, und aus weißem Stein, hat etwas Massives und Kühles zugleich. Sie greift nach dem Geländer, lässt die Hand über die ebenmäßige Oberfläche des Granits streifen. Dieselbe Treppe. Sie denkt es bei jedem Schritt, hallend wie damals, nachdem sie Eric das erste Mal getroffen hatte. Über diese

Treppe war sie zur Mensa gelangt, in der Eric schon auf sie wartete, hier hatte sie sich Zeit gelassen, gezögert, den Schritt verlangsamt.

Im zweiten Stock ist eine Trennwand eingezogen, der gewohnte Weg bleibt ihr versperrt. Mona dreht um, sucht den Eingang zur Bibliothek. In Büchern blättern, solang Oskar in der Schule ist. Kataloge, die Arbeiten anderer, Mona durchforstet die Regale. Etwas Neues muss in ihre Zeichnungen geraten. Etwas stimmt nicht mehr, geht in der ewigen Wiederholung nicht mehr auf. Vielleicht das Format. Mona denkt an Erics Kuppel, ihre raumgreifenden Ausmaße. Etwas ähnlich Großes. Oder sogar größer. Einen Raum ausfüllen mit Zeichnung. Eine ganze Hausfassade damit bedecken. Mona denkt plötzlich, dass sie die Möglichkeiten, die ihr die Hochschule bot, nie ganz ausgeschöpft hat. Die riesigen Räume und Flächen. Mona war auf dem Papier geblieben, hatte den Atelierraum unversehrt gelassen, nie auf den Boden übergemalt, nie die Wände einbezogen. Immer gab es eine Schicht dazwischen. Ein klar begrenztes Blatt Papier, das sich verstauen ließ, zusammenrollen. Kleine, konzentrierte Arbeiten. Einige Linien und der sparsame Einsatz von Farben. Sie erinnert sich an die Worte ihrer Professorin, die bei einer Bildbesprechung plötzlich aufstand, mit rudernden Armen auf sie einredete: *Das kann alles viel ausufernder, wenn Sie wissen, was ich meine!* Mona hatte genickt, es auf eine Weise verstanden und kam sich gleichzeitig überrumpelt vor, wie vor den Kopf gestoßen. Im Nachhinein verstand sie die Worte besser, hatte genug Distanz zu ihnen, um sie gelten zu lassen. Jetzt jedoch fehlten ihr die großen Räume und die Möglichkeit, diesen Vorschlag tatsächlich umzusetzen.

Das kleine Graffiti neben der Tür, Mona muss wieder daran denken. Diese Spur, deren sich das Gebäude nicht so leicht entledigen konnte. Fast gehörte es zur Architektur, füllte den Zwischenraum zwischen zwei Mauervorsprüngen exakt aus. Es war dort und blieb. Jeder an der Hochschule wusste, zu wem es gehörte. Der Schriftzug verwies eindeutig auf einen Studenten aus der Graphikklasse, der im selben Jahr wie Mona aufgenommen worden war. Niemand sagte etwas. Über die Jahre hinweg war der Schriftzug geblieben, er würde wohl auch der Renovierung standhalten. Der Rektor hatte veranlasst, das Graffiti zum Schutz notfalls zu überkleben. Eric hatte es Mona lachend erzählt. Der Graphiker hatte sich mittlerweile einen Namen gemacht, besaß ein eigenes Büro und erhielt zahlreiche Aufträge, es wäre dumm gewesen, den Verweis auf ihn zu entfernen.

Mona setzt sich mit einem Berg Bücher an einen der langen hölzernen Tische, blättert, bleibt hängen an der Fotoserie einer Künstlerin, die täglich einen Baum hinter ihrem Fenster dokumentiert hat. Über ein Jahr hinweg immer derselbe Blick, womöglich im Liegen schräg von unten fotografiert, ein Stück Gardine unscharf im Vordergrund. Mona starrt auf die Ahornblätter. Früher hat sie aus ihnen jeden Herbst eine Krone für Oskar gebastelt. Doch seit einigen Jahren blickt er komisch zur Seite, wenn sie ihn darauf anspricht, ob er wieder eine haben wolle. Die Kisten haben jeglichen Raum für sich beansprucht, Oskar lässt sich kaum mehr auf anderes ein. *Blätterkronen sind etwas für Kinder,* sagt er nur knapp. Mona kommt sich dann schlagartig alt vor, verschwindet ins Bad, blickt in den Spiegel und sucht ihr Haar nach grauen Strähnen ab, nach einem Beweis für das Verstreichen der Zeit. Kurz darauf lässt sie die Badezimmertür auffliegen, stürmt wieder heraus, wirft wie eine Lanze in Oskars Zimmer: *Und was bist du, wenn du kein Kind bist?*

- Ich bin ein Kistenbauer.

Johannes kauft sich ein Brötchen, weil es sonst nichts zu tun gibt. Ohne Krabben diesmal. Er ist es satt, sich an Mona zu erinnern. Er denkt es und balanciert den Teebecher vorbei an Menschen, die auf Brot warten. Immer wieder diese Gedanken, wie Schleifen, wie Bänder, die zu entwirren er nicht mehr in der Lage ist. Vor der Bäckerei dampft das Getränk in die frische Luft hinein. Johannes befürchtet, den Becher nicht mehr lange halten zu können. Er stellt ihn auf einem Mäuerchen ab.

Etliche weiße Blätter, Mona hat sie über die Wohnung verteilt, noch ehe Oskar aus der Schule zurück ist. Sie hat die Bibliothek frühzeitig verlassen, ein wenig Zeit bleibt ihr noch.

Die Papierbögen sind auf der Rückseite lose mit Klebestreifen aneinander befestigt, gehen vom Flur ins Wohnzimmer über. Ein schmaler, langer Streifen, Oskar steigt schweigend darüber hinweg, als er aus der Schule kommt. Was es wird, kann er nur ahnen. Die Mutter scheint von einer Idee gepackt, das kann passieren. Es dauert meist einige Wochen an. Manchmal kommt etwas dabei raus. Fragen sollte Oskar nicht danach, das weiß er schon. Monas Ideen sind ihre Sache, gehören in ihren Kopf. Sie blickt nur kurz auf.

Heute Abend machen wir Pfannkuchen, ja?

Oskar nickt. Bei Eric gibt es in diesen Situationen heiße Schokolade. Jeder hat seine Währung. Seit einiger Zeit aber hat Eric nichts mehr gebaut. Die Holzlatten lehnen unverändert an der Wand. Oskar hat mehrmals gefragt, ob er eventuell ein Stückchen für seine Kisten bekommen könnte, doch Eric schweigt dazu, zieht eine der Latten heraus, fährt versunken über das raue Holz und stellt sie wieder zurück.

Mona rührt in Gläsern, vermischt Tusche darin. Ein seltsames Violett entsteht. Sie kniet auf dem Boden in ihrem Zimmer, ist kaum ansprechbar. Oskar fragt sich, ob es nicht eher Grün ist, die Farbe schimmert wie ein Käfer im Glas.

Das Telefon klingelt. An Monas Gesichtsausdruck sieht Oskar, dass es Eric sein muss. Mona hält das Glas mit der Farbe in der Hand, es bebt ein wenig zwischen ihren Fingern. Die Flüssigkeit schlägt an den Rand wie ein kleines Meer.

Ich werde das jetzt anders machen, sagt Mona, *und es wird gut sein.* Ihre Stimme klingt entschlossen, dann schweigt sie, schweigt in den Hörer hinein, aus dem auch nichts zu kommen scheint. Oskar wundert sich, dass beide Eltern schweigen, jeder auf seiner Seite der Leitung, fragt sich, wieso sie dazu ein Telefon brauchen.

Es braucht nicht immer ein Gespräch, einiges kann man auch für sich beschließen und dann durchführen, denkt Johannes und trinkt den Tee in kleinen, schnellen Schlucken. Heute beschließt du es, und ab morgen ist es so. Auch wenn keiner es erfährt. Es genügt, dass du es weißt.

Eric legt auf, denkt an Mona und die Zeichnungen, denkt an eine Mauer unweit seiner Wohnung, etwas abseits gelegen, die Rückwand eines Hauses, keine Fenster, aber eine glatte Oberfläche. Monas Pinsel würde nicht hängenbleiben. Ab acht Uhr abends geht dort kaum mehr jemand vorbei. Tagsüber schon, tagsüber würden Menschen es sehen, Monas

Bild. Was immer sie vorhat, es gäbe genug Platz. Die Mauer ist sicher sechs Meter lang. Eric greift wieder zum Hörer. Diesmal Oskar: *Mama kann nicht, sie malt. Die ganze Wohnung ist voller Papier.*

- Und was machst du?

Ich bin in meinem Zimmer.

- Wir könnten rausgehen, wenn du magst.

Es regnet doch.

- Ich will dir eine Mauer zeigen, bei mir in der Nähe.

Eine Mauer? Was soll ich damit?

- Vielleicht ist es was für Mona, vielleicht könnte sie darauf zeichnen?

Darf man das denn?

- Oskar, man darf, was man sich erlaubt zu tun. Merk dir das mal!

Ja, vielleicht. Papa, ich muss weitermachen. Die Kisten …

- Okay. Sagst du Mona Bescheid, dass sie mich zurückrufen soll?

Oskar geht durch den Flur, vorbei an Mona, die immer noch versunken zwischen Papieren kniet, mit einem dicken Pinsel endlose Linien darüberzieht.

Papa hat eine Mauer für dich!

- Eine Mauer? Wozu?

Du sollst da etwas draufzeichnen.

- Hat er wieder einen seltsamen Auftrag angenommen?

Das hat er nicht gesagt.

- Eric kann eigentlich gar nicht zeichnen. Mona lacht. *Er hat immer nur so getan, und alle haben es ihm abgenommen. Aber eigentlich waren die Zeichnungen nur Pläne, Skizzen für seine Skulpturen. Als Zeichnungen selbst haben sie nicht funktioniert.*

Und du hast es gemerkt?

- Sicher. Ich habe es ihm auch gesagt. Einmal abends beim Pizzaessen, wir kannten uns kaum. Er zeigte mir sein Skizzenbuch, biss von

seiner Pizza ab und grinste: «Stimmt, ich kann nicht zeichnen, aber sag es ja keinem.» An dem Abend hat er mich das erste Mal zu sich eingeladen. In seine Wohnung.

Echt? Obwohl du so gemein zu ihm warst?

- Vielleicht gerade deshalb. Außerdem war es nicht gemein, es war ehrlich! Merk dir das mal.

ZIMT

Mit klammen Fingern wischt Johannes über das Display. NUMMER ENTFERNEN. Er zögert einen Moment, blickt auf die Ziffern. Eigentlich eine schöne Zahlenfolge. Einige Zweien und seine Lieblingszahl, die Fünf. Trotzdem. Zu lang hat er gewartet, zu aussichtslos die Gesamtlage. Ganze Notizbücher voller kleiner Einträge. Hastig notiert, auf dem Weg zur Arbeit oder abends auf der Bettkante, kurz vorm Einschlafen. Immer wieder dieselbe Frage, die unbeantwortet bleibt. Monas Schweigen. Immer mehr Sätze hat er angehäuft, weil Mona immer weniger schickte. Jetzt kommen sie ihm vor wie Fahnen in einem Land ohne Wind.

Eric steht in der Tür.

Ich wollte euch abholen.

- *Wir machen grad Pfannkuchen.* Oskar lehnt im Türrahmen.

Das macht nichts, dann zeige ich es euch danach.

- *Danach ist es dunkel.*

Umso besser. Kannst du Mona kurz Bescheid sagen?

Oskar steht in der Tür, will Eric kaum vorbeilassen. Dieser Junge kann ein Wall sein, wenn er es darauf angelegt hat, denkt Eric und schiebt Oskar sanft zur Seite. Die Abgeschiedenheit, in der Mona und der Sohn leben, beunruhigt ihn langsam. Oder ist es die Tatsache, dass er nicht mehr unangekündigt auftauchen kann? Als wäre er ein Fremder. Eric schluckt zweimal kurz und betritt dann die Küche. Eine einsame Pfanne steht auf dem Herd. In ihr wirft ein Teig Blasen. Mona ist nicht zu sehen.

Es ist nur ein leichtes Tippen, ein Knopfdruck, dann verschwindet der Eintrag. Monas Name ist nicht mehr zu sehen,

Johannes atmet auf. Einige Tage lang hat er mit sich gerungen, alle Möglichkeiten durchgespielt. Die ihm liebste sah ein jahrelanges Werben vor, stetige Bemühungen seinerseits, die schließlich in einer gemeinsamen Wohnung mündeten. Sie war gleichzeitig die unwahrscheinlichste, Johannes muss es sich eingestehen. Nichts spricht dafür, realistisch betrachtet. Und Johannes fühlt sich plötzlich einem gewissen Realismus verpflichtet. Nicht nur in seinen Texten. Das ganze Leben, so denkt er plötzlich, sollte davon erfüllt sein. Ein klarer Blick auf die Dinge. Ihre Unverrückbarkeit erkennen. Genau hinsehen. Lang genug hatte er gehofft, ohne dass irgendetwas passierte. Nicht der leiseste Anflug einer Veränderung. Im Nachhinein kommt er sich fast lächerlich vor. Verträumt schwelgend, während Mona sich keinen Millimeter bewegt.

Eric wendet den Pfannkuchen, er riecht süßlich und nach Zimt. Ihm fällt Monas Eigenart wieder ein, immer ein wenig Zimt und Muskat in den Teig zu rühren, er hatte sie vergessen. In den Jahren dazwischen. Eric öffnet die Balkontür. In den Blumenkästen wächst nicht mehr viel. Vereinzelt ragt karges Gestrüpp in die Höhe. Es muss sich um den Kräutergarten handeln, den er einst angelegt hat.

WIND

Das Meer. Johannes ist lange nicht mehr hier gewesen. Hat vergessen, wie kalt es sein kann, barfuß durch Sand zu laufen. Und dauernd geht ein Wind, der einem die Haare ins Gesicht weht. Aber angenehm kühl. Johannes hat das Gefühl, dass etwas seinen Kopf durchfegt. Es ist jetzt leerer darin, irgendwie geordneter. In der Pension ist niemand außer ihm. Jedenfalls ist ihm kein Mensch begegnet. Nur die Frau am Empfang, die Schlüssel und Lächeln herüberreicht. Er greift eilig danach, ungeduldig, sein Zimmer zu sehen. Ein Doppelbett, hellblau bezogen. Johannes legt sich erst auf die linke Seite, probiert dann die rechte. Unendlich viel Platz für eine Person. Mit der Hand fährt er über den Spalt zwischen den beiden Matratzen. Er lässt sie einen Augenblick dort, denkt an Mona und wie es wäre, mit ihr hier zu sein, in genau diesem Zimmer, dann steht er ruckartig auf und geht ans Meer.

Papa hat eine Mauer für uns besorgt.

- Eine Mauer wozu?

Ich sage dir, der Junge dreht langsam durch.

- Lass ihn doch erst mal erzählen! Was für eine Mauer soll das sein, Oskar?

An einem Haus, sechs Meter oder sogar breiter. Ganz für uns.

- Verstehe. Und was soll dort genau geschehen?

Mama wird etwas malen, und wir gucken zu.

- Habt ihr um Erlaubnis gefragt?

Georgi, das interessiert doch keinen!

Nein, es wird im Dunkeln geschehen.

- Bei Dunkelheit? Na, das nenn ich einen Plan.

Sie laufen durch die Straßen. Georgi braucht noch Milch,

Tsarelli will eigentlich nach Hause. Doch jetzt ist da diese Mauer, und Fragen kreisen in seinem Kopf, die beantwortet werden wollen, bevor er Oskar zurückbringen kann. Seit wann sich die Familie wieder zusammentut und als Trio unterwegs ist, ist dabei noch eine weniger beunruhigende. Wichtiger und bedrohlicher erscheint Tsarelli die Frage nach der Wandgestaltung. Seit wann malt Mona überhaupt wieder? Kann etwas Gutes herauskommen, wenn man lange nicht mehr im Training war?

Wir drehen noch eine Runde. Tsarelli legt Oskar eine Hand auf die Schulter und blickt finster zu Georgi. Georgi nickt. *Ich komme mit.* Oskar lässt sich wie gewöhnlich bitten, verrät kaum etwas über den neuen Plan. Ob schon ein Datum feststünde.

Nein, wir machen das spontan. Hängt ja auch vom Wetter ab.

- Und Mona weiß, was sie da malen will?

Ja, zu Hause liegt alles voller Skizzen.

- Was ist darauf zu sehen?

Genau weiß ich es nicht, du siehst es ja dann, Opa.

- Gehst du da etwa mit? Georgi zieht die Augenbrauen hoch.

Einer muss ja Wache stehen.

- Es wird nichts passieren, Ehrenwort! Papas Plan ist ausgeklügelt.

Der Plan an sich interessiert mich natürlich schon.

- Georgi, verschone uns!

Wieso? Vielleicht könnte auf der Wand etwas stehen. Etwas Bestimmtes, wenn ihr wisst, was ich meine.

- Nein. Und wir wollen es auch nicht wissen. Setz ihm bloß keine Flausen in den Kopf! Der Junge ist mit seinen Eltern schon gestraft genug.

Doch Georgi lässt nicht locker:

So ein kleiner Schriftzug. Eine Art Widmung. An eine bestimmte

Person gerichtet. Nichts Aufdringliches, nur eine kleine Notiz. Ich kann mir das sehr gut vorstellen.

- Es ist spät, der Junge muss ins Bett.

Meinetwegen. Grüß deine Eltern von mir. Sag ihnen, ich bin auch dabei!

Ja, machen wir. Tsarelli zieht Oskar am Ärmel, biegt in eine Seitenstraße ein.

Was wollte Georgi da überhaupt schreiben?

- Keine Ahnung, wahrscheinlich ging es wieder um Dina. Soll er sich doch selbst eine Spraydose kaufen, wenn er glaubt, dass das hilft!

Aber wir könnten ihm doch helfen!

- Dem kann man nicht mehr helfen. Dina ist längst verloren. Selbst wenn wir die ganze Stadt zuschreiben, sie wird nie zurückkehren.

Das ist traurig. Oskar zieht die Mütze tiefer ins Gesicht, schaut betrübt.

Wenn man so will, ja. Andererseits hat es auch etwas Erleichterndes. Tsarelli seufzt so kräftig, dass sein Brustkorb zusammensinkt wie ein Luftballon, dem alle Luft entweicht.

Georgi denkt, zu Hause angekommen, an den möglichen Satz, die Notiz für Dina. Etliche Versuche hat er notiert, in der Küche liegen zahlreiche kleine Zettel verstreut, er murmelt vor sich hin, *verzeih Dina, aber ich bin natürlich kein Mann der Worte.* Er seufzt vor sich hin. Sechs Meter sind nicht gerade wenig. Trotzdem sollte es prägnant und kurz sein. Und von weitem leicht lesbar. Dina war schon immer kurzsichtig, gleichzeitig etwas eitel. Georgi verwettet sein Hemd, dass sie ohne Brille unterwegs ist. Nicht, dass sie es noch übersieht! Also: prägnant und kurz.

Georgi rührt in seiner Tasse. Gleichzeitig trinkt er Wodka aus einem kleinen Schnapsglas. Übertreiben möchte er nicht, aber die besondere Lage erfordert einen angemessenen Pegel. Er trinkt im Wechsel aus Glas und Tasse, wartet, dass die Worte kommen. *Höchstens sieben,* denkt er, *besser fünf.*

Möwen kreisen um seinen Kopf, ihre Schreie sind schrill. Johannes denkt über sein Abendessen nach und freut sich, überhaupt über ein Abendessen nachdenken zu können, nach allem, was passiert ist. Oder eben nicht passiert ist. Es ist eigentlich alles wieder so wie vor der Nacht auf dem Dach. Nichts gewonnen, nichts verloren. Johannes sieht eine bauchige Null vor sich und denkt gleichzeitig an eine Fischfrikadelle. Die Dinge nehmen wieder ihren Lauf. Er wird sich daran gewöhnen. Keine großen Sprünge, ein gleichförmiger Alltag.

Das obere Rechteck auf seinem Schreibtisch hat er vor der Abfahrt frei geräumt, jetzt steht dort sein Locher. Der Brief an Mona liegt in kleinen Fetzen im Müll. Er hat ihn nicht zu Ende geschrieben. Wenn er zurückkommt, wird er den Müll leeren. Keine zwei Sekunden wird es dauern.

Georgi ist eingeschlafen, den Kopf auf der Tischplatte. Wie viele Schnapsgläser es letztendlich waren, kann er nicht mehr sagen. Morgen wird er mit Tsarelli sprechen müssen. Er soll Mona überzeugen. *Nur eine Bitte, mein Freund. Das wirst du mir doch nicht ausschlagen!* Georgi hat ein altes Foto von Dina aufgestellt. Es ist schwarz-weiß, zeigt Dina in einem geblümten Kleid. Sie scheint etwas fangen zu wollen, springt nach vorne. Was es ist, ist im Bild nicht zu sehen. Georgi empfindet eine tiefe Sympathie für diesen Sprung. *Darin liegt ja schon alles, das Bemühen, das Scheitern. Und das eigentlich Wichtige befindet sich außerhalb des Bildes.*

Das Foto lehnt an der Teekanne, davor liegt Georgis Kopf. Er wollte Dina genau im Blick haben.

In dem Ort gibt es viel zu tun, selbst ein Schwimmbad haben sie hier, denkt Johannes, doch ihm ist nicht danach. Der bloße Gedanke an den Geruch von Chlor juckt in der Nase. Der Wind wird stärker, Johannes läuft zurück. Der Weg an den Büschen vorbei über den Parkplatz ist ihm seltsam vertraut, fast schon eine Gewohnheit, dabei ist er ihn erst einmal gegangen. Wie schnell das geht. Sein Zimmer in der Pension, er denkt daran wie an ein Zuhause, vermisst bereits das blasse Blau der Decke. Etwas Beruhigendes liegt darin, vielleicht der wattierte Stoff, seine Schwere, wenn man sich darunterlegt, die Beine ausstreckt.

Mona steht im Wohnzimmer, blickt über die Papierbögen zu ihren Füßen. Schmale Linien aus Tusche. Von weitem betrachtet, setzen sie sich zu einem Raster zusammen. Nur müsste es gelingen, die Linien auf die Wand zu übertragen, ohne dass es tropft. Monas Stirn legt sich in Falten beim Gedanken, die Schwerkraft überwinden zu müssen. Oskar schleicht herum, blickt in Monas Gesicht. *Was ist los?*

- Die Farbe, sie wird von der Wand tropfen. Senkrecht wird es nicht funktionieren.

Dann kipp doch die Wand!

Mona muss lachen. – *Und das Haus gleich mit? Sollen alle Bewohner aus ihren Betten purzeln, Oskar?*

Oskar gefällt der Gedanke, morgens nicht aus eigener Kraft aufstehen zu müssen, sondern aus dem Bett katapultiert zu werden.

Übrigens, fällt ihm ein, *Georgi möchte gern mitmachen.*

- Wobei?

Bei deinem Bild da. Er wünscht sich einen besonderen Spruch für Dina. Einen, der sie zurückholt.

- Wie soll das gehen? Außerdem arbeite ich nicht mit Schrift!

Es wäre trotzdem gut, ihm zu helfen, glaube ich.

- Und was soll dann da genau stehen?

Das weiß er noch nicht. Aber er wird es dir bald sagen.

Eric geht mit großen Schritten den Boden am Rande der Mauer ab. Fast sieben Meter. Links steht ein Busch etwas im Weg, aber sonst ist die Wand tadellos. Er macht ein paar Fotos, die er Mona schicken will, gleich heute Abend. Seit Monaten haben sie kaum gestritten, alles hat sich beruhigt, eine stille Abmachung. Eric besucht Mona jetzt gern wieder, mag den Geruch in der Küche und ihr Haar, wenn es ihr in die Stirn fällt. Leicht übergebeugt steht sie oft, blickt auf ihre Zeichnungen, sieht ihn kaum an. Wie damals in der Hochschule, als er ganz nah an sie herantrat, ihr fast den Weg versperren musste, damit sie ihn überhaupt wahrnahm.

Manchmal wachte er morgens auf und musste unvermittelt an Mona denken. Als wäre der Gedanke aus dem Schlaf herübergerutscht, habe schon zuvor im Traum existiert. Eine Mischung aus schlechtem Gewissen und Unverständnis überkam ihn dann. Er blieb liegen, starrte an die Decke, ohne zu wissen, was zu verändern war. Etwas war zwischen sie geraten in den letzten Jahren. Es lag nicht nur an Valerie. Sosehr er sich Mona auch zurückwünschte, ihre Gespräche wurden immer verkrampfter. Bis er eines Tages aufgab, es war ein Mittwoch, er wusste es noch, weil er Oskar von der Grundschule abholte und vor dem Flachbau in gleißendes Sonnenlicht starrte. Der erste heiße Tag in jenem Jahr. Eine plötzliche Traurigkeit hatte ihn befallen, wie sie nur an Sommertagen möglich ist, ein wenig stumpf und von der Magengegend herrührend, nichts Ernstes. In der Hand hielt er einen Trinkjoghurt für Oskar. Der blaue Aufdruck in schlechter Qualität verstärkte seine Traurigkeit noch, ein Junge grinste ihn von der Verpackung aus an, die Zähne geordnet und makellos. Ein angestrengtes Grinsen. Der Fotograf musste länger gebraucht haben, als das Kind es ertrug. Eric drückte auf die Packung, das Gesicht verzog sich. Oskar war nicht zu sehen. In Erics Hand wurde die Milch warm. Er lief auf dem Parkplatz auf und ab, andere Eltern kamen hinzu. Mütter und Väter in Sommerkleidern und leichten Hosen. *Leinen*, dachte Eric und blickte auf seine Jeans. Vereinzelt auch schon erste Sonnenbrillen. Er konnte die Leichtigkeit dieses Zusammentreffens nicht teilen, war wie im Winter steckengeblieben. Ein Paar näherte sich, ging auf den Eingang der Aula zu. Obwohl die beiden einander nicht berührten, ging von ihnen eine Einigkeit aus, die Eric erschrecken ließ. Etwas in ihren Bewegungen verriet, wie sehr sie aufeinander abgestimmt waren. Es bedurfte keiner Worte. Die Frau schob sich durch die Tür, blickte zurück, der Mann folgte ihr. Eric dachte an Mona und dass es mit ihr nicht möglich war, so durch eine Tür zu gehen. Mona lief unberechenbarer, mit einem Abstand zwischen sich und der Welt.

Die Tür zur Pension quietscht, ein langgezogener Ton. Johannes steht unschlüssig im Flur. Der Geruch von Plastik. Es muss am Bodenbelag liegen. Kaum die Spur eines Schrittes, nichts Eingetretenes. Als hätte niemand das Haus bezogen, als stünde es noch leer in Erwartung seiner zukünftigen Bewohner.

Der Moment davor. Johannes hat ihn immer gemocht. Die Unsicherheit, die damit zusammenhängt, die Schwebe, in der noch nichts entschieden ist. Vielleicht sogar das Beste an allen Abläufen. Nicht der Start, nicht der Beginn des Neuen an sich. Nein, es sind die Sekunden davor, die wenigen Stunden und Tage, in denen alles wieder möglich scheint. Johannes geht ins Bad, lässt warmes Wasser über seine Hände laufen. Auf einer Stange hängen Handtücher unberührt, mit exakt übereinandergelegten Kanten. Ein riesiges Spielfeld, denkt Johannes. Und alles unentschieden.

SCHRIFT Mona tippt auf ihrer Schreibmaschine. Weil es vor jeder großen Aktion ein Konzept braucht, ein paar Gedanken, die man niederschreibt, damit man sich später, wenn es zur Umsetzung kommt, daran halten kann. Die Tasten lassen sich nur schwer anschlagen. Es klappert laut, ein Rhythmus aus Buchstaben.

Vorerst – bis ihr etwas Besseres einfällt – trägt die Arbeit an der Wand den Titel

```
Dämmerung & Farbe.
```

Mona notiert die Bestandteile:

```
Wand
Spraydosen
schnelle Beine
Wache (wer steht?)
```

Oskar möchte sicher mitkommen, auch Tsarelli wird dabei sein, Eric sowieso. Die drei könnten Taschenlampen halten, falls der kleine Weg, der an der Mauer vorbeiführt, nicht ausreichend beleuchtet wird. Mona notiert weiter:

```
Lichtquelle braucht Strom, komplizierte Sache,
lieber ohne Strom. Mobile Lichtquelle wählen.
Drei Taschenlampen besorgen!
```

Wie stark die Mauer einsehbar ist, hat Eric ihr nicht gesagt. Das werden die drei ebenso im Blick haben müssen.

```
Wenn wer kommt, check, ob Polizei.
Wenn ja, rennen!
Wenn nein, weiter!
Fertig werden, bevor es hell wird!
```

Im Groben steht das Konzept. Nur ein bedeutendes Detail fehlt noch: der Schriftzug. Mona ist sich unsicher, was sie genau auf die Wand schreiben wird. Georgi hätte da seine Idee, er wird nicht müde, Mona damit zu behelligen. Gestern noch hat er sie angerufen:

Die Künstlerin bist natürlich du, aber ich hätte da einen kleinen Vorschlag …

Mona dankte höflich und legte schmunzelnd auf. Georgi mit seiner jahrelangen Rückholaktion, weltfremd und rührend zugleich. Wenigstens, denkt Mona, hat er noch ein Ideal, für das er kämpft. Dass die einzige Person, der es gilt, nicht die leiseste Kenntnis davon nimmt, ist bitter. Aber womöglich ist es so mit den wirklich großen Lieben, sie bleiben irgendwie verschwendet, hinausgeschleudert in den luftleeren Raum.

Meine Mutter macht was im Außenraum. Oskar ist stolz über das neue Wort, er ruft es Theo in der Umkleidekabine zu. Die anderen Jungen gucken komisch, sollen sie doch. Das Einzige, was sie können, ist, einem runden Stück Kunstleder nachzulaufen. Er hingegen, er und seine Familie, gehen einfach so in die Stadt und schreiben dort auf ein Haus. Das kann man so machen, man muss sich nur trauen.

- *Und was genau?*, will Theo wissen.

Sie schreibt etwas auf eine Wand, damit es alle lesen können.

- *Was will sie denn schreiben?*

Das weiß ich noch nicht.

- Weiß sie es denn?
Ich glaube, schon.
- Weil, wenn sie es nicht weiß, hätte ich ein paar Ideen.

Je genauer Mona über den Schriftzug nachdenkt, je häufiger sie mit Leuten darüber spricht, desto klarer wird: Es gibt etliche Möglichkeiten, jeder hat seine persönliche Vorstellung, was auf einer solchen Wand zu stehen hat. Ein Wunder, dass bisher so viele Mauern leer geblieben sind in der Stadt. In zahlreichen Köpfen kreisen etliche Sätze (von Liebesbekundungen über Anweisungen für ein besseres Leben bis hin zu Beleidigungen), ohne jemals aufgezeichnet zu werden.

Mona hört sich alle Ratschläge an und folgt doch ihrer eigenen Idee. Soll Georgi sich doch einen eigenen Ort suchen für seine urbane Liebeslyrik. Mona wird aufschreiben, was sie selbst beschäftigt.

Kann ich auch dabei sein? Theo zieht seinen Turnbeutel zu.

Oskar nickt stolz, *klar*, dann lässt er seinen Blick über die Umkleide schweifen und sagt gerade so laut, dass alle es hören können:

Wir müssen ja Wache stehen, falls die Polizei kommt.

- Okay, das kann ich gut. Außerdem laufe ich schnell.

Aber es muss natürlich geheim bleiben. Den Ort verrate ich dir erst kurz vorher.

- Verstehe.

Theo flüstert verschwörerisch. Dann gehen sie gemeinsam hinaus. Dass sie heute verloren haben, spielt keine Rolle. Fast wäre es ohnehin beim Unentschieden geblieben, nur die letzten Minuten, eine fatale Ablenkung, Oskar hat einen

Ball durchgelassen. Doch Theo denkt nicht mehr daran. Aufgeregt hüpft er neben Oskar her.

Und macht deine Mutter das schon lange?

- Was?

Na, Sachen im Außenraum!

- Ach so. Es wird eine Premiere.

Cool. Und wir sind dabei.

Dina fällt plötzlich Theos Stück wieder ein, jenes, das er vor ein paar Wochen für sie gespielt hat. Fast harmlos seine Frage dazu, ob es sie nicht an etwas erinnere. Natürlich tat es das, gesagt hat sie trotzdem nichts. Angelogen hat sie ihn sogar. Irgendeine Geschichte von einem Bahnhof erfunden, den es nie gab, oder doch, aber ganz anders. Allein der Schnee entsprach der Wahrheit. Hinter Worten hat sie sich verschanzt, eine Erinnerung gebaut, um sich mit der wahren nicht auseinandersetzen zu müssen. Georgis Gesicht zwischen den Tönen, wie in Lamellen geschnitten, immer wieder blickte ein Eckchen Auge hervor, ein Stück Schnurrbart. Sie hat sich nichts anmerken lassen, hat stoisch aus dem Fenster geschaut und versucht zu vergessen. Der Junge hat ihr geglaubt, nun hat sie ein schlechtes Gewissen.

Das Lied des russischen Komponisten hatte Dina in ihrer ersten gemeinsamen Wohnung immer wieder gespielt. Georgi hörte es jeden Abend. Die Töne, die sich wie um die eigene Achse schraubten, beklemmend und tröstlich zugleich. Jahre später noch, wenn er krank war, hatte er sich statt Medizin dieses Stück gewünscht. Er lag dann regungslos auf dem Boden vor dem Klavier und lauschte. Sobald das Stück verklang, richtete er sich auf und behauptete, wieder gesund zu sein.

Manchmal brauchte es auch mehrere Anläufe – Dina spielte das Stück dann als fortwährende Schleife –, doch immer trat am Schluss die sofortige Genesung ein.

Georgi zieht ein Jackett über, das schwarze für die Feiertage. Er hat es lange nicht mehr getragen, die feierlichen Anlässe werden immer seltener. Heute Abend aber könnte es eine Art Fest werden, *die Aktion,* wie Tsarelli es nennt. Sie werden alle kommen und Mona begleiten bei diesem mehr als wichtigen Schritt.

Dass Mona auf seine Empfehlung für den Schriftzug verzichtet hat, ist nicht weiter schlimm. Dina wird einfach in seinem Kopf bleiben. Eine kleine Ecke hat er ihr dort eingerichtet, gleich neben den Käsebroten, die er fast ebenso sehr liebt.

Die Spraydosen stehen aufgereiht im Flur. Oskar rennt aufgeregt auf und ab, bringt dabei beinahe die Kisten ins Wanken, die ebenfalls dort stehen, immer noch. Eric wirft einen hastigen Blick in ihre Richtung, sie stehen bis zu Oskars Zimmer. Bald wird alles zugebaut sein. Aber heute will er nicht darüber sprechen, heute ist Monas Aktion dran. Tsarelli und Georgi warten bereits unten, zwei Thermoskannen Tee haben sie dabei und etliche Brote.

Falls der Abend lang wird, hat Tsarelli gesagt und dabei freudig und voller Erwartung vor sich her geblickt. Nur Mona fehlt noch. Sie steht im Bad und spricht sich vor dem Spiegel Mut zu. Was soll schon passieren? Im schlimmsten Fall muss sie ein Bußgeld bezahlen. Weil sie in dieser Stadt keine Ahnung von Kunst haben, am liebsten nur Glasfassaden aufstellen würden, an denen alles abprallt. Aber nicht mit Mona Tsarelli! Hier regt sich noch Widerstand. Die Außenseiter schlagen zurück. Und sei es mit Pinseln.

Nimm besser die Dosen, dann bist du schneller. Eric spricht durch die Badezimmertür auf sie ein.

- Machst du die Aktion oder ich?

Mona, wie du willst. Ich wollte dir nur einen Ratschlag geben.

Hinter der Tür raschelt es, dann kommt Mona endlich heraus. Sie hat sich die Haare ins Gesicht gekämmt, ihre Augen sind kaum zu sehen. *Naturtarnung,* murmelt sie und geht an Eric vorbei zu Oskar. Der setzt sich entschlossen seine Mütze auf.

Theo kommt auch gleich.

- Der, dem immer alles gelingt?

Ja. Wieso?

- Nur gut, wenn der heute dabei ist. Mona lacht. *Leute wie wir brauchen so einen Glücksbringer!*

Und während Oskar noch überlegt, was «Leute wie wir» bedeuten soll, rennt sie an ihm vorbei die Stufen hinab.

Dina hat eine alte Aufzeichnung des Stücks gefunden. Der Klang ist etwas hallig, was am Konzertraum liegen mag, aber die Interpretation überzeugt sie. Ein sehr zurückgenommenes Pedal, keine hämmernden Anschläge, dennoch gräbt das Stück sich ein, bohrt sich unter die Oberfläche. Sie schneidet sich eine Scheibe Kümmelbrot ab, holt den kräftig riechenden Käse aus dem Kühlschrank, etwas Herzhaftes ist jetzt vonnöten und später noch ein Schnaps. Nur so lässt sich das Stück überhaupt aushalten. Immer wieder schieben sich Bruchstücke von Georgis Gesicht vor ihre Augen – eine Kinnfalte, eine Augenbraue –, seltsam losgelöst treiben sie herum. Über Jahre verschollen und plötzlich wiederaufgetaucht.

Vielleicht gibt es einen Zusammenhang zwischen ihrem plötzlichen Aufblitzen und Janos' Konzertreisen, die immer länger werden, sich über Wochen ausdehnen. Seine ohnehin spärlichen Nachrichten an Dina streut er immer seltener. Janos' Gesicht verschwindet, Georgis taucht wieder auf. Die Gesetzmäßigkeit des Abwesenden. Georgi jedoch braucht nicht einmal da zu sein, er schafft es, präsent zu sein durch ein Lied.

Theo biegt um die Ecke, nun sind sie vollzählig. Eine kleine Prozession setzt sich in Richtung Mauer in Bewegung. Allen voran läuft Mona mit einem Eimer voller Spraydosen und Pinseln, dicht dahinter Eric mit seinem Fotoapparat. In der Mitte springen Oskar und Theo auf und ab, das Schlusslicht bilden Tsarelli, Georgi und zwei Thermoskannen. Die Luft bleibt lau bis spät in den Abend hinein, alles dehnt sich. Monas langgestreckter Arm, als sie vor der Mauer ankommen.

Hier ist es, sagt Eric plötzlich, und alle bleiben abrupt stehen.

Nicht wirklich abgelegen, Georgi blickt ein wenig besorgt. *Was, wenn die Polizei hier vorbeikommt?*

- Dann werde ich zum ersten Mal einen Schachmeister rennen sehen.

Tsarelli grinst, Georgi blickt nur noch besorgter. Oskar und Theo verstecken sich in den nahegelegenen Büschen.

Weißt du jetzt, was sie schreiben wird?

- Keine Ahnung, sie hat es mir nicht sagen wollen.

Ruhe jetzt!, mahnt Eric und blickt durchs Objektiv, stellt an der Schärfe herum.

Mona beginnt mit dem Pinsel einige Buchstaben vorzuzeichnen. Ein graues N erscheint vor aller Augen, dann ein E. Beide kopfüber, am linken Rand der Wand platziert.

Was wird das?

- Ich kann es nicht lesen. Es steht verkehrt herum.

Schreibt sie überhaupt auf Deutsch?

- Du wirst es ja sehen.

Nach hinten raus ist noch so viel Platz, das werden zwei Wörter, mindestens.

Mona misst mit dem Arm nach, teilt sich die zweite Hälfte der Wand ein. Fünf Buchstaben müssen dort untergebracht werden. Hinter ihrem Rücken hört sie es tuscheln, dann das Geräusch von Brotdosen, die aufgeklappt werden. Jemand gießt Tee ein, und jemand anderes verbrennt sich, ein kurzer Aufschrei, doch Mona ist zu konzentriert auf das Schreiben, um dem nachzugehen. Die Wand ist größer, als sie dachte, sie muss weit ausholen, hält die Spraydose mit ausgestreckten Armen an den Fingerspitzen fest. Die Arbeit hier ist ganz anders als zu Hause, endlich hat sie Platz, kann sich ausbreiten und bewegen, wie es ihr passt. Immer schneller wird sie, lässt die Spraydose an der Fassade entlanggleiten, geht in die Knie, springt hinauf, hoch, runter, sie schwitzt und friert gleichzeitig, es ist ihr egal. Etwas stimmt endlich.

BITTE WENDEN.

Jetzt steht es da. Kopfüber und rückwärts. Schwarz auf Fassadenweiß. Mona tritt ein paar Schritte zurück, ist zufrieden. Die anderen gucken erstaunt.

Das ist alles?

- Was hat das zu bedeuten?

Ich dachte, es würde persönlicher ausfallen.

- Was meint sie damit überhaupt?

Und wieso steht die Schrift auf dem Kopf?

Können wir jetzt gehen? Mir ist kalt.

Mona sammelt alles wieder ein, lässt die Dosen zurück in

den Eimer fallen. Eric hilft ihr, streicht ihr über die Schulter und deutet dann auf den Fotoapparat. *Ein paar gute Bilder sind dabei.* Mona lächelt.

Willst du Tee? Georgi hält ihr einen dampfenden Metallbecher hin. Mona trinkt hastig ein paar Schlucke, dann tritt die Prozession den Rückweg an. Eric greift nach Monas Hand, zieht sie, von den anderen unbemerkt, herüber in seine Manteltasche. Dort bleibt sie den gesamten Heimweg lang.

WENDE

Was das mit dem Schriftzug zu bedeuten hatte, verstehe ich immer noch nicht. Georgi lächelt spöttisch, bewegt zielsicher einen Turm über das Schachfeld. In der Ferne sieht die Sonne aus wie ein oranger Ball. Die Küche ist in rötliches Licht getaucht. Tsarelli sitzt Georgi gegenüber und sinniert über den nächsten Zug, dann blickt er ebenfalls hoch, fixiert die Sonne, sagt: *Dass wir etwas umstellen müssen, meint sie … umdenken … so in die Richtung.*

Tsarelli weiß bereits, hat es sich in all den Jahren mit Ruth zurechtgelegt: Nicht immer sind die Dinge in der Kunst zu deuten. Meist lässt man sie am besten unkommentiert gewähren, die Künstler. Irgendwann geraten sie selber ins Reden, beginnen, sich zu erklären. Nur erzwingen darf man es nicht. Dann schnappen sie zu.

Mona schaut die Fotos durch, die Eric von ihr und der Wand gemacht hat. Zwischen Gras und Steinen stehend, war ihr nicht aufgefallen, dass ein wenig Farbe herabgetropft ist. Im Blitzlicht sieht man es. Schwarze, kreisrunde Flecken, als hätte es dunkel vor die Wand geregnet. Eine Ungenauigkeit, die sie im Nachhinein stört. Mona hofft, dass das Gestrüpp über die Flecken wächst, sie verbergen wird. Der Schriftzug ist gut gesetzt, klare Kanten, die sich sauber von der weißen Fassade abzeichnen. Die Punkte wirken dagegen wie eine Störung.

Eric sitzt neben ihr, sieht es anders. Als Spur des Arbeitsvorgangs. Die Entstehung sei schließlich Teil der Aktion.

Hier hat doch jemand gearbeitet! Da muss es auch mal dreckig werden dürfen.

Mona ist gegen die Spuren, ist für das perfekte Schriftbild

im Stadtraum. Fast könnte es aussehen wie ein Reklameschriftzug, erst wenn man näher herantritt, wird klar: Hier ist etwas anderes gemeint. *Und jetzt grübel mal drüber nach!*

Mona stellt sich Menschen vor, die an der Wand vorbeieilen, nicht wirklich Zeit haben stehenzubleiben, aus dem Augenwinkel einen Blick auf die Schrift erhaschen, einer Pfütze ausweichen, wegblicken, ihren Schal enger ziehen, ein Kind hinter sich an der Hand führen oder ein Fahrrad vor sich herschieben. Wird überhaupt jemand darauf kommen, was sie meint?

Was meinte deine Mutter eigentlich mit: Bitte wenden?

Theo rennt über das Spielfeld zu Oskar, der Trainer pfeift. In letzter Zeit macht Theo merkwürdige, höchst unsportliche Dinge, die der Trainer sich nicht erklären kann. Meist haben sie mit Oskar zu tun.

Das Haus umdrehen!

- Was?

Damit die Farbe nicht tropft.

Oskar ruft es über den Platz, der Trainer pfeift erneut. Zum Reden sei jetzt nicht der richtige Zeitpunkt, sonst müsse er die beiden des Feldes verweisen. Theo nickt nur leicht, eine stille Abmachung. Oskar sieht es über die Distanz hinweg, nickt ebenfalls. Dann lässt er sich fallen, er hat es so oft geübt, der Ball trifft ihn nicht wirklich, doch er schreit, als wäre es die Magengrube, zieht sich zusammen, krümmt sich auf dem Gras wie eine riesige Krabbe. Angenehm, hier zu liegen, wenn man nur tut, als ob. Die anderen kommen angerannt, Oskar sieht ihre Schuhe, erkennt auch Theos, die neongrünen Schnürsenkel ganz nah vor seiner Nase. *Wir brauchen einen Sanitäter!*

Der Trainer schüttelt nur den Kopf. *Setzt euch mal an den Rand. Das wird schon!*

Oskar humpelt zur Ersatzbank, weil es irgendwie dazugehört, den Fuß nachzuziehen, wenn schon angeschlagen, dann richtig. Theo folgt ihm, setzt sich neben ihn. Endlich können sie ungestört sprechen, hier kommt ihnen der Sport nicht dazwischen.

Dass man die Dinge festhalten muss, denkt Mona, auch wenn sie im Nachhinein anders aussehen, als sie tatsächlich waren. Die Wand fühlte sich höher an, auf dem Bild sieht sie gewöhnlich aus. Es ist etwas anderes, drinzustecken, den Spraydosenlack zu riechen, das kleine Klicken zu hören, wenn man die Dose schüttelt.

Rückblickend, denkt Mona, wirkt alles leichter. Man hat es bereits durchlebt, weiß, wie man die Füße zu setzen hat und was man besser umgeht. All die Streitigkeiten mit Eric. Sie kommen ihr jetzt übertrieben vor. Viel zu groß stehen sie gegen das eigentliche Gefühl, das fortbestanden hat, all die Jahre hindurch. Eine tiefe Verbundenheit. Das Wissen um einen Satz des anderen, bevor dieser ihn noch ganz ausgesprochen hat. Die kleinen Vorlieben, die Abneigungen. Den Tee heiß, Bergkäse nur nach siebzehn Uhr, Bücher vom Ende her lesend, im Bus gegen die Fahrtrichtung, den April nicht mögen, den März schon, die Musik laut oder gar nicht, das Shampoo mit dem grünen Deckel, kein anderes, nie die zweite Socke finden, aber behaupten, man sei gegen das Diktat der Paare, dass alles immer zu zweit auftreten müsse, man habe deshalb ein wenig variiert, trage Blau zu braunen Karos, Wolle zu Polyester, und abends im Bett Listen schreiben, deren Inhalt man tagsüber vergisst.

Georgi bewegt einen Läufer.

Vielleicht, sagt er, *sind all die Tage doch nicht verloren. Mein Ziel habe ich zwar nicht erreicht. Aber vielleicht, Tsarelli, war es auch einfach das falsche Ziel. Und die Tage waren die richtigen. Verstehst du?*

- Interessant. Und was machst du jetzt?

Nichts. Ich lasse alles, wie es ist. Hab ja alles gegeben, auch wenn nichts dabei herausgekommen ist. Nun kann ich mich einfach zurücklehnen.

Tsarelli zieht die Augenbrauen hoch.

- Du hättest Dina einfach anrufen sollen, schon vor Jahren hättest du das tun müssen!

Wieso hast du mir dann nichts gesagt?

- Weil du selbst drauf kommen solltest. Tausend Wege hast du dir ausgedacht, aber nie bist du nur einen gegangen, der zu ihr führt. Dabei wäre es das Einfachste gewesen! Einfach hin und gucken, was passiert.

Na ja, jetzt ist es zu spät. Die Wand da … vielleicht hat Mona recht mit ihrem Satz!

- Dann hast du ihn also doch verstanden?

Auf eine Art, ja. Wenn die Dinge selbst nicht mehr umzukehren sind, muss man im eigenen Kopf etwas umlegen. Ich habe auch gar keine Lust mehr auf Dina! Sagte ich schon, dass sie erbärmlich schnarcht?

Was bleibt, sind Abzüge, denkt Mona, die sich auftürmen, bis man glaubt, dass der Kopf explodieren muss, weil es für das Aktuelle darin gar keinen Platz mehr gibt. Weil alles überlagert ist von Bildern, alles Neue auf ein Altes verweist. Auch die Wand ist jetzt schon ein Bild, das Platz einnimmt im Hirn. Immer häufiger denkt Mona nun an Eric, an seine Manteltasche und ihre Hand darin. Gern würde sie Eric vor all den Bildern wiedertreffen, am Beginn des Ganzen. Im Flur der Hochschule. Diesmal würde sie vielleicht den Aufzug nehmen.

Eric klickt sich weiter durch die Fotos, denkt über ein Portfolio für Mona nach. Plötzlich sieht er ihr Diplom wieder vor sich, all die Papierfetzen, herausgeschnitten aus Büchern, aufgetürmt zu kleinen Stapeln, die immer wieder ins Rutschen gerieten. Der Boden ihres Zimmers war wochenlang von kleinen weißen Rechtecken übersät gewesen. Das *Schneediplom* hatte Eric lachend gesagt und den Staubsauger in die Ecke geräumt.

Alle waren überzeugt gewesen, Mona würde weitermachen, nach dem Diplom ihre eigenständige Sprache weiterführen, vorantreiben. Eine Galerie war im Gespräch, dann eine andere. Doch Mona verbarg sich, zog sich immer mehr in die eigene Wohnung zurück, schien etwas zu fürchten. Eric gelang es nicht, den tatsächlichen Grund herauszufinden. Sie sprachen immer weniger, aßen zu unterschiedlichen Zeiten, wie um einander zu umgehen. Immer wieder wachte Eric auf, und Mona war schon verschwunden. In der Espressokanne auf dem Küchentisch stand ein Rest Kaffee, lauwarm.

Ich glaube nämlich … Theo wackelt auf der Bank am Spielfeldrand hin und her, sie knarzt ein wenig. *Ich glaube, deine Mutter meint es anders.*

- Ja? Wie denn?

Es geht nicht ums Haus, das man wenden soll. Sie meint die Gedanken.

- Du meinst, sie meint, wir sollen unsere Gedanken wenden? So wie Pfannkuchen?

Ja, so in der Art. Einfach alles andersrum machen. Nicht wie gewöhnlich eben.

- Und was bedeutet das genau?

Na, du zum Beispiel würdest deine Kisten wieder zerlegen.

- Alle Nägel wieder rausziehen? Das wäre ja irre.

Dann könntest du aber andere Sachen machen.

- Wenn ich das gar nicht will?

Doch eben, wenn du wendest, dann willst du automatisch Neues. Wie von selbst kommt das dann ...

- Und was passiert mit all dem Holz?

Das weiß ich auch nicht.

- Ich glaub, das mit dem Wenden ist eher was für Erwachsene.

KANAL

Georgi nimmt die Nase aus der Teedose. Er muss an Heu denken und schaut in den Himmel. Es kommt ihm vor, als würden die Wolken die Form von Kühen annehmen. Er trägt den neuen Wasserkocher zum Waschbecken, jetzt doch. Jahrelang hat Tsarelli auf ihn eingeredet, sich so ein modernes Gerät anzuschaffen, ewig hantierte Georgi mit Topf, Herdplatte und Deckel. Doch wenn mit dieser Neuanschaffung die großen Veränderungen anfangen, von denen Tsarelli spricht, ist Georgi bereit, diesen Kompromiss einzugehen. Wo bleibt er überhaupt? Es ist Donnerstag. Tsarelli hält sich nicht mehr an die Abmachungen. Aber vielleicht ist auch das Teil des großen Umbruchs. Georgi will jetzt alles positiv sehen, so hat er sich vorgenommen. Er gießt den Tee auf, die Kühe vor dem Fenster sind verschwunden. Georgi denkt, dass er ewig keine mehr gesehen hat, vielleicht sollte er mal rausfahren. Georgi denkt an frische Luft und Apfelwiesen. An Dina denkt Georgi nicht.

Oskar sitzt vor seinen Kisten. Siebenundachtzig sind es geworden, und irgendwie genügt ihm das. Die dreizehn fehlenden baut er vielleicht im nächsten Jahr. Das muss man nicht so genau sehen.

Oskar streift lieber mit Theo durch die Stadt. Letzte Woche haben sie nach dem Training einen Pommesstand entdeckt, dort gibt es eine seltsam grüne Sauce, die ihm besonders schmeckt. Wenn man sich an die Theke lehnt, kann man über den Hafen blicken. Riesige Schiffe schwimmen vorbei, auf denen sich bunte Container stapeln. Oskar fragt sich, was darin verstaut sein könnte. Theo behauptet, Bananen. Aber so viele Bananen können nicht in der Welt unterwegs sein.

Die Container erinnern Oskar an seine Kisten, niemand weiß, was drin ist. Gut wäre, wenn auch sie unterwegs sein könnten, neue Luft an fremden Orten aufnehmen. Oskar denkt an siebenundachtzig Städte, alle unterschiedlich in Temperatur und Luftfeuchtigkeit, in denen er seine Kisten aufstellen könnte. Aber so viele Reisen werden nicht möglich sein, die Kisten müssen sich selbst auf den Weg machen.

Tsarelli hastet durch die Straßen. Auf dem Weg zu Georgi ist er kurz im Garten gewesen, um nach dem Rechten zu sehen. Der Mohn erobert neue Areale. Ein Überbleibsel von Ruth. Unzählige rote Tupfen werden es in einigen Wochen sein. Tsarelli überlegt. Sieht eine neue Familie unbedarft zwischen den Blumen herumtrampeln. Vielleicht hat Mona recht. Vielleicht behält er den Garten doch lieber.

Du musst mir helfen!

- Wobei?

Theo hat kaum die Zeit, die Stufen hinaufzukommen. Oskar wartet schon im Türrahmen.

Die Kisten! Wir müssen sie zum Kanal tragen.

- Und dann?

Legen wir sie aufs Wasser.

- Wie Boote?

Ja, genau.

- Sinken die nicht?

Müssen wir ausprobieren. Ich glaube, die werden treiben.

Oskar geht mit einer großen Kiste voraus, Theo folgt ihm mit drei kleineren. Auf dem Bürgersteig richten sie eine kleine Sammelstation ein, nach und nach türmen sich dort die Kisten am Geländer des Kanals. Verwundert bleiben Passanten stehen. Was genau das solle. Lange schon hätte es in der Gegend keinen Sperrmüll gegeben. Aber irgendwie gut gearbeitet. Sie wenden die kleineren Kisten in ihren Händen. Oskar steht stolz daneben, während Theo weitere Kisten anschleppt. Eine kleine Traube hat sich um den Kistenhaufen gebildet, weitere Passanten stellen sich hinzu. Bald ist der Bürgersteig verstellt, Radfahrer fahren eine Schlaufe, weichen aus. Oskar zählt.

Oben ist keine mehr, sagt Theo nach einer Weile. *Oben ist jetzt alles leer und sieht aus wie bei normalen Leuten.*

Eric läuft mit Mona durch ein kleines Stück Wald, weil sie es sich so gewünscht hat und eigentlich auch weil er selbst es will, nur die Worte dazu konnte er nicht finden und sagte daher nichts. Aber zum Glück sprach Mona. Seit der Sache mit der Wand redet sie wieder häufiger mit ihm, ruft unvermittelt an. Meist geht es dabei nicht mal um Oskar. Mona spricht mit Eric, wie sie es früher tat.

Es tut mir leid.

Eric tritt auf einen Ast, es knackst. Sein Satz ragt in die Stille. Ein spitzes Stückchen Holz, wie ein Wiederhaken.

- *Was?*

Na alles, was dazwischenkam. Ich habe, ich meine … aber du hast ja letztendlich auch.

- *Was habe ich?*

Dich entfernt.

Mona bleibt stehen. Ein wenig finster blickt sie drein. So finster, dass Eric hinterherschiebt:

Vielleicht nicht ganz gewollt. Aber am Ende hast du dich ja auch umgeschaut. Nach etwas Neuem, meine ich. Das war doch nicht nur ich, der nicht mehr wollte. Das war doch beiderseits. Wir waren einfach neugierig auf andere.

Mona schüttelt den Kopf.

- *Ich war nicht neugierig, Eric. Solange du da warst, war ich das nicht.*

Eric nickt. *Blöd gelaufen irgendwie. Wie ein Umweg.*

Dann muss er lachen, trotz Monas angespanntem Gesicht, in die Stille des Waldes hinein:

Und jetzt stehen wir schon wieder hier, mitten zwischen Bäumen.

Mona zuckt mit den Schultern.

Ich hätte uns das echt ersparen können. Andererseits weiß ich es jetzt genauer, Mona.

- *Was?*

Dass kein Weg hinausführt aus diesem verfluchten Wald.

- *So schlecht ist es hier gar nicht.* Mona grinst. *Wenigstens gibt es hier keine Kisten, über die man ständig stolpert.*

Sie gehen eine Weile schweigend nebeneinanderher. Dann setzen sie sich in ein kleines Gasthaus am Wegrand, das hauptsächlich Pilze anbietet. Steak oder Rührei kann man als Beilage dazu wählen, aber immer gibt es einen riesigen Berg Pilze in Sahnesauce. Ihre Teller dampfen. Mona fischt mit ihrer Gabel wie selbstverständlich ein Stück Rührei von Erics Teller. Jahrelang haben sie so geteilt. Jetzt fällt es ihm auf, ohne dass es ihn stört. Im Gegenteil, es gefällt ihm, dass Mona sich zu ihm rüberlehnt, dabei leicht seinen Arm streift.

Jetzt können wir sie zu Wasser lassen.

Oskar ist über das Geländer gestiegen, steht am Ufer des Kanals, das zum Wasser steil abfällt. Theo reicht ihm die Kisten herunter. Einige Passanten helfen, klettern ebenfalls über den Zaun. Eine Kiste nach der anderen setzen sie aufs Wasser, langsam treiben sie auf dem Kanal voran wie ein Schwarm Enten. Oskar hat alle Deckel aufgeklappt.

Wichtig ist, dass sie offen sind, erklärt er laut, damit alle es hören. *Wegen der Luft. Die muss reinkönnen.*

Vom Ufer aus blicken die Menschen den Kisten nach. Einige laufen am Rand mit, folgen dem Kurs der hölzernen Flotte.

Würd gern wissen, wo die am Ende landen, sagt Theo.

- *Keine Ahnung,* murmelt Oskar. *Reicht doch, dass sie irgendwo neue Luft tanken.*

Tsarelli ist nach Hause gegangen, Georgi ist wieder allein mit den Wolken. Natürlich hat er ihn besiegt, Meister bleibt Meister.

Georgi muss wieder an die Kühe denken, an den Sommer bei seinem Großvater, der Sommer der Fliegen, als es im vorangegangenen Winter nicht kalt genug gewesen war und Schwärme von Fliegen in der Stube umherflogen. Überall setzten sie sich hin, belagerten wahllos Obst, Arme oder Marmeladenreste auf der Tischdecke, selbst das Schachbrett blieb nicht verschont. Georgi holte aus, wollte sie mit der flachen Hand erwischen. Doch je mehr er sich bewegte, desto aufgescheuchter reagierten die Viecher. *Verscheuchst du eine, hast du sie alle.* So war es manchmal. Der Großvater lächelte wissend. Je größer die Anstrengung, desto kleiner der Erfolg. In jenem Sommer lernte Georgi stillzusitzen, nichts zu tun, außer zu warten, bis die Dinge vorbeizogen.

Tsarelli will noch kurz bei Oskar vorbeischauen. Er hat Georgi nur gewinnen lassen, damit er früher aufbrechen kann, damit der Enkel nicht schon schläft, wenn er bei ihm ankommt. Gedankenverloren blickt er über den Kanal. Da treibt etwas.

Tsarelli meint erst, es sei ein Kanister, doch als er genauer hinschaut, wird ihm klar: Es ist eine von Oskars Kisten. Kurz dahinter gleich noch eine. Sie treiben mit der leichten Strömung voran. Tsarelli erschrickt, hoffentlich hat Mona nicht in einem plötzlichen Wutanfall alle Kisten aus dem Fenster geschmissen. Er beschleunigt den Schritt. Je näher er in Richtung Wohnung kommt, desto mehr Kisten werden es. Einige hängen an der Böschung des Ufers fest, doch die meisten schippern mit aufgeklapptem Deckel über das Wasser.

An der Kreuzung zeichnen sich unter der Straßenlaterne zwei Silhouetten ab. Zwei Jungen, die am Geländer lehnen wie alte Herren und in Richtung der Kisten starren. Tsarelli erkennt Oskars Profil. Er rennt die letzten Meter auf ihn zu.

Was ist passiert?

- Nichts, was soll passiert sein?

Wieso treiben all deine Kisten auf dem Wasser?

- Weil sie neue Luft brauchen.

Aber du hast doch monatelang daran rumgezimmert!

- Man muss auch mal loslassen können, Opa!

Die schönen Kisten …

- Sie sind ja nicht verschwunden. Sie sind nur woanders.

WIPFEL

Das Tor zum Garten schließt sich, ein leises Quietschen, dann das Einrasten des Schlosses. Mona wollte nur kurz vorbeischauen, die Stauden gießen, jetzt gibt sie Eric wortlos ein Zeichen, der nickt und steigt auf sein Fahrrad. Den Schlüssel zur Laube lässt Mona in ihre Hosentasche gleiten, dort piekt er ein wenig, bei jeder Bewegung bohrt er sich tiefer. Eine kleine Säge, die ihren Oberschenkel attackiert.

Mona tritt weiter in die Pedale, folgt Eric, der auf eine der Hauptstraßen einbiegt. Sein nach vorne gebeugter Rücken, blau-weiß zwischen Häusern, sie lässt ihn nicht aus den Augen. Eric kennt alle Wege durch die Stadt, weiß um jede Abkürzung, doch eigentlich haben sie es nicht eilig, müssen nirgendwo ankommen, nur wegkommen vielleicht, den Garten hinter sich lassen.

Auf die Gepäckträger haben sie ihre Rucksäcke gespannt, darin das Nötigste. Keine große Reise. *Nicht für ewig, nur ein etwas verlängertes Wochenende,* hat Mona zum Abschied zu Tsarelli gesagt. Der lehnte am Türrahmen, wirkte skeptisch:

- Was soll das heißen? Wie lang bleibt der Junge bei mir?

Ich rufe dich an, sobald ich es weiß.

- Und was soll Oskar in der Zwischenzeit anstellen? Jetzt, da er das Kistendings nicht mehr hat?

Es wird nicht lang sein. Wir müssen nur mal raus, Papa.

Mehr hat Mona nicht gesagt, nur ein Nicken in Oskars Richtung, dann ist sie die Treppen hinabgestiegen, hastig und ohne sich umzudrehen.

Valerie liegt in der Badewanne. Tannenessenz diesmal, künstliches Konzentrat. Um sie herum knistert der Schaum.

Wenn sie ihn mit der flachen Hand zur Seite schiebt, kommt grünlich verfärbtes Wasser zum Vorschein. Der Ersatz eines Waldes, abgefüllt in ein 250-ml-Fläschchen, von dem sich das Etikett löst.

Valerie taucht unter, bis ihre Ohren vom Wasser bedeckt sind, sie nichts mehr hört, nur ein Rauschen in benachbarten Rohren. Ein paar Wohnungen weiter dreht jemand den Wasserhahn auf. Für einen kurzen Moment fühlt Valerie sich diesem Nachbarn auf seltsame Weise verbunden, durch eine Wasserader, eingelassen ins Mauerwerk. Ein ganzes System von Rohren, in dem alles zusammenläuft. Badeschaum, Haare und Kinderspucke. Valerie muss an die alte Frau aus dem dritten Stock denken, an Reste ihrer Rheumasalbe, die in den Abfluss schwimmen, wenn sie sich hastig die gekrümmten Finger spült. Alles kommt zusammen, bildet eine einzige Schlacke.

Valerie blickt in den Spiegel, der vom Wasserdampf beschlagen ist. Ihr Gesicht ist kaum zu erkennen, nur Farbflecken. Als wäre sie verschwunden. Vor ihr liegt der Sonntag wie ein riesiger Plan ohne Straßennamen. Valerie weiß nicht, welcher Weg einzuschlagen ist, grübelt, gleichzeitig bricht etwas durchs Fenster: Sonnenlicht, ein paar Strahlen. Ein gutes Licht zum Filmen. Valerie wird den Akku ihrer Kamera aufladen und sehen, was sich ihr in den Weg stellt. Die Dinge ergeben sich meist ungeplant, man muss sie nur herausfordern, ohne Nachdruck allerdings.

Valerie denkt kurz an Eric und dass er jetzt bei Mona ist, wahrscheinlich. Dass sie irgendwie wieder zusammengefunden haben, weil da etwas ist, das sie verbindet, immer wieder zusammenfinden lässt. Ein durchsichtiger Kitt. Valerie kommt nicht dagegen an. Alleskleber Familie. Sie möchte es auch nicht mehr.

Valerie denkt, dass sie den ganzen Tag vor sich hat und es mittlerweile so spät dunkel wird, dass noch einige Zeit obendrauf kommt, bis das Licht im Park ins Rötliche kippt. Vielleicht fährt sie für die Aufnahmen auch weiter raus, lässt die Stadt weit hinter sich.

Valerie zieht den Stöpsel aus der Badewanne. Es gluckst, sie muss an die Rheumasalbe denken. Sie greift nach ihrem Handy auf dem Fensterbrett, tippt:

Bin unterwegs. Warte nicht auf mich. Kann dauern.

Mona und Eric fahren zwischen Feldern hindurch, Disteln ragen in die Höhe. Ihre Spitzen stoppelig. Wie Johannes' Bart, wenn er sich einige Tage nicht rasiert hat. Kurz muss Mona an ihn denken, dann fixiert sie die Wolken und Erics Rücken.

Vor ein paar Wochen haben sie sich vorgenommen, bald mal hinauszufahren. Etwas wie früher zu tun. Als Oskar noch nicht da war. Ähnlich unvermittelt. Am Morgen zu packen und abends anzukommen, ohne genau zu wissen, wo.

Nicht ganz so spontan ist es heute ausgefallen. Im Vorfeld mussten Absprachen getroffen werden, Zeitpläne verglichen. Einiges ist anders als früher, als man einfach aus dem Haus ging, dorthin, wo man wollte, ohne sich abzumelden. Abseits eines Gefüges. Als man lief, weil es Richtungen gab, einzig aus dieser bloßen Tatsache heraus, aus dem Wunsch, sie zu erforschen, alle Richtungen einzuschlagen, keine Abzweigung auszulassen.

Mona muss plötzlich an Erics erstes Geschenk an sie denken. Es war ein Blumenstrauß aus Ästen. Kein einziges Blatt, keine Blume, nur Stöcke, jedoch sorgsam ausgewählt. Feingliedrig, seitlich verzweigt und aufgefächert wie Kapillaren. Eric hat sie einer Staude im Stadtpark abgeschnitten. *Wie eine*

Lunge, sagte er und hielt Mona die trockenen Äste hin. Sie gefielen ihr, sahen, in einer Vase aufgestellt vor der weißen Zimmerwand, aus wie die Schattenzeichnung eines Baumes. Jahrelang hatte sie diese Äste aufbewahrt. Dass sie einstaubten, war dabei das geringste Problem. Mehrfach hatte Oskar als Kind nach den Ästen gegriffen, die jeweilige Vase zum Stürzen gebracht.

Dina kocht sich einen Tee. Früher hat Georgi das für sie getan, in umständlichen Zeremonien, aber geschmeckt hat es, jetzt sitzt sie allein am Tisch. Janos ist auf Konzertreise. Wenn Janos nicht da ist, wird die Stille größer, so groß, dass Dinas Gedanken darin rotieren. Dina schaut aus dem Fenster und denkt, dass Georgi, der am anderen Ende der Stadt sitzt, dort denselben Himmel sieht, wolkenverhangen, und womöglich an sie denkt, während er in seiner Teetasse rührt, *immer linksrum*, so sagte er und lachte dabei provozierend in ihre Richtung. Dina erinnert sich an Georgis Bart und daran, dass er pikste, bei jedem Kuss.

Tsarelli sieht plötzlich Ruths Mund vor sich, lippenstiftrot. Es musste ein besonderer Anlass gewesen sein, Ruth trug selten Lippenstift, vielleicht eines ihrer ersten Treffen? Ruth saß ihm gegenüber, ihr Mund in ständiger Bewegung, formte Worte, die nicht zu ihm durchdrangen, zu beschäftigt war er, dem feinen Linienverlauf zu folgen, der sich über ihre Lippen zog. Ein Geflecht sich überkreuzender Fältchen, winzige Rillen, in denen der Lippenstift steckenblieb, dunkler wirkte, wenn man nur genau genug hinsah. Das Netz hob und senkte sich, dahinter weiße Zähne und Ruths Frage:

Hörst du mir gar nicht zu?

- Doch. Ich dachte nur kurz an etwas anderes.

Woran?

Tsarelli winkte verlegen ab. Wie hätte er so unvermittelt vom Kuss sprechen können, dem ersten Kuss mit Ruth, den er sich gerade heimlich vorstellte? Ruths Mund in Nahaufnahme, näher und näher kommend, auf Tsarelli zu, bis er unscharf wurde und nur mehr auf seinen Lippen zu spüren war.

Opa, woran denkst du? Oskar steht unvermittelt vor ihm.

- An gar nichts, ich starre nur in die Wolken.

Im Flur? Oskar blickt prüfend.

- Innerlich, ich starre innerlich.

Sie stellen ihre Fahrräder an einen Zaun. Er ist nicht hoch, man kann darüber hinwegsteigen. Dahinter Apfelbäume, ihr kräftiges Grün wie ausgeschnitten vor dem blassen Himmel. Mona lässt sich am Fuße des größten Baumes ins Gras fallen, es ist noch ein wenig kühl, doch zwischen den Zweigen bricht die Sonne hervor. Eric lehnt sich neben ihr an den Stamm. Die Borke drückt Muster in seinen Rücken. Er bemerkt es kaum, er sagt:

Ich glaube, jetzt hält's.

Mo und Peter für den Turbinenantrieb.
Admir, der herausfordernd sagte: *Für einen Roman ist deine Zündschnur zu kurz.*
Julia, Simeon und Jasmin, die als Erste durch den Mikadowald gingen und wieder herausfanden.
Der Stadt Pfaffenhofen an der Ilm für die Unterstützung und den quadratischen Schreibtisch.
Den Kopetzkys für ihre großzügige Begeisterung, den Garten, die Kaninchen darin.
Myriam für all die Mails nach Wien und zurück.
Joy für die Jahre als Performanceduo. *Da siehst du, was passiert!*
Daniela fürs Durchhalten.
Leona für die Nachmittage am Schreibtisch gleich neben dem Barwagen.
Anna für die Abende auf dem Bramfelder Balkon und die Lösung im Blumenkasten.
Aida, die mich auffing, als ich in der Grundschule von einem Baum sprang.
Cem für die Sonntagnachmittagsgespräche im Gnosa.
Cathrin, mit der man es durch jeden Schneesturm schafft.
Meiner Familie, den Österreichern, den Franzosen.
Den Hamburgern, die zu jeder Lesung kommen.

Meinem Vater für seinen Lieblingssatz: *Brassens hätte den Nobelpreis verdient.*
En souvenir de ma mère, qui glissait des poèmes sous mon oreiller.
Radek. Für alles und den Geparden.

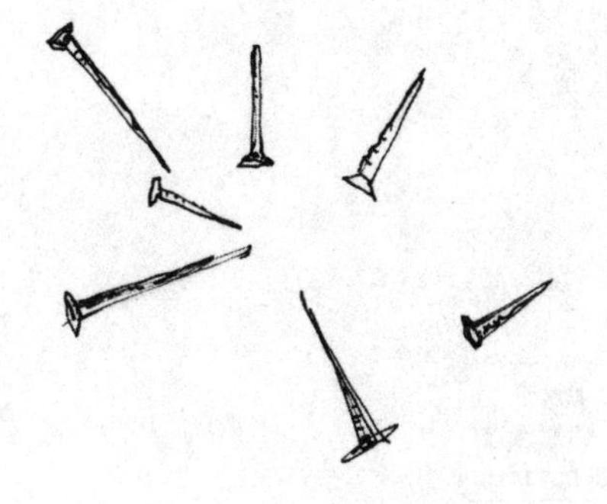

Das für dieses Buch verwendete Papier ist FSC®-zertifiziert.

KAPUZE 52
KLINGEL 192
RAD 165
SCHNEE 199
KIESEL 219
WESPE 253
BLASE 42
KNÄUEL 144
KAKTEEN 113
NASE 243
FELD 21
KUPPEL 24

LOCKE 129
FLUR 13
REGEN 140
SPLITTER 247
GAST 121
ROLLE 231
KOLONNE 169
EIS 19
KANAL 305
KERBE 259
DACH 98
TULPE 203
RUTSCHE 79
KEIL 109
BAHN 33
REGAL 225
FILZ 152
TOMATE 215